Ne réveille pas l'ours qui dort

DE LA MÊME AUTRICE

Série « Jana Berzelius »

Marquée à vie
Sommeil blanc
D'une mort lente
La Marque du père
L'Appel de la sirène
Les Griffes du silence

EMELIE SCHEPP

Ne réveille pas l'ours qui dort

Traduit du suédois par
RÉMI CASSAIGNE

HarperCollins
NOIR

Titre original :
BJÖRNEN SOVER

Première publication par Norstedts, Suède.
Publié avec l'aimable autorisation de Nordin Agency AB, Suède.

HARPERCOLLINS FRANCE
83-85, boulevard Vincent-Auriol, 75646 PARIS CEDEX 13
Tél. : 01 42 16 63 63

www.harpercollins.fr

ISBN 979-1-0339-1330-6 — ISSN 2551-0096

À Ida et Hanna

Un raclement attira le regard d'Erik Johansson vers la fenêtre. Le bruit retentit à nouveau, sans qu'il soit possible d'en déterminer l'origine. La chambre était trop éclairée pour qu'il puisse distinguer quelque chose dans le jardin désert.

Il vit son propre reflet dans la vitre : des cheveux gris foisonnants, un visage couvert de fines rides et des yeux las. Et, derrière lui, le lit double défait et la porte ouverte sur le vestibule.

— Erik, qu'est-ce qu'il y a ?

La femme en robe décolletée lui adressa un sourire hésitant sur l'écran de son portable.

— Rien, répondit-il en redressant le téléphone, appuyé contre une pile de livres de poche sur son bureau. Juste un bruit.

— Peut-être le bruit de ta copine qui rentrait ? plaisanta-t-elle.

Erik secoua la tête.

— Je vis seul.

— Ça doit être pénible.

— On s'habitue.

Il adressa à la femme un faible sourire. Parler avec elle représentait toujours un risque, mais il avait besoin de ce contact humain. Elle avait vingt-six ans, elle était belle, mais pas heureuse. C'était la seule chose qu'il lui ait jamais souhaitée.

— Où habites-tu ? demanda-t-elle en ramenant ses cheveux sombres derrière son oreille.

— Tu sais que je ne peux pas le dire.

Elle hocha la tête, déçue.

— Tu as l'air d'avoir une jolie maison, en tout cas.

— Merci.

— Mais c'est quoi le truc, avec toutes ces lampes ?

Erik croisa son regard.

— Qu'est-ce que tu veux dire ?

— Tu allumes toujours autant de lumières ?

— Je n'aime pas quand il fait sombre, répondit-il avec sincérité. Je n'ai jamais aimé ça.

Elle rit.

— Alors tu as peur du noir, ou quoi ?

Erik aurait aimé lui expliquer que c'était ainsi depuis son enfance. Que serrer contre lui son lapin blanc en peluche n'avait jamais suffi, qu'il avait besoin d'une lampe allumée pour dormir. Mais elle se moquerait sûrement de lui. Cela faisait longtemps qu'il ne dormait plus avec le lapin, même s'il avait toujours peur du noir.

Assez paradoxalement, il vivait désormais au cœur de la profonde forêt de Kolmården. Voilà six mois qu'il s'était installé dans cette maison rouge de plain-pied, s'infligeant un isolement qu'on ne souhaiterait à personne, mais il ne pouvait s'en prendre qu'à lui-même. C'était son choix, à lui et à personne d'autre. Et c'était une façon de reprendre un temps son souffle, de pouvoir continuer à vivre.

— Allô ?

Erik se racla la gorge.

— Oui ?

— Tu es assez silencieux ce soir.

— Je sais, pardon…

Un nouveau bruit retentit. Cette fois, un grincement à l'intérieur de la maison. Erik baissa les yeux vers le bureau et tendit l'oreille, concentré. Peut-être était-ce seulement la porte de la véranda, à la cuisine, que le vent avait fait claquer ? Il n'aimait pas la laisser ouverte, mais la chaleur inhabituelle de ce soir de mai ne lui avait pas donné le choix.

— Tu sais quoi ? Je crois que c'est aussi bien qu'on arrête pour aujourd'hui.

Erik la regarda à nouveau.

— S'il te plaît, encore un moment, supplia-t-il. Ça fait longtemps.

— Mais je n'aime pas quand tu me mens.

Il fronça les sourcils.

— Te mentir ? Comment ça ?

— Tu m'as dit que tu vivais seul.

— Oui ? C'est la vérité.

— Alors qui c'était, à l'instant, derrière toi ?

Erik fit volte-face en fixant l'ouverture de la porte. Mais il n'y avait personne.

— Tu trouves ça drôle ? demanda-t-il à voix basse en la regardant dans les yeux. Tu trouves ça drôle, de me faire peur ?

Elle sourit, étonnée.

— Je ne comprends pas. Pourquoi je chercherais à te faire peur ? J'ai vu quelqu'un, je te jure.

— Il n'y a que moi qui habite ici, alors arrête ça.

— C'est ça, lâcha-t-elle avec irritation. Mais si tu as enfin quelqu'un dans ta vie, n'hésite pas à m'en parler.

Quelque chose grinça à nouveau. Les poils de ses bras se hérissèrent quand il comprit qu'elle avait raison : il y avait quelqu'un dans la maison.

— Il faut que je raccroche, dit-il en saisissant son portable.

Il allait couper la communication quand il entendit des pas à l'intérieur. Le téléphone tomba par terre et rebondit sous le bureau. Au lieu de le ramasser, Erik ouvrit le tiroir du haut et y saisit son pistolet, dont il ôta la sécurité. Il gagna rapidement la porte et coula un regard dans l'entrée.

Pas un mouvement, pas une ombre.

Il palpitait de peur. Il comprenait à présent qui pouvait être l'intrus.

Non, non, non, pensa-t-il. *Ce n'est pas possible, ça ne peut pas arriver...*

Il devait sortir de la maison au plus vite, mais le voisin le plus proche était loin, et sa clé de voiture se trouvait dans la poche de la veste qu'il avait pendue au dossier de sa chaise pendant le dîner. Il fallait qu'il la récupère, il n'avait pas le choix.

Les jambes tremblantes, Erik se dirigea vers la cuisine en inspectant du regard les moindres recoins, son pistolet fermement brandi. Malgré ses efforts pour rester silencieux, il avait l'impression que sa respiration apeurée retentissait dans toute la maison.

Avant d'entrer dans la cuisine, il s'arrêta et se prépara à tirer.

Mais la pièce était vide.

La lampe était allumée au-dessus du plan de travail, l'assiette et la casserole de macaronis toujours dans l'évier. La porte ouverte de la véranda produisait un courant d'air frais au ras du sol.

Sa veste noire pendait sur le dossier de la chaise juste devant lui.

Erik se précipita, posa son pistolet sur la table et attrapa la veste. Il plongea la main dans la poche gauche, mais la clé de la voiture n'y était pas.

— Mon Dieu..., gémit-il.

Erik tâta l'autre poche et eut à peine le temps de se dire que la clé avait disparu quand le plancher craqua derrière lui.

Il fit volte-face.

Son sang se glaça.

Un homme masqué se tenait sur le seuil.

Erik recula, trébucha sur la chaise et s'étala par terre. La panique s'empara de lui tandis que l'autre approchait.

Il se redressa sur les genoux et chercha le pistolet à tâtons. Au moment où il frôlait l'arme du bout de ses doigts, un coup violent lui projeta le front contre la table.

Il s'effondra sur le côté. Sa vue se brouilla, mais il se sentit saisi par les pieds et traîné au sol.

Quand il parvint à nouveau à focaliser son regard, l'homme se tenait à côté de lui, un couteau à la main.

— Comment tu m'as trouvé ? gémit Erik. Comment tu m'as trouvé ?

L'homme se pencha sur lui et lui arracha sa chemise. Levant le couteau au-dessus de sa tête, il enfonça de toutes ses forces la lame pointue dans son ventre.

Une douleur terrible se propagea dans tout le corps d'Erik. Il tenta instinctivement de se protéger avec ses mains, mais l'homme les écarta et frappa à nouveau.

Il lui dit quelque chose qu'Erik ne comprit pas.

Impuissant, Erik le regarda sortir un objet de sa poche.

Un objet qui lui fit penser à son lapin blanc en peluche et à toutes les nuits sans sommeil de son enfance.

LUNDI

1

L'inspectrice Mia Bolander regarda à la dérobée Patrik Wiking qui dormait lourdement à côté d'elle, la bouche à demi ouverte et la barbe aplatie. Sa cage thoracique montait et descendait à un rythme lent.

Sans bruit, elle saisit son portable sur la table de nuit et constata qu'il était 8 heures moins le quart. Elle déverrouilla le téléphone et le tourna pour éviter que la lumière vive de l'écran ne réveille son compagnon.

La circulation ronronnait sur Stockholmsvägen, au pied de l'immeuble jaune de Haga où se trouvait son deux-pièces. Ce n'était pas vraiment le quartier le plus chic de Norrköping, mais le loyer était correct. Et c'était du bon côté de la ville, loin de Navestad et de Hageby, où sévissaient les gangs.

Norrköping connaissait ces dernières années une escalade de la violence de plus en plus aveugle. Voilà à peine un mois, un jeune de vingt ans avait trouvé la mort lors d'une explosion criminelle dans une station-service désaffectée.

L'enquête s'était vu attribuer la priorité absolue et, comme son collègue Henrik Levin était en congé parental, Patrik avait été appelé en renfort. Au début, Mia n'avait pas été ravie de travailler avec un remplaçant. Mais, pour une raison ou une autre, le Viking lui avait plu. Il méritait vraiment son surnom, avec ses yeux bleu clair, ses cheveux blonds et sa grande barbe. À côté de ça, il s'était montré bon enquêteur, et n'avait eu aucun problème à s'intégrer à l'équipe.

Mais tout avait basculé quand il avait été blessé en intervention dans un jardin ouvrier. Il avait fini à l'hôpital, une balle dans la cuisse. Pour que l'enquête ne soit pas trop retardée, Henrik avait choisi de reprendre du service. L'affaire avait connu un dénouement brutal, plusieurs membres d'un gang ayant été tués lors de l'explosion d'une bombe dans une zone industrielle. Lassé par le travail de terrain, le Viking avait décidé de démissionner et d'accepter un poste à la brigade financière. Cela faisait tout juste une semaine. Et autant qu'ils étaient ensemble.

Mia n'avait pas la moindre idée de ce qu'il lui trouvait. Elle n'était pas d'une beauté classique, ne s'intéressait ni à la mode ni aux tendances, et avait la langue sacrément bien pendue. Par-dessus le marché, ses seins s'affaissaient chaque année davantage tandis que sa frange blonde s'emmêlait de plus en plus et que de nouvelles rides apparaissaient sur son front.

Mais elle l'aimait bien. Elle l'aimait vraiment beaucoup et, de son côté, il choisissait jour après jour de se réveiller avec elle dans son lit.

Un frémissement lui traversa le corps. Non pas du fait de sa présence, mais à cause de ce qu'elle vit s'afficher sur son portable. La veille au soir, elle avait cherché « bagues de fiançailles » sur Leboncoin, et trouvé deux anneaux en or vendus pour une fraction de leur valeur.

Mia se mordit la joue. D'abord, elle avait hésité à franchir ce pas avec Patrik. C'était indéniablement précipité. Mais les anneaux ne coûtaient que sept cents couronnes et la taille semblait juste. Vu son budget limité, l'investissement en valait la peine.

Mia sourit par-devers elle, annonça au vendeur qu'elle était prête à faire affaire, et reposa son portable sur la table de nuit.

Patrik dormait toujours.

Délicatement, elle remonta la couette délavée sur sa poitrine et se peigna les cheveux avec les doigts de manière à ce qu'ils s'étalent parfaitement sur l'oreiller. Puis elle poussa Patrik du coude et ferma les yeux. Merde, ce qu'elle était bête, parfois.

Patrik bougea dans le lit, s'étira et bâilla. Elle attendit un petit moment avant de rouvrir les paupières.

— Bonjour.

— Bonjour, répondit-il, tu viens de te réveiller ?

— Oui, mentit-elle en restant parfaitement immobile pour ne pas déranger ses cheveux.

Il se penchait au-dessus d'elle pour l'embrasser quand le téléphone de Mia se mit à sonner.

— Fait chier !

Elle tendit une main, attrapa le portable et vit que c'était son chef, Gunnar Öhrn.

— Gunnar, qu'est-ce que tu veux ?

— Henrik et toi, vous partez sur-le-champ pour Kolmården.

Mia soupira.

— Et pourquoi ?

— Un homme a été retrouvé mort chez lui. Et ce n'est pas beau à voir. Pas beau du tout.

— Ça va ?

La procureure Jana Berzelius interrogea du regard Per Åström alors qu'ils sortaient de son immeuble de Skomakaregatan, dans le centre. Il portait un costume bleu clair, sa chemise blanche était boutonnée jusqu'au cou et ses cheveux blonds lui pendaient comme toujours sur le front.

— Moi, ça va.

Per lui passa un bras autour des épaules avant de descendre Dalsgatan jusqu'au beffroi Holmentornet, qui marquait l'entrée de l'ancien quartier industriel, avec ses usines reconverties.

L'inquiétude de Jana ne fit que croître. Per était le seul homme qu'elle ait vraiment aimé pour de bon. Ils avaient travaillé ensemble plusieurs années, mais cela ne faisait qu'un mois qu'elle s'était permis de lui montrer combien il comptait pour elle. Elle adorait sa présence. Ils n'étaient en couple que depuis peu mais, au cours de cette brève période, elle ne l'avait jamais vu aussi absent. Jana était certaine qu'il s'était passé quelque chose.

— Tu n'es pas obligée de m'accompagner jusqu'au bureau, dit-il.

Une balayeuse approchait dans la rue en grondant.

— Je ne voudrais pas rater une occasion d'être avec toi, cria-t-elle pour surmonter le vacarme.

C'était vrai, elle avait passé tout son temps libre chez Per, ces derniers jours.

Il la regarda et hocha la tête.

— Je marche trop vite ?

— Non, non, assura-t-elle.

Jana avait raconté à tout le monde qu'elle avait été renversée par un cycliste alors qu'elle faisait son jogging. Ni Per ni la police ne soupçonnaient son implication dans la violente explosion qui avait secoué la zone industrielle une semaine plus tôt. Elle avait reçu un coup de couteau en sauvant un garçon prisonnier d'un gang, et avait bien failli perdre la vie quand la bombe avait explosé. Sa blessure à la cuisse la faisait toujours souffrir, mais les autres étaient à présent guéries.

— On coupe par la place ? proposa Per.

Elle acquiesça et ils s'engagèrent ensemble sur les pavés, croisant deux hommes en costume, leur portable à la main, ainsi qu'une jeune femme avec des écouteurs orange et un sac à dos. Un flot continu de voitures longeaient Gamla Torget lorsqu'ils atteignirent le porche rouge du bureau d'avocats.

— Voilà, fit Per.

Jana voulut l'embrasser, mais il détourna la tête, la serra fort contre lui et la tint ainsi un moment.

— J'ai quand même l'impression qu'il y a quelque chose qui te tracasse, dit-elle sans cesser de sourire.

— Je suis juste un peu pressé de monter au bureau.

Le sourire de Jana disparut. Elle s'était autorisée à être heureuse, l'espace d'un instant. Peut-être était-ce pour cela qu'elle n'avait pas réagi plus tôt ? Mais elle aurait dû. Elle aurait dû comprendre depuis longtemps que quelque chose n'allait pas.

— Ce n'est pas pour te reprocher quoi que ce soit, insista-t-elle, mais je te trouve absent depuis le dîner de dimanche.

— J'ai eu d'autres choses en tête.

— Comme quoi ?

Per ne répondit pas. Jana le dévisagea, tenta de le percer à jour, en vain.

— Per. Dis-moi ce qui s'est passé.

Il poussa un profond soupir en regardant ses pieds.

— On a sonné à la porte, avoua-t-il. C'était juste avant le dîner et je… je croyais que c'était toi, mais quand j'ai ouvert, c'était lui.

— Qui ? demanda Jana, redoutant le pire.

Per leva vers elle ses yeux vairons, l'un bleu, l'autre mêlé de brun.

— Danilo Peña.

Elle avait beau s'être préparée, elle se figea.

Danilo.

L'homme qui n'arrêtait pas d'entrer et de sortir de sa vie, qui partageait son passé sanglant, et qui représenterait toujours une menace pour Per et elle. Elle s'était dépêchée de rentrer ce soir-là, craignant que Danilo ne se pointe, mais à son arrivée, elle avait trouvé Per seul, l'air normal. Alors elle avait fait de son mieux pour ne plus y penser.

— Pourquoi tu ne m'en as pas parlé avant ?

Le cœur de Jana palpitait de peur.

— Je ne sais pas, répondit Per en desserrant un peu sa cravate comme s'il se sentait accusé. Peut-être parce que je me suis souvenu de tout ce qu'il a fait.

— Qu'est-ce qui s'est passé ?

Per secoua la tête.

— Il ne s'est rien passé.

Jana ne se contenta pas de si peu.

— Mais qu'est-ce qu'il a fait, qu'est-ce qu'il a dit ?

— Il voulait sans doute juste me faire peur, éluda Per. Mais je suis inquiet.

— Pourquoi ?

— Pour toi.

— Pour moi ?

Une décharge désagréable la traversa.

— C'est toi qui as instruit son procès, Jana. C'est toi qui l'as fait placer en détention psychiatrique.

— Oui, mais…

— Il est extrêmement violent, et…

— Tu n'as pas à t'inquiéter, d'accord ? Danilo et moi n'avons rien à voir ensemble.

Jana se mordit la langue. Sa réponse avait fusé bien trop vite.

Per la dévisagea pendant ce qui lui parut une éternité. Elle se força à soutenir son regard.

— OK, finit-il par lâcher en lui déposant un rapide baiser sur la joue. À ce soir. File à la Chambre, maintenant.

— J'y vais.

Mais elle resta pour le regarder disparaître dans le bâtiment et attendit que la porte du porche se referme derrière lui pour s'en aller.

2

Le commissaire Henrik Levin descendit de voiture et contempla la villa de plain-pied isolée dans une petite clairière de la forêt de Kolmården, à trente kilomètres de Norrköping. Une Audi métallisée était stationnée devant le garage, on apercevait deux chevreuils à l'orée des hauts pins et des sapins denses. Tout semblait étonnamment paisible et calme. Si on faisait abstraction des rubalises et de toutes les voitures de police, c'était un bel endroit. Henrik connaissait la zone, il y était venu plusieurs fois avec Emma et les enfants à la recherche de myrtilles et de champignons. Mais ils étaient toujours restés près de la route, car la forêt était profonde et on avait vite fait de s'y perdre.

— Qu'est-ce qui s'est passé ?

Mia venait de le rejoindre. Une fois n'était pas coutume, elle portait un joli chemisier et un pantalon noir.

— C'est ce qu'on cherche à savoir, non ? répondit-il sèchement en claquant sa portière.

— Je veux dire : toi ! Qu'est-ce qui t'est arrivé, bordel ?

Ils ne s'étaient pas vus ni parlé depuis une semaine, et elle le fixait à présent comme si elle le reconnaissait à peine. Il comprenait pourquoi. Son T-shirt bleu sombre pendait sur ses côtes, ses joues étaient mal rasées et ses cheveux en bataille.

Quant à elle, elle paraissait rayonnante. Mia avait enfin trouvé l'amour. D'après ce qu'avait compris Henrik, Patrik s'était plus ou moins installé chez elle.

Il se racla la gorge.

— Emma en a eu assez, voilà ce qui s'est passé.

— Assez de quoi ?

— On en parlera plus tard, répliqua-t-il en avisant la technicienne Anneli Lindgren qui leur faisait signe.

Elle se tenait devant la porte d'entrée avec deux collègues. En plein soleil, leurs combinaisons étaient d'un blanc éblouissant.

— Alors, qu'est-ce qu'on a ? demanda Henrik en saluant de la tête les deux hommes d'une trentaine d'années.

— Pas grand-chose.

Anneli ôta son masque. Elle avait des traits doux, mais le regard perçant.

— Le corps est dans la cuisine, et tout indique que le meurtre a eu lieu là-bas. Nous n'avons trouvé aucune autre trace de sang, ni à l'extérieur de la maison, ni dans les autres pièces. Il y a une caméra de surveillance, mais quelqu'un l'a détruite.

— Est-on certain de l'identité de la victime ? demanda Mia.

Anneli hocha la tête.

— Il s'agit d'Erik Johansson. Soixante-six ans, ancien enquêteur de la police de Kalmar. Célibataire.

— Et la cause du décès ?

— Au légiste de l'établir. Le corps part à l'institut médicolégal dès que vous l'aurez vu. Le meurtrier lui a ouvert le ventre, probablement avec un couteau, et… je n'ai jamais vu ça, je dois avouer.

Anneli paraissait soucieuse.

Henrik regarda à nouveau alentour. Le silence qui régnait dans la forêt était presque surnaturel. Pas désagréable, non.

Quel soulagement d'être dispensé des curieux agglutinés aux barrages à filmer avec leurs portables, et des journalistes avec leurs questions intrusives. Mais quelque chose dans ce calme ne lui plaisait pas, et il n'arrivait pas à mettre le doigt dessus.

— Qui l'a trouvé ? demanda Mia.

— Sofia Larsson, répondit Anneli. Une jeune fille qui venait livrer des provisions. La porte était fermée, et comme elle avait besoin d'une signature, elle est passée par la véranda à l'arrière pour voir si Erik était là. Il y était.

Henrik passa pensivement la main sur sa barbe naissante. Le meurtrier pouvait être entré par là, lui aussi.

— La livreuse était toujours là à l'arrivée de la patrouille ? demanda-t-il.

— Oui. On ne sait pas ce qu'elle a fabriqué, elle se souvient à peine avoir donné l'alerte, mais elle a piétiné dans le sang tout autour du corps. Elle a été transportée aux urgences, traumatisée.

— Qu'est-ce que tu peux nous dire sur l'heure de la mort ?

— Étant donné la rigidité complète du cadavre, je dirais que le meurtre a eu lieu il y a dix ou douze heures.

— Vers 10 heures du soir, donc. Tu penses qu'il pourrait s'agir d'une bagarre qui a dégénéré ?

Anneli secoua la tête.

— Les coups étaient indéniablement agressifs, et concentrés sur la tête et l'abdomen…

— Alors quelqu'un devait lui en vouloir à mort, la coupa Mia. Sinon, pourquoi venir jusqu'à cette baraque isolée en pleine forêt braver les mouches, les taons et toutes ces foutues bestioles pour le tuer aussi brutalement ?

— Mais la victime ne présente pas de lésions défensives, poursuivit calmement Anneli. On a trouvé un pistolet par terre, mais je ne sais pas si c'est le sien.

— Un meurtre crapuleux, alors ? proposa Mia.

— Non plus.

— Et pourquoi ? (Mia fronça les sourcils.) Il y a beaucoup d'exemples de victimes assassinées et dévalisées dans des logements isolés.

— Oui, mais à notre connaissance, rien n'a été volé. La voiture est toujours là, le téléphone a été retrouvé sous le bureau dans la chambre. Je suis persuadée qu'il s'agit d'autre chose.

— Comment peux-tu en être si sûre ? intervint Henrik.

— Le meurtre, encore une fois, est très brutal, sanglant et… (Anneli inspira profondément.) Il y a un objet dans son ventre.

— Un objet ? s'exclama Mia. Quoi ?

— Je ne sais pas encore, répondit gravement Anneli.

Henrik hocha la tête.

— Montre-nous.

Jana était dans son bureau à la Chambre d'accusation, un bâtiment brun clair en plein centre-ville. Son ordinateur était passé en veille et le café avait refroidi dans sa tasse. Il aurait fallu se concentrer sur son travail, mais elle était incapable de penser à autre chose qu'à la visite de Danilo à Per.

Penchée au-dessus du bois poli de son bureau, elle pressa les doigts contre ses tempes. L'inquiétude bouillonnait en elle. Elle avait honte d'avoir ouvertement menti à Per. Mais elle n'avait pas le choix. Il ignorait tant de choses sur Danilo et elle, des choses impossibles à révéler.

Inconsciemment, elle porta la main à sa nuque, sous ses cheveux, pour effleurer les lettres déformées gravées sur sa peau.

Ker. La déesse de la mort.

D'aussi loin qu'elle se souvienne, Jana avait tout fait pour cacher cette inscription, et elle était morte de peur à l'idée que Per apprenne ce que celle-ci voulait dire.

Tout ce qu'il savait de son passé était qu'elle était née au Chili, et avait été adoptée par Karl et Margaretha Berzelius à l'âge de neuf ans. Mais il ignorait tout de ce qui s'était passé avant. Le conteneur malodorant, le voyage à travers l'Atlantique, les trois hommes qui l'avaient sélectionnée avec d'autres enfants. Le fait que leurs parents avaient été abattus, et qu'on les avait ensuite conduits sur une île au large de la côte de Norrköping, où ils avaient été formés à devenir tueurs à gages, destinés à assurer la protection d'une organisation de trafiquants de drogue. Elle ne lui avait jamais parlé des noms incisés dans leur peau pour leur rappeler à jamais qui ils étaient et de quoi ils étaient capables.

Jana ôta la main de sa nuque. Elle n'était en rien coupable de ce qui s'était passé, et l'organisation était depuis longtemps démantelée. Mais il était impossible de raconter à Per qu'elle avait jadis été entraînée à tuer, qu'elle avait effectivement tué, et que les réflexes et l'instinct demeuraient en elle, même après toutes ces années.

Elle ne perdrait pas que lui. Elle gâcherait sa carrière, sa vie tout entière, si la vérité éclatait au grand jour.

Seules deux personnes connaissaient son passé sanglant. L'une d'elles était son père adoptif, qui encourrait une longue peine de prison, sans parler de ce qu'il adviendrait de son nom et de sa brillante réputation d'ancien procureur général, si le monde apprenait que sa fille avait été formée pour devenir une tueuse au service d'une organisation criminelle qu'il avait lui-même dirigée.

L'autre était Danilo. Lui aussi avait un nom gravé sur la nuque : *Hades*. Le dieu des morts.

Sur l'île, ils avaient été comme frère et sœur. Ils s'étaient entraînés côte à côte, avaient appris le maniement des armes et les techniques de combat. Aujourd'hui, ils partageaient ce passé violent, mais rien de plus. Ils étaient les seuls à avoir survécu, et Danilo savait exactement combien il était capital pour elle que leur passé commun demeure secret.

Il savait aussi à quel point Per comptait pour elle, et s'était déjà servi de cette information à plusieurs reprises. Surtout quand il s'était retrouvé mis en examen pour trafic de stupéfiants, enlèvement, tentative de meurtre et violences aggravées. Per, alors procureur, avait été chargé de l'instruction. Danilo avait usé de menaces et de violences pour tenter de lui faire abandonner l'affaire, mais Per n'y avait vu qu'une attaque personnelle, et avait décidé de requérir une longue peine de prison. Danilo avait alors exigé que Jana remplace Per lors du procès et veille à ce qu'il écope de la peine la plus clémente possible.

Jana savait qu'il valait mieux prendre Danilo au sérieux.

Quand il avait menacé de tuer Per, elle avait été obligée de passer à l'action.

Pour sauver la vie de l'homme qu'elle aimait, elle l'avait accusé d'avoir fait de ce procès une affaire personnelle. Elle l'avait dénoncé pour partialité afin de reprendre son dossier. Il n'avait pas compris pourquoi, n'y avait vu qu'une trahison de sa part, et avait démissionné pour devenir avocat. Elle souffrait de ne pas pouvoir lui dire la vérité.

Jana sentit la haine déferler en elle au souvenir de toutes ces fois où Danilo avait menacé de la démasquer ou de faire du mal à Per. Elle ne voulait plus avoir à s'inquiéter qu'il les sépare à nouveau.

Elle sortit son portable de sa poche et appela son père, qui ne répondit pas. Elle appela ensuite Elin Ronander. L'auxiliaire de vie décrocha au bout de deux sonneries seulement.

— Allô ?

— Il faut que je parle à mon père.

— Il préfère être tranquille pendant sa rééducation, s'excusa Elin.

— Donc il est toujours à l'hôpital ?

— Il a bien récupéré après son infarctus, et doit juste rester quelques jours de plus en observation. Je vais le voir cet après-midi, je peux lui transmettre un message ?

— Merci, mais je préfère le faire moi-même, dit Jana avant de raccrocher.

— Oh ! putain.

Mia porta la main à sa bouche en entrant dans la cuisine aux placards de style années 1950. Henrik et Anneli s'immobilisèrent à côté d'elle. Un long moment, ils regardèrent l'homme mort à terre. Sa chemise était arrachée, son ventre haché menu, et l'une de ses mains reposait dans la grande flaque de sang formée autour de lui.

— Erik Johansson a probablement été cogné contre la table de la cuisine, indiqua Anneli. Il y a une trace de sang sur le bois qui provient sans doute de son front.

Mia observa l'ancienne table de ferme, la chaise en sapin renversée et la veste en laine qui gisait au sol à quelque distance du corps. Puis son regard glissa vers le plan de travail et la casserole de macaronis desséchés dans l'évier. La nausée s'empara d'elle. Elle ne savait pas quoi dire de la terrible violence dont cet homme avait fait l'objet.

— Donc il a été cogné contre la table, répéta Henrik. Le coup lui a été fatal ?

— Je crois plutôt qu'il est mort vidé de son sang, ou à cause du choc, dit Anneli en s'approchant du défunt.

— Il a été trouvé comme ça ? demanda Mia.

— Oui. Ni moi ni mes assistants ne l'avons bougé, on voulait d'abord vous le montrer. C'est donc l'auteur du meurtre qui a veillé à le placer de cette manière, au milieu de la pièce, si c'est le sens de la question.

— Tu es certaine qu'il ne s'agit que d'un seul individu, qu'ils n'étaient pas plusieurs ?

— On n'a relevé que deux types d'empreintes de pas dans le sang : celles de la livreuse qui a trouvé le corps et celles d'une autre personne de pointure 45 au moins. Alors oui, je suis assez certaine.

— Des empreintes digitales ? demanda Henrik.

— Aucune utilisable pour le moment, mais encore une fois, on n'a pas fini. Les empreintes de pas vont être analysées et le labo va s'occuper du pistolet. On cherche également des traces de pneus qui puissent nous aider à comprendre comment le meurtrier est arrivé jusqu'ici.

Henrik passa la main dans ses cheveux ébouriffés.

— Tu as dit qu'il y avait quelque chose dans le ventre ?

— Oui, confirma Anneli en se penchant sur le corps. Vous voyez ?

Mia et Henrik s'approchèrent. Quelque chose de blanc et poilu était enfoncé dans l'abdomen du mort.

— Tu sais ce que c'est ? demanda Mia en réprimant un haut-le-cœur.

— Non, répondit Anneli, aucune idée. Et je ne peux pas y toucher, il faut d'abord que le légiste examine le corps.

Mia releva la tête quand les deux collègues d'Anneli entrèrent dans la cuisine vêtus de leurs combinaisons blanches. L'un d'eux tenait un sac mortuaire.

— Vous avez fini ? demanda-t-il.

— Oui, répondit Mia. Vous pouvez l'enlever.

Dans un froissement de combinaisons, ils s'emparèrent du cadavre, qu'ils soulevèrent en douceur jusqu'au sac. Au moment où ils l'y déposaient, un bruit étrange retentit.

— C'était quoi, ça ? lança Henrik, les yeux écarquillés.

Anneli fronça les sourcils.

— Je ne sais pas, mais ça ressemblait à une voix.

— Ça venait d'où ?

Mia déglutit péniblement tandis qu'un frisson glacial remontait le long de sa colonne vertébrale.

— De l'objet dans son ventre.

3

Jana se pencha au-dessus de la table de la salle de réunion pour regarder le mur où étaient affichées les photos du mort. Un quart d'heure plus tôt, elle avait été prévenue du meurtre de Kolmården et priée de se rendre immédiatement à l'hôtel de police pour un premier point.

— Voilà quelques heures, Erik Johansson a été retrouvé mort chez lui à Kolmården, déclara Gunnar Öhrn en montrant l'un des clichés. Comme vous le voyez, il a subi une agression très brutale.

L'enquêteur principal avait le front plissé, et son pull en V était d'un bleu aussi clair que le ciel derrière la fenêtre. Autour de la table se trouvaient également Mia Bolander, Henrik Levin, Anneli Lindgren et Ola Söderström.

— Avez-vous une idée de qui a pu faire ça ? demanda Jana en observant l'abdomen du cadavre, qui ressemblait à un tas de viande hachée.

Mia croisa les bras sur sa poitrine.

— Non, à part que c'est un homme pourvu de grands pieds. Et à voir comment il a mis en bouillie le ventre de la victime avant d'y fourrer un truc poilu, je peux affirmer qu'il s'agit d'un PGC.

— C'est-à-dire ? demanda Jana.

— Un terme souvent utilisé par les psychologues et qui signifie « Putain de Gros Cinglé ».

— Mia…, soupira Gunnar.

— Mais quoi ? C'est vrai, non ? fit-elle en écartant les bras.

Jana se tourna vers Gunnar.

— On a des pistes ?

— Aucune pour l'instant, mais on espère des résultats rapides concernant les empreintes de pas et le pistolet retrouvé sur le lieu du crime.

— Qu'est-ce qu'on sait de l'objet dans son ventre ?

— Comme Björn n'a pas encore eu le temps de procéder à l'autopsie, presque rien, répondit Henrik. On ignore de quel type d'objet il s'agit, tout comme ce que dit la voix qui en sort. Mais Björn est au courant que l'affaire est hautement prioritaire, et il a promis de s'y mettre au plus vite.

Jana avait du mal à le regarder dans les yeux. Ils se connaissaient depuis de nombreuses années mais, au cours de leur enquête précédente, Henrik avait posé beaucoup de questions pressantes sur sa vie privée. Beaucoup trop. Au point qu'elle était convaincue qu'il la pensait coupable du meurtre de trois hommes dans la forêt de Vrinnevi. L'enquête était close désormais, mais elle ne savait pas s'il avait vraiment renoncé à ses soupçons.

— On a une idée du mobile ? demanda-t-elle en regardant à nouveau Gunnar.

— Difficile à dire. Il est possible qu'il s'agisse d'une vengeance, que quelqu'un ait voulu punir Erik Johansson pour quelque chose.

— C'est un ancien enquêteur de la police de Kalmar, fit remarquer Mia. Est-ce que le meurtre pourrait avoir un rapport ?

— J'y ai pensé, moi aussi, répliqua Gunnar. Mais il a pris sa retraite il y a cinq ans, et comme le meurtre a eu lieu à son domicile, il est sans doute plus vraisemblable que le meurtrier fasse partie de son entourage immédiat.

— On a contacté ses proches ? demanda Jana.

Gunnar fit non de la tête, s'empara de la thermos de café et remplit sa tasse.

— Il était fils unique et sa mère est morte il y a six mois dans un accident de bus en proche périphérie. On a essayé de joindre son père, qui vit dans un foyer à Krokek. Il était dans l'accident, lui aussi, et il est resté gravement handicapé. D'après le personnel médical, il n'est pas en mesure de nous parler. Ils ont promis de lui annoncer la mort de son fils, mais j'ai peur que les médias ne publient le nom avant.

— Erik était donc un loup solitaire, dit Mia.

— Oui, et il avait l'air d'avoir du mal à prendre racine, glissa Ola. Ces cinq dernières années, il a vécu à huit adresses différentes, un peu partout en Suède, et il venait d'acheter cette maison à Kolmården il y a seulement six mois.

— Cela peut suggérer qu'il était menacé, murmura Jana. Y a-t-il quelqu'un dans son entourage qui pourrait nous aider à comprendre pourquoi on lui a fait ça ?

— Pas à notre connaissance, répondit Ola. J'ai demandé la liste de ses communications téléphoniques, on verra ce qu'on pourra en tirer. Si le labo nous la fournit un jour.

Grand et mince, l'expert informatique s'obstinait à toujours porter en intérieur le même bonnet jaune élimé. Et il avait une extraordinaire capacité à dénicher tout et n'importe quoi, pourvu qu'il ait accès à un ordinateur et du wifi.

— Mais qui peut être capable d'une telle violence ? demanda Jana.

— C'est bien la question, soupira Henrik en joignant les mains derrière sa nuque. En tout cas, le meurtrier semble avoir été au courant de la présence d'une caméra de surveillance, puisqu'elle a été détruite.

— Donc il a peut-être épié les lieux ?

Henrik hocha la tête.

— C'est tout à fait possible.

— Des témoins ? demanda Jana.

— Pas encore. (Gunnar but une gorgée de café.) Et je doute qu'on en trouve : la maison est isolée, à plusieurs kilomètres du premier voisin.

— Dans ce cas, quelqu'un a pu réagir au passage d'une voiture inconnue en direction ou en provenance du lieu du crime, objecta Jana.

— C'est vrai, mais on n'a encore reçu aucun tuyau. On lance un porte-à-porte en espérant que cela donnera quelque chose.

— Il y a aussi la livreuse, rappela Mia en rajustant son chemisier sur ses épaules. Sofia Larsson. C'est elle qui a trouvé Erik, mais elle n'a toujours pas été interrogée.

Jana la regarda avec étonnement.

— Et pourquoi ?

— On sait qu'elle était chez elle avec son concubin à l'heure du meurtre, expliqua Gunnar. Pour l'instant, elle est aux urgences, en état de choc : vu les circonstances, ce serait une mauvaise idée d'essayer de lui soutirer des informations.

— Je comprends tout à fait qu'il soit pénible pour elle de repenser à ce qui s'est passé, dit gravement Jana, mais si elle était la première personne sur place, on doit recueillir ses observations.

— Je suis d'accord, renchérit Henrik. Il faut tout de suite l'interroger.

Gunnar tapota sa tasse de café en poussant un grand soupir.

— Je ne suis pas certain que ça donne quoi que ce soit. Mais vous avez raison, déclara-t-il en posant sa tasse. On tente le coup.

Sofia Larsson les salua brièvement quand ils entrèrent dans la petite chambre mise à leur disposition aux urgences de l'hôpital de Vrinnevi. Elle était assise au bord du lit, une couverture jaune sur les épaules. Henrik observa un instant ses longs cheveux rougeâtres et ses boucles d'oreilles noires en forme de papillons.

— On aimerait vous parler d'Erik Johansson, commença-t-il. Nous sommes conscients que vous avez vécu quelque chose d'horrible et que ce sujet est pénible pour vous, mais on a besoin de votre aide pour comprendre ce qui s'est passé.

Jana et Mia se tenaient derrière lui, silencieuses. Il avait été convenu qu'il dirigerait l'entretien.

— J'ai juste l'impression que… Je veux dire, c'est dingue, tout ça.

Sofia serra plus fort la couverture autour de son corps.

— Je comprends, et je comptais commencer par une question simple, reprit Henrik. Depuis combien de temps travaillez-vous pour ce service de livraison de provisions à domicile ?

— Un an environ.

— À quelle fréquence livrez-vous chez Erik ?

— Tous les lundis.

— Donc sa maison et les environs vous sont familiers ?

Elle hocha la tête.

— Vous avez remarqué quelque chose d'inhabituel ce matin, en arrivant ? demanda-t-il.

— Comment ça ?

Elle leva vers lui un regard interrogateur.

— Est-ce qu'il y avait une voiture inconnue devant la maison, quand vous êtes arrivée ? Vous avez vu quelqu'un d'autre dans les environs, ou quelque chose qui n'était pas comme d'habitude ?

— Non, tout était normal. (Sofia haussa les épaules.) Mais…

Elle se tut.

— Mais quoi ? insista Henrik.

— Erik n'est pas venu m'ouvrir quand j'ai sonné.

— Qu'avez-vous fait, alors ?

Elle tira un peu sur une de ses boucles d'oreilles en déglutissant.

— J'ai posé la nourriture devant la porte d'entrée. Mais il me fallait une signature. Alors j'ai fait le tour de la maison, et j'ai vu que la véranda était ouverte.

— Vous êtes rentrée par la cuisine ? demanda Henrik.

— Oui, et c'est là que je l'ai vu… par terre.

— Je comprends, dit Henrik d'une voix douce. Mais vous n'avez aperçu personne d'autre dans la maison ? Vous n'avez pas entendu de bruit ?

Sofia secoua la tête.

— J'ai juste appelé le 112 et essayé de voir s'il était encore en vie.

Henrik fronça les sourcils.

— Quelque chose vous a fait croire qu'il pouvait être vivant ?

— Non, mais la fille des secours a dit que j'étais obligée de vérifier, alors j'ai essayé, mais il y avait tellement de sang et je voulais juste m'en aller et… Oh.

Sa boucle d'oreille s'était détachée. Sofia écarta la couverture pour ramasser le papillon noir tombé sur ses genoux.

— Comme vous le comprenez, il est très important pour nous de trouver qui pouvait vouloir du mal à Erik, énonça Henrik. C'est toujours lui qui réceptionne les livraisons ? Vous avez déjà vu quelqu'un d'autre ?

— Non, jamais.

— Vous discutiez avec lui, d'habitude ?

— Un peu. Mais on parlait surtout du temps qu'il faisait, ce genre de choses.

Elle continua de tripoter son papillon, puis le leva vers son oreille et tenta de le raccrocher.

— Vous avez une idée de qui pouvait avoir un compte à régler avec lui ? demanda Henrik.

— Non, enfin, je...

Sofia hésita un long moment.

— Je vous écoute.

— C'est juste qu'il était assez en colère contre son voisin.

— Quand vous dites son voisin, à qui pensez-vous ?

— Mårten Malmberg, répondit-elle en réussissant à raccrocher le papillon. Je lui ai livré des provisions, à lui aussi. Ils s'étaient brouillés, je crois.

— À quel sujet ?

Elle serra à nouveau la couverture autour d'elle.

— Erik ne me l'a jamais dit. Mais je ne vois personne d'autre.

— Donc Erik était en conflit avec son voisin ? lança la voix d'Ola au téléphone.

Mia avait mis le haut-parleur pour qu'Henrik et Jana entendent la conversation. Il était 11 h 30. Ils avaient quitté les urgences de l'hôpital de Vrinnevi et s'étaient arrêtés un peu à l'écart de l'entrée, après avoir aidé en chemin un homme pâle et ravagé par le stress à trouver l'accès de la maternité située dans le bâtiment d'en face.

— Ce voisin s'appelle Mårten Malmberg, dit Henrik, arrachant Mia à ses pensées concernant le futur papa. Il faut immédiatement aller l'interroger. D'après Internet, il a trente-sept ans et vit à environ trois kilomètres de la maison d'Erik.

— Vous êtes sûrs qu'il s'agit bien de lui ? demanda Ola.

— Il n'y a pas foule d'hommes des bois nommés Mårten Malmberg dans le coin, grommela Mia.

— Je vais voir ce que j'ai sur lui.

Mia l'entendit commencer à pianoter sur son clavier.

— On a reçu des noms ou des témoignages sur des personnes de son entourage ? glissa Jana.

— Non, pas encore. Mais Gunnar essaie de joindre son ancien chef à la police de Kalmar, Conny Hellberg.

— Très bien, dit Mia. Pour le moment, on se concentre sur le voisin.

— Et je viens de le trouver, ajouta Ola. Mårten Malmberg, exploitant forestier, vit avec sa mère. C'est en effet le seul individu de ce nom dans le secteur.

— Exact, donc c'est forcément lui qui s'est engueulé avec Erik, affirma Mia.

— D'après son casier, il ne s'est pas contenté de ça. Il a été condamné pour conduite en état d'ivresse, braconnage, et a fait l'objet d'une plainte pour une bagarre dans un bar.

— On ferait bien d'avoir une sérieuse discussion avec lui, on dirait.

— Oui, essayez de l'interroger tout de suite, approuva Jana avant de s'éloigner.

— Où tu vas ? demanda Mia.

— J'ai une autre affaire à régler, lança-t-elle par-dessus son épaule en retournant vers l'hôpital.

Per allait et venait dans son bureau du cabinet d'avocats. Il avait ôté sa veste et retroussé les manches de sa chemise, mais son dos ruisselait tout de même de sueur.

Il passa devant ses étagères bien ordonnées, s'arrêta face à la fenêtre et contempla Gamla Torget. La place n'était ni grandiose ni pittoresque, mais elle constituait le cœur même de Norrköping, la ville où il avait vécu et travaillé toute sa vie. Il regarda passer les gens qui se hâtaient sur les pavés : des promeneurs de chiens, des livreurs à bicyclette, et des hommes dans la force de l'âge avec leurs barbes bien taillées et leurs lunettes de soleil.

Per les suivit des yeux en songeant qu'il était passé là avec Jana quelques heures plus tôt. Il s'en voulait de ne pas lui avoir dit toute la vérité au sujet de ce qui s'était déroulé la semaine précédente, mais ne savait pas comment faire face à cette situation.

Lentement, il appuya le front contre la vitre fraîche.

On avait sonné à la porte de son appartement. Il avait cru que c'était Jana mais, en ouvrant, il s'était figé d'effroi.

Danilo Peña.

Ses cheveux noirs pendaient sur son regard de pierre.

Per savait qu'il aurait dû refermer la porte, mais la peur le paralysait complètement.

Danilo avait ricané en lui disant qu'il ne lui ferait pas de mal, qu'il pouvait être tranquille. Puis il s'était détourné et avait fait mine de s'en aller.

Per sursauta lorsque son portable se mit à sonner. Il n'avait envie de parler à personne mais, en voyant que c'était sa petite sœur, il répondit aussitôt.

— Salut, frangine.

— Salut, fit Clara. Désolée de te déranger au bureau.

— Tu sais que tu peux m'appeler quand tu veux.

Il l'imagina, avec ses yeux bleus, sa frange blonde et ses profondes fossettes.

— Voilà, Hugo va avoir un an mercredi, et j'aimerais beaucoup que tu sois là.

Sa voix pétillait d'enthousiasme : il ne se souvenait pas l'avoir entendue si gaie depuis longtemps. Il y a un an seulement encore, elle était brisée psychologiquement et son mari l'autorisait à peine à répondre au téléphone. Mais maintenant qu'elle avait enfin réussi à s'extirper de cette relation destructrice qui la retenait à Malmö, elle avait rebâti à Norrköping une existence vivable avec son fils.

— Bien sûr, je viendrai, répondit-il en souriant.

— Tu viendras avec Jana ? lança-t-elle, pleine d'espoir.

Per serra son téléphone, à nouveau sérieux.

— D'accord, je lui demanderai.

— Il faut que tu l'emmènes, insista-t-elle. J'aimerais vraiment faire sa connaissance.

Il sentit l'irritation le gagner.

— J'ai dit d'accord !

Un silence se fit à l'autre bout du fil. Il ferma les yeux quelques secondes et poussa un profond soupir.

— Clara, pardon, je ne voulais pas m'énerver. On se voit mercredi.

— À 18 heures, trancha-t-elle avant de raccrocher.

Per posa son téléphone et se passa la main sur le visage. Il s'était promis de ne plus jamais élever la voix contre sa sœur, mais il n'était pas dans son assiette et n'arrivait pas à penser à autre chose qu'à l'instant où Danilo s'était arrêté en haut de l'escalier, puis retourné en disant :

— Au fait, Per…

Ses yeux sombres l'avaient transpercé.

— Tu salueras bien Ker.

4

— Je n'arrive pas à comprendre Jana.

Henrik sentait que Mia avait envie de bavarder. Mais il ne répondit rien, concentré sur sa conduite : sortir du centre-ville, récupérer l'E4 et filer vers Kolmården.

— Je veux dire, d'habitude, elle est toujours engagée à fond dans la moindre putain d'enquête.

— C'est pareil cette fois-ci, répliqua-t-il sans quitter des yeux la moto qui les doublait à vive allure.

— Alors pourquoi elle ne vient pas avec nous chez le voisin d'Erik ?

— Elle avait autre chose à faire, et je ne comprends pas pourquoi tu en fais tout un plat. S'il y a quelqu'un qui devrait se réjouir d'être dispensée de la voir, c'est bien toi.

Mia croisa les bras sur sa poitrine en lui adressant un regard noir.

— Allez, quoi, Mia, la taquina Henrik avec un sourire en coin. Tu n'as jamais aimé Jana.

— C'est une nana coincée et pénible, mais figure-toi qu'il y a deux choses que j'apprécie chez elle : qu'elle prenne toujours sa voiture personnelle quand on va quelque part, et qu'elle ait sauvé la vie de ta femme. Au fait, à propos d'Emma...

Mia pivota sur son siège et le regarda attentivement.

— Qu'est-ce qui s'est passé entre vous ?

Henrik sentit son ventre se crisper.

— Elle en a eu assez.

— Oui, tu l'as déjà dit, mais assez de quoi ?

— De moi et de mes priorités, répondit-il d'une voix pesante. Elle en a eu tout simplement assez que je travaille trop.

— Qu'est-ce que ça veut dire ?

Il la regarda à la dérobée tandis qu'ils passaient devant les énormes entrepôts qui longeaient l'autoroute.

— Ça veut dire que nous sommes séparés.

— Mais vous veniez d'acheter une maison de vacances ensemble !

— Oui, et c'est là que j'habite en ce moment, déclara Henrik en haussant les épaules.

C'était Emma qui l'avait persuadé d'acheter cette résidence secondaire. La vie à la campagne ne l'avait jamais spécialement intéressé, mais il avait eu un coup de cœur pour le chalet rouge de l'archipel Sankt Anna. Sa situation était extraordinaire. Plage et ponton privés, grand jardin pour que Felix, Vilma et Vilgot puissent jouer, et situé pas trop loin, afin de pouvoir quitter leur villa de Smedby le vendredi soir et y revenir le dimanche.

À côté de lui, Mia tenta d'étouffer un rire.

— Je te fais rire ? lâcha-t-il, la mine renfrognée.

— Pardon. Mais rien que de penser que tu habites dans un chalet de vacances…

— Ma femme m'a mis dehors, elle ne veut même pas me parler. Mais pas de problème, marre-toi.

Mia pencha la tête sur le côté.

— Henrik, tu sais que je t'aime bien mais, à la décharge d'Emma, il faut dire que tu n'as pas tenu ta promesse de rester en congé parental.

Henrik serra les doigts sur le volant et inclina la tête en arrière. Elle avait raison. Il était retourné travailler contre la volonté d'Emma pour faire avancer l'enquête sur les meurtres de Vrinnevi. Mais ce n'était pas seulement pour cela qu'il avait interrompu son congé. Il voulait également tirer au clair ses soupçons à l'encontre de Jana, dont il n'avait pas parlé à Emma – ni à aucun membre de l'équipe, d'ailleurs.

Au fond, il avait honte de se méfier de Jana. Quelques semaines avant les meurtres de Vrinnevi, elle l'avait non seulement aidé à traquer le tueur en série qui séquestrait Emma, mais avait littéralement sauvé la vie de celle-ci. Il aurait dû lui vouer une immense gratitude, mais il n'avait pu ignorer le fait qu'un des cadavres de la forêt de Vrinnevi avait été poignardé exactement comme le tueur en série tué par Jana.

Les autres membres de l'équipe étaient persuadés qu'il s'agissait d'un règlement de comptes entre bandes et, au fond, il était totalement absurde de penser autre chose. Il n'y avait aucune preuve contre Jana, ni aucune explication logique à l'idée qu'elle se soit rendue en forêt pour tuer ces trois hommes. Pourtant, il avait décidé d'enquêter afin de savoir si elle était oui ou non coupable, à n'importe quel prix.

Et le prix avait été son mariage.

— Bon, d'accord, admit-il avec réticence, je suis conscient d'avoir trahi et blessé Emma, mais je ne peux pas remonter le temps pour effacer ce que j'ai fait. Et je ne peux pas non plus changer ce travail et ses horaires irréguliers.

— Mais tu es prêt à tout pour qu'elle te pardonne, n'est-ce pas ?

— Oui, et je ne veux pas que ce soit tout un cirque pour les enfants. On ne leur a encore rien dit.

— Je ne suis sans doute pas la personne la mieux placée pour te conseiller en matière de problèmes conjugaux, vu que je n'ai jamais été mariée et que je n'ai pas de famille, mais merde, ne va pas chercher midi à quatorze heures. Va lui dire directement que tu l'aimes, et ça finira par s'arranger.

— Merci du conseil, répliqua-t-il.

Mia sourit.

— C'est cadeau. Maintenant, concentre-toi sur le boulot. On est presque arrivés chez Mårten Malmberg.

— Il reste vingt kilomètres, protesta-t-il.

— Je sais, alors accélère.

— Mais pourquoi ?

— Parce que je suis drôlement curieuse d'entendre ce qu'il a à nous dire.

Karl Berzelius leva les yeux et vit Jana entrer dans sa chambre du service de cardiologie de l'hôpital de Vrinnevi. Il était assis dans son lit, appuyé contre un dossier inclinable. Ses lèvres étaient sèches et la chemise de nuit blanche fournie par l'hôpital lui pendait sur les épaules.

— Qu'est-ce que tu fais là ? demanda-t-il en lissant un pli de sa couverture.

Jana referma la porte et s'approcha de lui. Il avait laissé les stores baissés mais, même dans la pénombre, il distinguait clairement la fureur dans son regard.

— Danilo est allé trouver Per, gronda-t-elle entre ses dents.

Karl se figea.

— Qu'est-ce que tu veux dire ?

— Il est venu chez lui...

— Tu l'as déjà dit, mais qu'est-ce qui s'est passé ? la coupa-t-il.

— Il ne s'est rien passé.

— Alors pourquoi tu te mets dans tous tes états ?

— Tu n'as pas entendu ? cria presque Jana. Il est venu chez lui !

— Tu peux te calmer ?

— Non, je ne vais pas me calmer ! Per est tout pour moi, et ça ne peut pas continuer comme ça ! Je veux juste une vie ordinaire. Je n'en ai jamais eu !

— Jana, ça suffit maintenant ! tonna-t-il.

Jana secoua la tête, gagna la fenêtre, leva le store et laissa entrer la lumière éblouissante du soleil.

— Je comprends parfaitement que tu sois encore choquée par mes actes vis-à-vis de Danilo, dit-il, le regard posé sur son dos, et j'ai déjà conscience d'avoir commis une erreur.

— Une erreur ? (Jana baissa d'un coup le store et fit volte-face.) Tu l'as fait libérer en avance de sa détention psychiatrique, tu l'as mêlé à l'étouffement des meurtres de Vrinnevi sans que je sois au courant, et après ça, tu as essayé de l'abattre !

Karl baissa ostensiblement la voix pour l'inciter à faire de même :

— Je n'avais pas d'autre choix, et sans ma crise cardiaque, j'aurais sans doute réussi. Mais il a filé.

Jana revint vers le lit.

— Tu n'aurais jamais dû t'en prendre à lui, tu sais bien qu'il peut me dénoncer.

— Je voulais juste le faire disparaître de ta vie.

— Non. Tu voulais seulement l'empêcher de vivre la sienne comme il l'entendait.

— Ne sois pas insolente, Jana.

— Tu sais que c'est vrai. Tu l'as toujours dirigé, forcé à t'obéir au doigt et à l'œil.

Karl ne répondit pas, ne la regarda même pas, mais sentit sa colère monter. Il avait eu tort de faire appel à Danilo en cachette, mais il n'avait pas eu le choix. La situation qu'elle avait provoquée dans la forêt de Vrinnevi créait un risque majeur qu'il lui avait fallu balayer sous le tapis au plus vite.

Vu les circonstances, il avait décidé de garder son accord avec Danilo secret. Il lui avait également ordonné de ne pas chercher à voir Jana. Mais l'ingrat l'avait fait malgré tout.

Karl se retourna dans son lit à cette pensée. Danilo avait enfreint ses ordres. Il avait tenté de prendre le contrôle de sa propre vie. Et il avait même formulé cette exigence pathétique que Karl rompe tout contact avec lui.

Alors, Karl s'était décidé à l'éliminer.

Il éprouvait de profonds remords. Pourquoi n'avait-il pas réussi à le tuer ? Pourquoi cet infarctus au moment précis où il pointait son pistolet sur lui ?

— Où est-il, à présent ? demanda Jana.

Elle dévisagea Karl, qui secoua la tête.

— Je ne sais pas. C'est le silence radio, il garde ses distances.

— Et toi, tu gardes les tiennes. C'est compris ?

Karl ricana.

— Je n'aime pas laisser les choses inachevées, tu le sais bien.

Jana se pencha au-dessus du lit et le fusilla du regard.

— Danilo a menacé de faire du mal à Per si jamais tu t'approches encore une fois de lui.

— Jana…

— Non, maintenant tu m'écoutes. Tu laisses Danilo tranquille. Tu ne le recherches pas, tu ne le contactes pas. Tu comprends ce que je dis ?

Karl sentit la frustration l'envahir. C'était totalement inacceptable, elle ne pouvait pas débarquer comme ça et lui donner des ordres. Mais il se mordit la langue.

— Je comprends, finit-il par répondre.

— Bien. Parce que, s'il arrive quelque chose à Per, je ne voudrai plus jamais avoir affaire à toi.

Karl la toisa du regard.

— Tu es sérieuse ?

— J'ai l'air d'hésiter ? cracha-t-elle.

5

Mia considérait avec scepticisme la maison brune au milieu de la forêt de Kolmården. Elle était aussi isolée que celle d'Erik Johansson, mais semblait nettement plus décrépite. Il manquait plusieurs tuiles et des vitres de l'étage étaient fendues. Mais ce n'était pas cela qui l'intriguait. C'était la clôture électrique. Pourquoi installer une clôture électrique autour de son terrain ?

Henrik devait avoir pensé la même chose, car il commença par toucher du bout du doigt le portail avant de l'ouvrir.

À l'intérieur de la propriété, un berger allemand se mit à aboyer comme un fou. Sa laisse était attachée à un câble tendu entre deux arbres. Devant un cabanon était garé un quad aux roues terreuses.

Mia frissonna en montant les marches du perron. Le soleil avait disparu derrière les grands sapins, et le jardin tout entier était plongé dans l'ombre.

Elle pressa la sonnette et écouta le signal sourd qui retentissait à l'intérieur de la maison. Leur enquête avait-elle déjà avancé à ce point ? Le meurtrier se trouvait-il là-dedans ? Des pas traînants approchèrent.

Une vieille femme en pull à fleurs et jupe plissée leur ouvrit. Ses cheveux gris-brun luisaient de graisse et son visage semblait figé.

— Göran ? dit-elle d'une voix rauque à Henrik. Göran, c'est toi ?

— Je m'appelle Henrik, je suis de la police de Norrköping, déclara-t-il en montrant sa carte. Nous cherchons votre fils, Mårten Malmberg. Il est à la maison ?

Une seconde plus tard, un homme à casquette verte apparut derrière la femme. Il était petit, peut-être pas plus d'un mètre soixante, vêtu d'une chemise de flanelle à carreaux et d'un pantalon de travail.

— Qu'est-ce que vous voulez ? demanda-t-il, contrarié.

— Nous sommes de la police et nous voulons vous parler de votre voisin, Erik Johansson, répondit Mia.

Mårten paraissait exagérément calme. Soit il savait ce qui les amenait, soit il n'avait rien à se reprocher. En même temps, il s'était rendu coupable de conduite en état d'ivresse et avait été mêlé à une bagarre dans un bar. Il était donc probablement alcoolique et impulsif.

— Bordel, vous voulez juste m'emmerder avec toutes vos conneries, grommela-t-il en écartant sa mère.

La vieille femme disparut d'un pas mal assuré vers l'intérieur de la maison.

— Vous connaissez Erik ? demanda Henrik.

— Non, pourquoi, je devrais ?

— Il n'habite qu'à quelques kilomètres d'ici.

Mårten tira de sa poche arrière une boîte de tabac à priser.

— Vous ne pensez quand même pas que c'est moi qui l'ai fait ?

— Fait quoi ? rétorqua Mia en haussant les sourcils.

— Qui l'ai tué. Je l'ai rencontré deux ou trois fois, absolument, mais pourquoi j'aurais voulu le tuer ?

— Donc vous savez qu'il est mort ?

— J'ai vu les barrages de police autour de la maison en passant devant ce matin. Et sur Internet, on parle d'un meurtre à Kolmården, alors j'ai fait le rapprochement. Mais je n'ai rien à voir avec ça.

Mårten ouvrit le couvercle de la boîte et se cala un sachet de tabac sous la lèvre.

— Vous surveillez les allées et venues dans le coin ? demanda Henrik.

Mårten secoua la tête.

— Pas vraiment. Ça ne m'intéresse pas, et les gens gardent leurs distances.

— Donc vous n'avez rien entendu ou vu qui puisse avoir un rapport avec le meurtre d'Erik ? reprit Henrik.

— Non, lâcha Mårten en remettant sa boîte de chiques dans sa poche. Si j'ai laissé ma mère vous ouvrir, c'est juste pour vous dire que je sais que dalle. Donc vous pouvez partir.

Mia avança d'un pas sur le seuil vermoulu pour qu'il ne s'avise pas de leur claquer la porte au nez.

— Que faisiez-vous hier soir vers 22 heures ? demanda-t-elle.

Les pupilles de Mårten s'étrécirent. La colère suscitée par leur insistance était presque palpable.

— J'attends, ajouta-t-elle.

— J'étais occupé à débroussailler en forêt, comme d'habitude, déclara-t-il en remontant sa chique du bout de la langue.

— Si tard ?

— Il y a beaucoup de travail.

— Est-ce que quelqu'un peut le confirmer ? glissa Henrik.

— Faudrait voir avec ma mère.

— Elle a l'air passablement confuse, dit Mia, le pied toujours sur le seuil. Il vous faudrait un alibi plus fiable.

— Et pourquoi ? Puisque je n'ai rien à voir avec ce meurtre.

— Peut-être pas, répondit-elle. Mais on nous a appris qu'Erik et vous étiez en conflit. À quel sujet ?

Mårten rajusta sa casquette verte et poussa un profond soupir.

— Alors voilà. Ma mère est très sénile, comme vous l'avez dit. Elle file et oublie où elle habite. Un soir, elle a erré jusqu'au terrain d'Erik, et ça a fait du foin.

— Que s'est-il passé ? demanda Henrik.

— Il s'est fâché et l'a flanquée dehors, alors je lui ai mis les points sur les *i*.

Mårten leva un peu le menton, de sorte qu'on apercevait sa chique sous sa lèvre supérieure.

— Vous l'avez menacé ? l'interrogea Mia.

— Non. Je lui ai dit de bien faire gaffe à ne pas se retrouver devant ma voiture si je passais par là.

Mia sourit, peu convaincue.

— Et vous trouvez que ça ne ressemble pas à une menace ?

— J'étais furieux, ça m'a échappé. Le lendemain, ce con avait crevé les pneus de ma voiture, et là, j'ai été à deux doigts de porter plainte contre lui.

Mårten écarta d'un centimère son pouce et son index.

— Mais vous ne l'avez pas fait ?

— Dans le coin, on préfère régler nos problèmes nous-mêmes, alors j'ai installé une clôture électrique tout autour de la maison.

— C'était ça, votre façon de résoudre le conflit ?

— Oui. Et puis comme ça, c'est drôlement difficile pour maman de se barrer.

Le cœur palpitant d'indignation, Jana engagea sa voiture dans Hörngatan. Tout en suivant la ligne de tram vers le centre-ville, elle essaya de comprendre pourquoi Danilo était allé trouver Per. Il avait menacé de s'en prendre à Per si Karl ne le laissait pas tranquille, et ce dernier lui avait donné toutes les raisons de passer à l'acte en tentant de l'éliminer. Alors pourquoi n'avait-il pas attaqué Per, malgré tout ?

Devant elle, un feu passa au rouge. Elle freina. Sans quitter le feu du regard, elle continua à réfléchir. Peut-être Danilo avait-il tout simplement voulu lui faire peur ? Lui rappeler qu'elle ne pourrait jamais se sentir en sécurité ?

Elle fut tirée de ses pensées par la sonnerie de son portable. C'était Henrik.

— On a terminé l'interrogatoire de Mårten Malmberg, annonça-t-il.

— Qu'en avez-vous tiré ?

— Il prétend qu'il débroussaillait en forêt hier soir, mais la seule personne qui peut le confirmer est sa mère sénile.

Il y avait de l'ironie dans sa voix.

— Donc il n'a pas d'alibi crédible, résuma Jana en jetant un coup d'œil au feu, toujours rouge.

— Non, mais je doute qu'il ait quoi que ce soit à voir avec le meurtre. Ça ne ressemble pas à un conflit de voisinage.

— Pourquoi ?

— À cause du mode opératoire.

Jana était du même avis. Les bisbilles entre voisins étaient monnaie courante, mais de là à s'éventrer, on ne voyait pas ça tous les jours.

— Mårten est petit et frêle, expliqua Henrik. Erik était assez grand et fort pour être capable de se défendre contre lui. En l'état actuel des choses, rien ne relie Mårten au lieu du crime, et encore une fois, je pense qu'il s'agit de tout autre chose.

— Moi aussi, dit Jana, et il est évident que le meurtrier voulait qu'Erik soit découvert. Sinon, il ne l'aurait pas laissé dans la cuisine, mais enterré quelque part en forêt. Et pourquoi lui fourrer quelque chose dans le ventre ?

— Il s'agit peut-être d'un message, mais tant que l'autopsie n'aura pas eu lieu… On ne sait même pas de quel type d'objet il s'agit.

— Allons nous renseigner, alors, lança Jana tandis que le feu passait au vert.

— À l'institut médico-légal, tu veux dire ?

— Tu as une meilleure idée pour faire avancer l'enquête ?

— Non.

— Tu vois, lâcha-t-elle. On se retrouve là-bas.

L'institut médico-légal était situé dans l'ancienne zone de garnison de la cité voisine de Linköping, aujourd'hui centre judiciaire de la ville. Les casernes crépies de jaune abritaient entre autres le tribunal, les locaux de police et la Chambre d'accusation. Pendant le trajet d'une bonne demi-heure, Henrik avait raconté à Gunnar leur visite chez Mårten Malmberg.

Une fois descendu de voiture, il s'étira et inspira à fond. Il n'était pas ravi d'être là et traîna un peu des pieds en rejoignant Mia et Jana, qui l'attendaient près de l'entrée du grand bâtiment.

Ensemble, ils gagnèrent la salle d'autopsie.

Björn Ahlmann se tenait devant le corps sans vie d'Erik Johansson étendu sur une table en inox. Malgré la ventilation qui ronronnait, une odeur de putréfaction et de désinfectant flottait dans la pièce carrelée de blanc. La lumière impitoyable des néons se reflétait sur les lunettes de Björn, tandis qu'un tuyau d'arrosage gouttait sur le sol au-dessus de la bonde.

— Vous auriez au moins pu appeler pour me prévenir.

Il ôta ses gants en latex et les jeta dans une poubelle.

— Mais on a téléphoné, répliqua Henrik en se plaçant au bout de la paillasse.

Le légiste sortit son téléphone de sa poche avec une moue contrariée.

— Mon portable est sur silencieux, expliqua-t-il en le rangeant. Dommage, sinon je vous aurais dit que j'étais loin d'avoir terminé l'autopsie.

— On a besoin de savoir ce que tu as trouvé jusqu'ici, déclara Mia en se couvrant le nez avec la manche de son pull tandis qu'elle promenait le regard sur le corps nu lacéré.

— Bon, comme vous le voyez, l'abdomen a été très méchamment endommagé. Et vous ne serez pas surpris d'apprendre que le meurtrier s'est servi d'un couteau. Dans l'état actuel des choses, je ne peux pas vous en dire davantage sur l'arme du crime.

Björn ôta ses lunettes et les astiqua sur sa blouse. Henrik l'observa. Combien de fois s'etait-il retrouvé là, devant un corps mutilé, à essayer de trouver une explication à un déchaînement de violence ?

— Il s'est vidé de son sang, n'est-ce pas ? demanda Mia à travers la manche de son pull.

— Oui, répondit Björn en rechaussant ses lunettes. La cause fondamentale du décès est la perte de sang, et mon hypothèse est qu'il était inconscient quand ceci lui a été placé dans le ventre.

Björn gagna une paillasse et revint avec un sachet plastique qu'il leva dans la lumière.

Tous les quatre regardèrent fixement le petit nounours en pull-over bleu. Sa fourrure, probablement blanche à l'origine, était ensanglantée. Il avait les oreilles collées à la tête, les yeux noirs et les pattes qui pendaient lourdement le long du corps.

— C’est une peluche à enregistreur, reprit Björn. C’est-à dire qu’elle enregistre les sons de son environnement et les restitue.

— Je peux voir ?

Henrik saisit le sachet.

— OK. (Mia ôta sa manche de son nez.) Le meurtrier a donc éventré la victime pour y fourrer un nounours qui parle ?

— J’en ai bien peur, oui.

— Mais que dit-il, tu le sais ? demanda Jana, qui s’était tue jusqu’alors.

Björn remonta ses lunettes sur son nez.

— Écoutez par vous-mêmes. Il faut appuyer sur la poitrine.

Henrik s’approcha de la paillasse, y posa le sachet et pressa la poitrine du nounours. Une voix mécanique se déclencha, mais il peina à entendre ce qu’elle disait.

Il se pencha plus près et appuya à nouveau.

— Tu comprends ce que ça raconte ? demanda Jana.

Il plissa le front, écouta avec encore plus de concentration et finit par hocher la tête.

— Alors ? s’impatienta Mia.

Henrik leva le visage et la regarda gravement.

— *Filippa*, répondit-il. La voix dit *Filippa Falk*.

6

Gunnar fixait la photo du nounours ensanglanté sur le portable d'Henrik, la mine dubitative. *Il n'a pas l'air de comprendre qu'il a été fourré dans le ventre d'Erik Johansson*, se dit Jana, plantée devant son bureau en compagnie d'Henrik, Mia et Ola.

— Le meurtrier a volontairement laissé cet ours en peluche, déclara-t-elle comme pour tenter de le convaincre que c'était effectivement ce qui s'était produit.

— Oui, il serait difficilement arrivé là par hasard, grommela Mia.

Gunnar posa le téléphone sur le bureau et leva les yeux vers eux.

— Vous êtes sûrs que ce nounours dit « Filippa Falk » ?

— Sûr, répondit Henrik en hochant la tête.

— Mia, Jana ?

— Il n'y a aucun doute, renchérit Jana.

Gunnar pointa la main vers Ola.

— Tu me sors tout de suite tous ceux qui portent ce nom.

— *Yes boss*, répondit Ola avant de se tourner vers la porte.

Jana le suivit du regard tandis qu'il quittait la pièce. Ses pensées s'emballaient. Filippa Falk. Pouvait-il réellement s'agir de celle à qui elle pensait ? Elle envisagea brièvement de dire qu'elle en avait autrefois connu une, mais il devait y avoir plusieurs personnes portant ce nom, et elle préférait ne pas y repenser.

Gunnar se cala au fond de son fauteuil de bureau élimé.

— C'est dingue, ce truc. Quel genre de type ferait une chose pareille ?

— On peut en tout cas considérer comme acquis que le meurtre était prémédité et que son auteur connaissait la victime, dit Henrik.

— Oui, et comme il s'agit purement et simplement d'une putain d'exécution, le meurtrier devait avoir un mobile pour tuer Erik en particulier, enchaîna Mia. Ce que dit le nounours doit forcément être un message, adressé à nous, ou à quelqu'un d'autre.

— Mais que vient faire Filippa Falk dans le tableau ? demanda Gunnar. Et qui est-ce ?

— On a déjà évoqué la vengeance comme mobile possible, rappela Jana en s'efforçant de chasser l'irritation et le malaise provoqués par la mention de Filippa. En l'occurrence, peut-être une vengeance pour quelque chose qu'Erik a fait et qui la concerne ?

— Sauf qu'il y a cette histoire de nounours, objecta Henrik. C'est étrange, non ? Je veux dire, normalement, on offre ce genre d'ours qui parlent aux enfants. S'il s'agissait seulement de faire passer un message, il aurait aussi bien pu laisser un magnétophone. Ou un papier tout ce qu'il y a de plus ordinaire.

Jana hocha lentement la tête. Henrik avait raison. Pourquoi le meurtrier avait-il justement choisi un ours en peluche ? Que voulait-il dire par là ?

— Le nounours en lui-même pourrait nous orienter vers le meurtrier, suggéra Gunnar.

— Malheureusement, il ne porte aucune étiquette, soupira Mia. Si on connaissait le nom du fabricant, tout serait plus simple.

— Björn va analyser la peluche, ajouta Henrik, mais comme il n'a pas encore terminé l'autopsie proprement dite, on n'aura pas tout de suite les résultats.

— Jana, tu as l'air soucieuse.

Elle leva les yeux et croisa le regard de Gunnar.

— Je réfléchissais à la symbolique.

— Dis-nous voir.

— Une peluche, ça me fait penser à l'enfance, et je ne peux m'empêcher de me demander si un enfant ne serait pas impliqué.

— Absolument, mais l'enfant de qui ? Erik n'en avait pas, fit remarquer Mia, et jusqu'ici, on ne lui connaît aucune relation.

Henrik intervint :

— Si on émet l'hypothèse que cette Filippa Falk a un rapport avec le meurtre, il doit exister un lien clair entre elle et Erik. Ou peut-être le meurtrier cherche-t-il à l'atteindre d'une façon ou d'une autre ?

— Quoi qu'il en soit, il faut essayer de la retrouver au plus vite, dit Mia.

Gunnar gratta son cou rougi par le stress.

— Et en attendant qu'Ola nous trouve combien de Filippa Falk existent, quelqu'un pourrait nous renseigner sur le lien entre Erik et elle ?

— Le père d'Erik, peut-être ? proposa Henrik.

Gunnar secoua la tête.

— Comme on nous l'a indiqué, il a des difficultés à communiquer depuis son accident de bus. Qui d'autre ?

— Personne, dit Mia.

— N'oublions pas qu'Erik a travaillé comme enquêteur, souligna Jana. Il est possible qu'il ait été en contact avec elle dans le cadre de son travail.

— J'ai essayé de joindre son ancien chef, Conny Hellberg, mais il est à la retraite depuis environ un an et ne semble pas avoir le temps de nous répondre, expliqua Gunnar avec agacement. La nouvelle enquêtrice principale s'appelle Karima Sandell.

— Pourquoi ne pas lui demander ? lança Jana.

— C'est précisément là où je voulais en venir. Elle sait peut-être quelque chose au sujet d'Erik, qui pourra nous faire avancer.

Mia claqua des doigts.

— Henrik, on la contacte tout de suite.

— Je veux bien participer à la conversation, dit Jana.

— Tu n'es pas obligée, décréta Mia en sortant de la pièce.

Il était bientôt 4 heures de l'après-midi quand ils passèrent l'appel. Mia jeta un coup d'œil à Henrik, assis de l'autre côté du bureau, mais celui-ci garda les yeux rivés sur le portable posé entre eux.

— Karima Sandell, répondit une femme stressée.

Sa voix était presque noyée dans un brouhaha, et Mia eut aussitôt du mal à se concentrer. Elle joignit les mains et se rapprocha du téléphone.

— Allô, je suis Mia Bolander, inspectrice à la police de Norrköping. Mon collègue Henrik Levin entend notre conversation. On aurait besoin de discuter avec vous d'Erik Johansson.

— D'accord, mais j'ai une réunion qui va commencer, je vous serais très reconnaissante d'être concis.

— Savez-vous de qui je veux parler ?

— À peine. Pourquoi ?

La femme semblait réticente, et Mia n'était pas du tout d'humeur. Elle regrettait déjà de n'avoir pas laissé Jana assister à la conversation. Mais elle ne voulait pas d'elle ici, dans son bureau. Hors de question qu'elle voie sa corbeille à papier débordante, les tasses de café froid encore à moitié pleines et les piles de dossiers qu'elle n'avait jamais le courage de classer.

— Autant aller droit au but, fit Henrik en se raclant la gorge. Ce matin, Erik a été retrouvé assassiné à son domicile de Kolmården.

— Quoi ? Assassiné ? s'exclama Karima. Quelle horreur !

— Comme vous le comprenez sûrement, on a besoin d'en savoir davantage à son sujet.

— Oui, je comprends, mais je ne peux pas vous en dire grand-chose. Il a pris sa retraite bien avant que j'arrive, je n'ai jamais eu l'occasion de travailler avec lui. Je sais juste qu'il enquêtait sur la prostitution et les trafics d'êtres humains.

Mia s'affaissa sur son siège et fit signe à Henrik de continuer.

— Vous savez si Erik était menacé, si quelqu'un lui voulait du mal ? demanda-t-il.

— Non. Mais on s'expose toujours à des menaces et à des violences quand on se met en travers du commerce du sexe.

— Vous avez une petite idée de qui il fréquentait ? Amis, connaissances, collègues…

— Aucune idée, non. Encore une fois, je ne sais rien de lui et encore moins de sa vie privée.

— Donc vous ignorez s'il avait un lien avec une certaine Filippa Falk ? demanda Henrik.

— Je sais qu'il travaillait avec une Filippa.

Mia se redressa aussitôt.

— Vraiment ?

— Mais oui, répondit Karima comme si c'était la chose la plus évidente du monde. Mais si son nom de famille était Falk, je n'en suis pas sûre.

— On pourrait avoir son numéro de téléphone ?

— Malheureusement, je ne pense pas l'avoir. Filippa n'est plus ici, elle non plus. Et je suis désolée, je dois vous laisser.

— Attendez, fit Mia. Que pouvez-vous nous dire à son sujet ?

— Presque rien, elle aussi est partie longtemps avant mon arrivée. J'ai juste entendu parler d'une tragédie qui l'aurait frappée.

— Quelle tragédie ? demanda Mia en regardant Henrik, qui écoutait avec intérêt.

— Écoutez…, commença Karima. J'aimerais vous renseigner mais, vraiment, je n'en sais pas davantage. Il vaudrait mieux contacter Conny Hellberg, ou l'un de leurs anciens collègues.

— C'est sérieux, Karima, insista Henrik, visiblement las de ses réponses évasives. On doit retrouver Filippa Falk. On a déjà cherché à joindre Conny Hellberg, sans succès, et on ne se serait pas adressés à vous si ce n'était pas urgent.

Karima soupira, mais parut un peu mieux disposée lorsqu'elle répondit :

— Je vais demander à un collègue de la chercher dans le registre du personnel. Je vous tiens au courant.

Et elle raccrocha.

Quelques minutes plus tard, le téléphone de Mia vibra à l'arrivée d'un SMS. Elle le saisit et poussa un soupir irrité.

— On a reçu ses coordonnées ? demanda Henrik.

— Non, rien qu'un numéro de Sécurité sociale.

Elle se leva et gagna le bureau d'Ola.

Il était assis devant le grand écran de son ordinateur, coiffé de son éternel bonnet jaune, une canette de Powerking à la main.

— Tu as pu déterrer toutes les Filippa Falk ?

— *Niet*. J'ai été coincé au téléphone avec le labo, qui a du mal à débloquer le portable d'Erik Johansson.

Mia soupira, une main sur la hanche.

— Nous, on a parlé avec Karima Sandell, de la police de Kalma. Elle n'avait rien de particulier à nous dire au sujet d'Erik, à part qu'il avait pour collègue une certaine Filippa. Elle ne travaille plus là-bas elle non plus, et ils n'avaient pas ses coordonnées, juste un numéro de Sécu.

Ola posa sa boisson énergisante sur son bureau et se tourna vers son ordinateur.

— Dicte-moi les chiffres.

Mia s'exécuta et regarda Ola se pencher sur son écran pour étudier les résultats dans tous les fichiers de la police.

— Tu l'as trouvée ?

— Oui, et je comprends pourquoi Karima ne pouvait pas nous fournir d'autres informations au sujet de Filippa.

— Pourquoi ?

— Parce qu'elle a une identité protégée.

7

Per se déplaçait à mouvements brefs et précis sur le court de tennis du Racketstadion. Il monta au filet pour smasher, mais évalua mal la distance et vit la balle lui passer juste au-dessus pour atterrir sur l'autre moitié du terrain.

— Et merde !

Per jeta sa raquette par terre, mais se ressaisit et alla remercier Stefan Callmander, un de ses collègues les plus expérimentés du cabinet d'avocats, pour ce beau match.

— Comment ça va ? demanda Stefan. Je ne t'ai jamais vu te planter à ce point.

Per ramassa sa raquette et alla s'asseoir sur le banc de touche.

— Un jour sans, c'est tout.

— Je comprends. Tu viens ?

Per répondit d'un hochement de tête et regarda son collègue charger son sac sur son épaule et se diriger vers les vestiaires.

Ce n'était pas un jour sans. Il ne pouvait pas non plus mettre ça sur le compte de la fatigue ou de la faim.

C'était à cause de Danilo Peña.

Per ne saisissait pas pourquoi il s'était pointé comme ça devant sa porte, sans crier gare. Et surtout, pourquoi lui avait-il dit de saluer Ker ? Qu'entendait-il par là ?

Il sortit son portable et vit que Jana lui avait envoyé un SMS pour demander si elle pouvait apporter à dîner chez lui et rester pour la nuit. Il répondit que cela allait de soi et qu'il serait rentré d'ici un quart d'heure.

Puis il poussa un grand soupir. Il valait peut-être mieux lui dire la vérité sur le message sibyllin de Danilo.

Non. Ce n'était pas envisageable. Cela ne ferait que l'énerver, et elle se demanderait pourquoi il ne le lui avait pas dit tout de suite – tout comme elle s'était fâchée qu'il ait attendu si longtemps pour lui parler de la visite même de Danilo.

Per n'avait aucune idée de ce que *Ker* signifiait, et il s'était abstenu de chercher à le découvrir. Danilo était un homme extrêmement antipathique. Non seulement il l'avait déjà menacé, mais Per avait failli perdre la vie quand deux inconnus l'avaient poussé devant une voiture. Sans preuve, il n'avait pas porté plainte, mais il savait que c'étaient des comparses de Danilo.

Il continua de ruminer. Pas seulement au sujet de ce message mystérieux, mais aussi du comportement de Danilo. Méprisant et supérieur, comme s'il venait de révéler un grand secret. De quoi s'agissait-il ? Le nom Ker pouvait-il se référer à Jana ? Danilo et Jana se connaissaient-ils ?

Il sortit sa serviette de son sac de sport et secoua la tête. L'idée était totalement absurde. Jana était procureure, Danilo criminel. Ils étaient des deux côtés opposés de la loi. Et puis, elle lui avait assuré qu'ils n'avaient rien à voir ensemble. Si Danilo l'avait menacée d'une façon ou d'une autre, elle le lui aurait dit depuis longtemps, non ?

Per essuya la sueur sur son front et jeta la serviette dans son sac. Tout cela était intenable. Danilo représentait un danger de mort, pour lui comme pour Jana. S'il existait un moyen d'obtenir une réponse sur le sens du mystérieux message, n'était-il pas de son devoir de l'apprendre ?

— Per ? appela Stefan, l'arrachant à ses pensées.

— J'arrive, répondit-il en se levant du banc de touche.

Dans son bureau de l'hôtel de police, Henrik se passa les mains sur le visage. Il était plus de 18 h 30, et il était complètement vidé. Ses pensées tournaient en boucle depuis qu'ils avaient appris que l'identité de Filippa était protégée : cela le minait, car il leur faudrait probablement patienter longtemps avant d'obtenir ses coordonnées.

Quelle pouvait bien être cette tragédie qui l'avait frappée ? Henrik avait fait une recherche Google avec son nom pour essayer de le savoir, sans résultat. D'habitude, quand un policier était mêlé à un grave accident ou à un événement tragique, les médias tartinaient des colonnes à ce sujet. Peut-être était-ce arrivé hors du cadre professionnel ? Il saisit son téléphone.

— Tu appelles qui ?

Henrik leva les yeux vers Mia, debout sur le pas de sa porte.

— Jana, répliqua-t-il. Il faut l'informer du lien entre Erik et Filippa.

Celle-ci prit l'appel au bout de trois sonneries.

— Oui ?

— Je voulais juste te dire qu'on avait parlé à Karima Sandell, déclara-t-il en jetant un œil à Mia, qui venait de s'adosser au chambranle de la porte.

— Et qu'est-ce que ça a donné ?

— Pas grand-chose, mais elle nous a indiqué qu'Erik Johansson avait travaillé avec une certaine Filippa Falk.

— Donc on a établi un lien entre eux ? fit Jana.

— Probablement, mais on n'arrive pas à la trouver.

— Qu'est-ce que tu veux dire ?

— Elle bénéficie d'une identité protégée, donc Ola doit suivre toute une procédure en passant par l'administration centrale et le fisc pour obtenir son contact.

— Quel âge a-t-elle ?

— Trente-deux ans, pourquoi ?

Jana ne répondit pas.

— Il faut qu'on la retrouve, dit-elle seulement. Elle pourrait nous donner le mobile du meurtre d'Erik, ou du moins nous expliquer pourquoi le meurtrier a laissé un ours en peluche qui prononce son nom.

— J'espère qu'on arrivera vite à la contacter, conclut Henrik.

— Moi aussi, mais s'il n'y a rien de nouveau, on se tient au courant demain.

Jana raccrocha.

— Qu'est-ce que tu en dis ? fit Mia quand Henrik eut posé le téléphone sur la table. On arrête pour aujourd'hui, nous aussi ?

Il se passa la main dans la barbe en réfléchissant.

— On ne pourrait pas faire un crochet par Kolmården d'abord ?

— Tu veux dire à la maison d'Erik ? s'étonna Mia.

— Oui.

Mia baissa la tête, le regard fatigué.

— Mais pourquoi ? On y est déjà allés deux fois aujourd'hui.

— Je sais, mais il y a quelque chose qui ne m'a pas plu là-bas, et il faut que je trouve quoi.

Jana serrait fort son sac de makis en se dirigeant vers l'immeuble de Per dans Skomakaregatan. Elle se répétait en boucle ce qu'Henrik venait de lui dire. Ils avaient trouvé le lien entre

Erik Johansson et Filippa Falk. Étant donné la correspondance d'âge, la probabilité qu'il s'agisse de son ancienne camarade d'école était grande. Ce devait être la même Filippa qui avait été dans sa classe pendant sa courte période en primaire à Norrköping.

La porte de l'immeuble grinça quand elle l'ouvrit. Sans allumer, elle se dirigea directement vers l'escalier, comme d'habitude.

Soudain, elle perçut un mouvement dans le noir.

Un homme venait d'entrer dans l'ascenseur.

Tous ses sens se mirent en alerte. Elle n'avait pas vu son visage à cause de sa capuche, mais ce ne pouvait être qu'une seule personne.

Danilo.

La porte se referma et la cabine s'ébranla. Sans hésiter une seule seconde, elle banda ses muscles et se précipita dans l'escalier. Sa blessure à la jambe se rappela à son souvenir, mais elle ignora la douleur.

L'ascenseur la doubla au premier étage.

Jana continua de courir. Son sac de makis heurtait la rampe, ses pas se répercutaient dans la cage d'escalier. Elle accéléra à la poursuite de la cabine qui continuait d'étage en étage.

Elle sentit une décharge d'adrénaline dans tout son corps quand celle-ci s'arrêta tout en haut.

Elle lâcha son sac, saisit la poignée de l'ascenseur et ouvrit la porte à la volée.

— Mais qu'est-ce qui vous prend, merde ?

Un homme la dévisageait en écarquillant les yeux. Ce n'était pas Danilo, mais un parfait inconnu au visage couvert d'acné.

— Pardon, dit Jana. J'ai cru… Je vous ai pris pour un autre.

Il grommela quelque chose qui ressemblait à « pauvre folle » et lui passa devant.

Jana se maudit en le voyant entrer dans un appartement plus loin sur le palier. Elle n'avait pas réfléchi. La crainte de ce que Danilo aurait pu faire à Per l'avait emporté. Elle savait de quoi il était capable. Fort et impitoyable comme il était, il n'avait aucune limite.

— Jana ?

Elle fit volte-face et aperçut Per dans l'escalier, en survêtement vert avec un sac de tennis sur l'épaule. Elle ne l'avait pas entendu arriver, mais lui avait certainement entendu l'éclat de voix de l'homme à qui elle venait de faire une peur bleue.

— Qu'est-ce qui se passe ? demanda-t-il.

— J'ai juste trébuché et laissé tomber le dîner. (Elle ramassa le sac par terre en s'efforçant de ralentir son pouls.) Tu as faim ?

— Je meurs de faim. Je pourrais manger n'importe quoi.

— Même des makis écrabouillés ?

Per éclata de rire.

— C'est comme ça qu'ils sont les meilleurs, il paraît.

Il s'approcha et l'embrassa tendrement. Jana lui rendit son baiser en espérant sincèrement qu'il ne sentirait pas combien son cœur battait fort sous sa veste.

— Allez, explique, lança Mia à Henrik quand ils entrèrent chez Erik Johansson, à Kolmården. Qu'est-ce qui ne te plaît pas, dans cette maison ?

Henrik referma précautionneusement la porte derrière eux.

— Je ne sais pas. J'ai juste eu une impression désagréable ce matin.

— Tu ne crois pas que c'était à cause du type assassiné ? plaisanta-t-elle.

— Non, répondit-il sérieusement. C'était autre chose.

Mia regarda autour d'elle en se demandant ce qui avait bien pu la pousser à accepter de revenir jusqu'ici. Henrik n'avait pas la moindre idée de ce qu'il cherchait dans cette maison isolée. Les techniciens du labo avaient déjà passé toutes les pièces au peigne fin, et toutes les pistes menant au meurtrier devaient être recueillies à l'heure qu'il était. Peut-être n'était-ce qu'une mauvaise excuse pour fuir la solitude de son chalet de vacances.

Il n'était pas difficile de repérer la place du corps dans la cuisine : une grande tache rouge sombre se dessinait sur le sol, et Mia s'imagina sentir encore l'odeur du sang.

— On continue ? demanda Henrik.

Mia hocha la tête. Le matin, elle s'était tellement focalisée sur le cadavre dans la cuisine qu'elle n'avait pas prêté attention au reste de la maison.

Les larges lattes du plancher grincèrent sous leurs pieds tandis qu'ils s'avançaient à travers l'entrée, devant une salle de bains au carrelage vert sombre et à la cabine de douche en verre cannelé. Une porte s'ouvrait à droite sur ce qui avait été la chambre d'Erik. C'était là qu'ils avaient retrouvé son portable, se rappela-t-elle alors qu'Henrik s'arrêtait et observait le lit, dont un seul côté était défait.

— À quoi tu penses ? demanda Mia tandis qu'il déplaçait son regard vers le bureau devant la fenêtre.

— Regarde autour de toi et dis-moi ce que tu ressens.

Elle balaya la chambre des yeux et réfléchit un moment.

— Je ne ressens pas grand-chose.

— Développe, insista Henrik.

— Qu'est-ce que tu veux que je développe ? Il y a plein de lampes, mais sinon, rien de spécial. C'est juste une chambre.

— Exactement, juste une chambre. Elle est meublée à l'économie, impersonnelle, et on a à peine l'impression que quelqu'un a habité ici.

Mia comprit où il voulait en venir.

— Jana avait donc raison avec cette histoire de menaces.

Henrik hocha lentement la tête.

— Tu vois la fenêtre ? Double verrouillage. La porte d'entrée était munie d'une grosse chaîne de sécurité, et il avait une caméra de surveillance.

Mia croisa son regard.

— Il avait réellement peur de quelque chose.

— Oui. Ou plutôt de quelqu'un.

MARDI

8

Henrik ouvrit les yeux et regarda autour de lui, mal réveillé. Il lui fallut quelques secondes pour reconnaître son bureau à l'hôtel de police. Sa nuque était raide, et il avait mal au dos d'avoir dormi dans un fauteuil inconfortable.

Il se redressa et se frotta le visage. Le sandwich aux crevettes était toujours sur la table. Il l'avait acheté après avoir déposé Mia la veille au soir, et en avait avalé quelques bouchées avant de renoncer. À la fois parce que les crevettes étaient sèches et parce que manger seul le déprimait.

La ventilation ronronnait tout bas et de petits craquements retentissaient dans les canalisations : des bruits familiers et rassurants, mais il aurait tant préféré entendre ceux de la maison. Il regrettait même le rabâchage du matin, quand on était en retard pour partir à l'école, ou le pinaillage avec Emma pour décider qui viderait le lave-vaisselle.

Henrik saisit son portable et regarda sa famille en fond d'écran. Il se souvenait quand la photo avait été prise, un soir d'été quelques années plus tôt, à l'occasion d'un pique-nique à Folkparken. Felix et Vilma se tenaient à l'ombre d'un grand chêne et Emma était assise sur un plaid à carreaux, le petit Vilgot dans les bras.

La culpabilité le submergea. Il inspira à fond et composa le numéro d'Emma. Son ventre se noua en entendant la première sonnerie. Il allait raccrocher quand elle répondit :

— Henrik, qu'est-ce que tu veux ? Je t'ai pourtant dit que ce n'était pas la peine d'appeler.

— Je… je veux juste savoir comment vont les enfants ?

— Ils vont bien, OK ? Ils sont en train de se préparer pour partir à l'école.

— Mais ils ont posé des questions ?

— Ils se demandent où tu es et je leur ai répondu que tu restaurais le chalet.

Henrik était blessé qu'elle soit aussi laconique avec lui, d'être devenu à ce point insignifiant pour elle.

— Emma…, commença-t-il. Qu'est-ce qu'on va faire ?

— Faire ?

— Nous deux ?

Comme elle se taisait, il continua :

— Je suis désolé, je suis vraiment désolé de la situation, et je…

— Non, le coupa-t-elle. N'essaie même pas.

— Je sais que j'ai eu tort d'annuler mon congé parental pour reprendre le travail, mais j'étais obligé.

Elle éclata de rire.

— Obligé ? Tu ne comprends pas que tu ne fais qu'aggraver la situation en disant ça ?

— Pardon, fit-il en balançant le reste de son sandwich à la poubelle. Je sais que j'ai merdé, mais je peux quand même au moins voir les enfants ?

Cette question lui parut idiote. Il s'agissait tout de même de ses enfants, il n'avait pas besoin de permission pour les voir.

— Tu peux dîner avec eux ce soir, répondit-elle.

— Ce soir ?

— Passe les prendre à 17 h 30.

Henrik sentit la joie lui réchauffer le corps quand ils eurent raccroché. Au même moment, Ola appela.

— Je te réveille ? demanda l'expert informatique.

— Non, je suis déjà au boulot.

— Très bien. Prends ta voiture et passe chercher Mia.

— Pourquoi ? Qu'est-ce qui s'est passé ?

— J'ai trouvé l'adresse de Filippa Falk.

Per était assis sur le canapé blanc du séjour, son MacBook sur les genoux. De la chambre lui parvint la sonnerie du téléphone de Jana et, juste après, le murmure de sa voix. Il tentait de se retenir d'aller sur Google, mais le moteur de recherche était déjà ouvert. Il n'avait plus qu'à saisir le curieux message de Danilo et cliquer sur « entrée ». Mais il n'était pas sûr de l'orthographe : Keer, ou Kère ?

Il commença avec le premier, qui se révéla être le nom d'un artiste de street art néerlandais. Kère était aussi un nom, mais celui d'un professeur de génétique.

Et Ker, tout simplement ?

Les résultats partaient dans tous les sens. Il trouva de tout, depuis une abréviation de Kockum Émail de Ronneby à une société produisant des aliments pour chevaux, en passant par un baume émollient. Il trouva même une page sur une île presque dépeuplée au Canada.

Mais rien qui puisse lui donner une explication sensée de ce qu'avait voulu dire Danilo.

Comme il s'apprêtait à refermer son ordinateur, son regard se posa sur un lien tout en bas de la page. Il cliqua dessus et sentit les poils de ses bras se hérisser en lisant que Ker avait un rapport avec la mort et la vengeance sanglante.

Ce message était-il malgré tout une menace à l'encontre de Jana ?

— Il faut que j'y aille.

Il sursauta. Il n'avait pas entendu Jana entrer dans la pièce. Ses cheveux tombaient, lisses, sur les épaules de sa veste. Elle l'interrogeait du regard.

— Déjà ? demanda-t-il en s'éclaircissant la voix.

— Henrik vient juste d'envoyer un message, comme quoi on a localisé une femme recherchée dans le cadre de notre enquête actuelle. J'ai promis de le retrouver avec Mia à son adresse de Vikbolandet, expliqua Jana en s'approchant d'un pas. Qu'est-ce qu'il y a ?

— Quoi ?

— Tu as l'air pâle.

Per referma aussitôt l'écran de son ordinateur tout en cherchant une explication plausible.

— Non, ce n'est rien, dit-il en se raclant à nouveau la gorge. C'est juste que c'est l'anniversaire de mon neveu Hugo demain. Et je viens de m'apercevoir que j'avais oublié de te demander si tu voudrais m'accompagner à la fête.

— Moi ?

— Ça me ferait vraiment plaisir.

Jana le dévisagea, hésitante.

— Je ne suis jamais allée à une fête d'anniversaire.

— Jamais ? s'étonna Per.

— Et je n'ai jamais rencontré ta sœur.

— Mais Clara aimerait bien faire ta connaissance. Et il n'y aura sûrement que Hugo et elle.

Jana se mordit la lèvre.

— Bon, d'accord. Mais il faut que j'y aille, maintenant.

— Je sais. À plus tard.

Elle lui adressa un rapide sourire. Per aurait voulu le lui rendre, mais il se contenta de la suivre des yeux tandis qu'elle quittait l'appartement.

— OK, donc Filippa Falk habite près de Kättinge ?

Mia interrogea du regard Henrik qui conduisait, les deux mains sur le volant.

Ils étaient en train de quitter Norrköping en direction de la presqu'île Vikbolandet, depuis toujours un haut lieu du tourisme estival. Une voix suave venait d'annoncer à la radio une nouvelle journée chaude et ensoleillée, mais également une dépression en approche.

— Exact, dit-il sans quitter des yeux la route qui serpentait entre les champs ouverts et les prés.

Mia s'attendait à ce qu'il ajoute quelque chose, mais il se tut. Il avait un pli soucieux entre les yeux : son air habituel, assurément, grave et taciturne, son cerveau d'enquêteur tournant à plein régime... Sauf qu'elle ne l'avait jamais vu aussi fatigué. Sa séparation avec Emma l'éprouvait durement.

Mia se surprit à se demander comment elle réagirait si le Viking ne voulait plus d'elle. L'idée la désolait. Elle avait cherché son prince charmant jusqu'au jour où Patrik était entré dans le bureau de Gunnar. Certes, il portait un pull infâme à motifs orange et ocre, mais le regard qu'il lui avait adressé l'avait tout de suite rendue nerveuse. Qu'avait-elle fait pour le mériter ? Rien. Pourtant, elle avait touché le gros lot. Sans doute le plus gros qu'elle ait jamais gagné. Et elle ne regrettait pas une seconde d'avoir acheté ces deux bagues de fiançailles d'occasion sur Internet. Ne restait plus qu'à choisir la date et le lieu.

Henrik doubla un tracteur rouge et sa remorque, et Mia s'efforça de se concentrer sur l'enquête.

— Pourquoi ne pas simplement téléphoner à Filippa ?

— Apparemment, elle ne répond pas.

Mia regarda Henrik.

— Tu crois qu'il lui est arrivé quelque chose ?

— Je ne crois rien. Peut-être qu'elle évite juste les numéros inconnus. Ce ne serait pas si étonnant, vu qu'elle bénéficie d'une identité protégée.

— On sait pourquoi ?

Henrik lui adressa un regard las, comme s'il s'était lui-même posé la question plusieurs fois.

— Non, ni quelle était cette tragédie à laquelle Karima a fait allusion. Ola ne m'a donné qu'une adresse.

— En d'autres termes, on ne sait presque rien d'elle.

Henrik secoua la tête.

— En tout cas, je suis certaine que c'est la bonne Filippa, dit Mia avec conviction.

— Ah, et pourquoi ?

— Un : Erik passait son temps à déménager ; et deux : elle a une identité protégée.

— On ne peut pas être tout à fait certains avant de lui avoir parlé.

— Si, répondit-elle. Parce que tous les deux se cachent pour échapper à quelqu'un.

Filippa Falk déblayait avec calme et méthode l'épaisse couche de sciure. Quand elle eut nettoyé le dernier box, elle saisit fermement sa brouette, la poussa vers l'arrière de l'écurie et suivit l'étroit sentier jusqu'au tas de fumier. Elle vida son chargement, dégagea quelques mèches de son visage et écouta le vent qui faisait bruisser les bouleaux près du vieux puits. Puis elle regagna l'écurie, alla chercher de la sciure propre et l'étala en couche homogène sur le sol des quatre box avant d'ôter enfin ses gants de travail, qu'elle frappa fort sur sa culotte d'équitation pour les dépoussiérer.

Dans la cour, le soleil de mai illuminait son visage. Tout était calme et silencieux, comme d'habitude. Elle entendait les chevaux s'ébrouer dans la grande prairie à côté du paddock.

Elle retourna vers la maison à pas lents. Dans l'entrée, elle rangea ses bottes sur le râtelier et posa ses gants sur l'étagère à chapeaux.

Le vieux plancher craqua quand elle entra dans la cuisine. Elle coupa deux tranches inégales de la miche desséchée qu'elle trouva dans la boîte à pain, sortit du beurre et du fromage du réfrigérateur. Pendant qu'elle tartinait, elle entendit la voix de Julia dans la salle de bains à l'étage. « Maintenant c'est mon tour, papa ! Mon tour ! » Sa fille riait à s'étouffer, comme toujours quand Johan lui donnait le bain. Elle adorait jouer avec la mousse, et il en mettait toujours trop pour qu'elle en ait jusqu'au menton. Filippa sourit pour elle-même en l'imaginant qui recueillait de la mousse pour en faire un chapeau pointu sur la tête de Julia. Parfois il la laissait lui rendre la pareille, même si le plus gros des bulles atterrissait sur son pull.

Elle fut arrachée à ses pensées par un faible grondement.

Filippa lâcha aussitôt le couteau à beurre. Depuis cinq ans, une peur permanente l'habitait, et elle crut d'abord qu'elle avait rêvé, comme tant de fois auparavant.

Mais non.

Son cœur se mit à tambouriner.

Elle s'approcha de la fenêtre. Pas un mouvement en vue sur la petite route au-delà de la palissade, mais elle aperçut un nuage de poussière juste après le virage.

Quelqu'un vient, pensa-t-elle, et ses cheveux se dressèrent sur sa nuque.

Jana descendit à contrecœur devant le portail du domaine des environs de Kättinge. Son inquiétude pour Per ne la quittait pas, malgré la soirée tranquille de la veille où il s'était montré plus présent que depuis plusieurs jours. Elle salua de la tête Henrik et Mia qui s'étaient garés devant elle, et s'efforça de ne plus penser à l'erreur qu'elle avait commise en prenant l'un des voisins de Per pour Danilo.

Ils se dirigèrent ensemble vers la palissade en bois brut qui entourait le domaine. Alors seulement elle s'aperçut combien celle-ci était haute. Jana devait se mettre sur la pointe des pieds pour apercevoir l'écurie rouge, la maison d'habitation jaune et la grande prairie à chevaux qui se trouvaient derrière. Le portail était tout aussi haut mais, entre ses barreaux métalliques, elle vit une femme qui venait à leur rencontre. L'air méfiant, elle portait un pull bleu-gris, une culotte d'équitation sale et de grandes bottes. Jana la reconnut aussitôt.

— Filippa Falk ? demanda Mia.

— Oui ?

— Je suis l'inspectrice Mia Bolander. (Elle brandit sa carte de police vers le portail.) Voici le commissaire Henrik Levin et la procureure…

— Jana Berzelius, compléta Filippa.

— Vous vous connaissez ? s'exclama Mia, étonnée.

— On était dans la même classe en primaire.

— Pas longtemps, précisa Jana. Et on était petites.

Elle s'efforçait de ne rien laisser paraître, mais son corps était entièrement crispé en présence de Filippa. Elle se rappelait bien ses cheveux bouclés et ses prunelles bleu clair. Sa chevelure était restée la même, mais ses yeux semblaient étrangement tristes.

— Il faut qu'on vous parle, dit Henrik. Notre collègue Ola a tenté en vain de vous joindre au téléphone, c'est la raison pour laquelle nous débarquons comme ça.

— Que s'est-il passé ? demanda Filippa.

— C'est au sujet d'Erik Johansson. On peut entrer ?

— Bien sûr.

Le portail s'ouvrit devant eux et ils suivirent Filippa dans la cour, passèrent devant une poubelle et continuèrent jusqu'à la maison jaune.

— Vous voulez du café ? proposa Filippa.

— Non, merci, répondirent en chœur Henrik et Mia.

Jana fit non de la tête puis examina toutes les photos de famille accrochées au mur dans l'escalier. Son regard s'arrêta sur un homme souriant avec une petite fille perchée sur ses épaules. Ses cheveux étaient aussi bouclés que ceux de Filippa, et elle portait un pansement sur le genou.

— Asseyez-vous, dit Filippa en les faisant entrer dans le séjour.

Jana s'installa avec Henrik sur un canapé moelleux, tandis que Mia observait les lieux. La pièce tenait du chalet de montagne, avec poutres apparentes et parquet à larges lattes. Deux hautes fenêtres au rebord fleuri d'orchidées blanches donnaient sur la vaste prairie. On entendait un ronronnement sourd, probablement une chaudière au sous-sol.

— Dites-moi, que voulez-vous savoir au sujet d'Erik ? demanda Filippa en prenant place dans le fauteuil en face d'eux. On a travaillé ensemble, mais ça fait des années.

Henrik s'avança sur le bord du canapé.

— Filippa… Erik a été retrouvé à son domicile hier matin. Assassiné.

Elle le dévisagea, incrédule.

— Comment ça, assassiné ? Il est mort ?

— Oui.

Elle porta la main à sa bouche.

— Mon Dieu…

— Vous savez qui aurait pu lui vouloir du mal ? interrogea-t-il.

— Non, répondit Filippa en ôtant sa main.

— Quand avez-vous été en contact avec lui pour la dernière fois ? demanda Jana du ton le plus neutre possible.

— Je… je n'ai pas eu de nouvelles de lui depuis plusieurs années. On a perdu contact après son départ à la retraite, et je ne vois plus personne désormais.

— Depuis qu'il a quitté la police, Erik a beaucoup déménagé, reprit Jana. Vous savez s'il se sentait menacé, d'une façon ou d'une autre ?

— Non, désolée, répondit-elle.

— Vous pensez que sa mort peut être liée à son travail d'enquêteur ?

Filippa hésita une seconde, puis secoua la tête.

— Je suis désolée, je n'en ai aucune idée et je ne veux pas non plus être mêlée à tout ça.

Henrik se racla la gorge.

— Malheureusement, nous pensons que vous l'êtes déjà.

Filippa le regarda droit dans les yeux.

— Pourquoi dites-vous ça ?

— Je ne sais pas vraiment comment le présenter, je veux dire, sans que vous…

— Allez-y, trancha-t-elle d'un ton résolu.

Henrik inspira à fond.

— On a trouvé quelque chose dans le corps d'Erik. Un ours en peluche qui parle. Et il prononce votre nom. Filippa Falk.

Il marqua une pause, comme pour lui laisser le temps de digérer l'information.

— Vous êtes sûrs ?

Filippa semblait dubitative, mais Henrik hocha lourdement la tête.

— Vous avez une photo de ce nounours ? demanda-t-elle.

— Je ne crois pas que ce soit une bonne idée, objecta Jana.

— S'il vous plaît. Montrez-le-moi.

Henrik sortit son portable de sa poche et pressa plusieurs fois l'écran avant de le passer à Filippa. Elle déglutit péniblement à la vue de la peluche ensanglantée.

— Vous savez pourquoi le meurtrier a laissé ce nounours ? demanda Jana.

— Non, c'est…

Filippa s'interrompit, regarda par la fenêtre, puis baissa à nouveau les yeux vers le portable.

— Non, je ne sais pas.

— Vous reconnaissez cet ours ? insista Jana en l'observant attentivement. Vous pourriez nous dire d'où il vient et ce qu'il symbolise ?

Filippa secoua la tête une fois de plus.

— Y a-t-il quelqu'un qui vous veut du mal, à vous ? demanda Mia.

— Non, répondit-elle un peu trop lentement.

Jana croisa les jambes.

— Alors pourquoi bénéficiez-vous de cette identité protégée ?

— Ça me regarde, et ça n'a rien à voir avec Erik, répliqua Filippa sans croiser son regard.

— Votre vie privée ne regarde que vous, naturellement, mais vous n'avez vraiment aucune idée de la raison pour laquelle le meurtrier a laissé un ours en peluche qui dit votre nom ?

Filippa rendit son téléphone à Henrik.

— Non, aucune.

— Comme vous le comprenez sûrement, vous êtes menacée, dit-il.

Filippa posa les mains sur ses cuisses et se leva.

— De toute façon, personne ne sait que j'habite ici. Vous m'excuserez, mais je dois retourner à mes occupations à l'écurie.

9

— Qu'est-ce que vous pensez d'elle ? demanda Mia.

Il était déjà 11 heures, ils avaient quitté Filippa Falk et se tenaient près de leurs voitures devant la haute palissade qui entourait le domaine.

Henrik ne répondit pas. Il essayait de comprendre l'impression curieuse que lui avait faite cette rencontre. En examinant l'affaire des meurtres de la forêt de Vrinnevi, il avait vainement cherché des informations sur Jana, mais n'avait rien trouvé sur son passé. Ni les écoles qu'elle avait fréquentées, ni les endroits où elle avait habité. Elle n'avait jamais mentionné d'amis ni de connaissances. Peut-être était-ce là la source principale de la frustration d'Henrik, n'avoir personne avec qui parler. Car que penseraient le père ou le petit ami de Jana s'il venait les trouver avec tout un tas de questions sur sa vie privée ?

Mia se tourna vers Jana, puisque Henrik gardait le silence.

— Je veux dire, même si elle nie, il est évident que le meurtre a un rapport avec elle. Qu'est-ce qu'elle ne nous a pas raconté ?

— Comment je pourrais le savoir ? rétorqua Jana.

— Il y a un truc, en tout cas. (D'un coup de pied, Mia fit voler la poussière dans le gravier sec de la route.) Et vous étiez dans la même classe, tu devrais bien avoir quelque chose à nous dire sur elle.

Jana lui jeta un regard noir. Elle avait l'air irritée, remarqua Henrik : elle ne voulait visiblement pas qu'on lui rappelle ça.

— Je ne sais rien du tout sur Filippa. Mais comme tu le dis si bien, il y a un lien clair entre elle et Erik Johansson. S'ils n'étaient que de lointains collègues, pourquoi fourrer un ours en peluche qui prononce son nom dans le ventre de la victime ?

— Je suis d'accord, intervint Henrik. Filippa doit en savoir plus qu'elle ne le prétend. On n'a pas eu le temps de t'en parler mais, en passant chez Erik hier soir, Mia et moi avons découvert plusieurs autres dispositifs de sécurité, et on est persuadés qu'il se cachait de quelqu'un.

— Ce qui semble aussi être le cas de Filippa, fit remarquer Jana.

Le portable d'Henrik sonna.

— C'est Gunnar, annonça-t-il en activant le haut-parleur. Salut, Gunnar, tu appelles au bon moment. On sort de chez Filippa Falk.

— Qu'est-ce qu'elle a dit ?

Le son crachotait, la couverture n'était pas bonne.

— Elle a confirmé avoir travaillé avec Erik, mais n'avait aucune idée concernant le meurtrier et n'a pas reconnu l'ours en peluche.

Gunnar respirait fort dans le haut-parleur.

— Elle n'a pas non plus l'air de bien comprendre la menace qui pèse sur elle, ajouta Henrik.

— Ce qui est incompréhensible, si on pense au nounours, grommela Mia en se grattant violemment le bras. Putain, on ne fait pas plus clair, comme menace, non ?

— On va mettre le domaine sous surveillance, dit Gunnar. Autre chose ?

— Non, répondit Henrik.

— Alors je voudrais que vous filiez à Kolmården, immédiatement.

— Mais pourquoi ?

— On a une réponse du labo. Ils ont analysé les empreintes digitales sur le pistolet retrouvé sur les lieux du crime, et en ont identifié deux séries.

— Deux ? s'exclama Mia.

— L'une correspond aux empreintes d'Erik Johansson.

— Et l'autre ?

— À son voisin, Mårten Malmberg.

Un sac plastique vide s'était accroché sur une plate-bande parmi des tulipes écloses. Per s'arrêta, le ramassa et le jeta dans la poubelle la plus proche. Reprenant sa route, il passa devant son ancien lieu de travail, le bureau du procureur, et se dirigea vers le tribunal un peu plus loin dans la rue. Il ne restait plus que vingt minutes avant le début de l'audience principale du procès contre un jeune homme de dix-huit ans mis en examen pour vol à main armée dans une boutique d'alimentation.

Un brouhaha sourd montait du public assemblé dans la salle des pas perdus. Par l'embrasure de la porte, il vit que le juge, un homme âgé aux sourcils broussailleux, était en pleine conversation avec l'un des jurés.

Un mauvais pressentiment nouait le ventre de Per. Il savait que le tribunal suivrait le procureur et condamnerait son client pour son crime, mais ce n'était pas ça qui le tarabustait. C'était le message de Danilo.

Depuis qu'il avait cherché Ker sur Google plus tôt dans la matinée, il était convaincu qu'il s'agissait d'une menace adressée à Jana. Impossible de l'interpréter autrement – en tant qu'ancien procureur, il savait que les tentatives d'intimidation étaient monnaie courante. Il avait lui-même essuyé plus d'une fois des bordées d'injures dans l'exercice de ses fonctions. Mais le procès contre Danilo était terminé depuis longtemps, alors pourquoi menacer Jana maintenant ? Et surtout : pourquoi Danilo n'était-il pas plutôt allé chez elle ?

Per rajusta sa cravate. Danilo avait exigé de voir Jana pendant sa détention préventive, dans l'attente du procès. Il le savait, car cette affaire lui avait été confiée dans un premier temps. Il était visiblement très important pour Danilo de la voir, elle, car il avait même usé de menaces afin d'obtenir cette visite. Per en avait parlé à Jana, mais elle ne savait pas comment l'expliquer. C'était du moins ce qu'elle avait dit.

Ensuite, quand Per s'était fait renverser par la voiture, elle lui avait demandé de se retirer du dossier. En temps normal, c'est ce qu'il aurait fait mais, après son accident, il avait décidé de veiller à ce que Danilo écope de la peine la plus lourde possible.

Il avait pensé que Jana comprendrait. Le choc avait donc été total quand, après l'avoir dénoncé pour partialité, elle avait repris le dossier.

Per ravalait le goût amer de la trahison quand une voix dans les haut-parleurs annonça le début de la séance. Il entra dans la salle d'audience, prit place et s'efforça de se concentrer sur son client.

Mais il fut repris par cette impression que Danilo, avec son message, voulait dévoiler un secret. Dans sa tête tournait une unique question.

Une question qu'il aurait dû se poser depuis longtemps.

Quel lien existait-il entre Danilo et Jana – réellement ?

Le berger allemand se mit à aboyer dès qu'ils descendirent de voiture devant le domicile de Mårten Malmberg. La veille, le terrain avait été plongé dans l'ombre. Aujourd'hui, le soleil était haut, et la lumière vive faisait ressortir la peinture écaillée de la façade, donnant à la maison un air encore plus décrépit.

— Vous êtes prêtes ?

Henrik se tourna vers Mia et Jana. Toutes deux répondirent d'un hochement de tête.

Ils franchirent ensemble le portail et gravirent les marches du perron. Henrik pressa la sonnette et attendit. Après un court moment, il sonna à nouveau. Rien.

— Mårten ? appela Henrik en frappant à la porte. C'est la police, ouvrez !

Un bruit de moteur retentit. Il provenait de l'arrière de la maison. Henrik comprit aussitôt que quelqu'un venait de démarrer le quad qu'ils avaient aperçu la veille.

— Il se barre !

Henrik bondit au bas du perron, suivi de Mia et Jana. Contournant la bâtisse, ils découvrirent Mårten sur le véhicule pétaradant.

— Police, stop !

Mais Mårten se contenta de leur rire au nez avant de foncer à travers la clôture électrique vers un chemin de gravier qui s'enfonçait dans la forêt.

— Il faut le suivre, lança Mia, venez !

Le pouls d'Henrik s'emballa tandis qu'ils couraient vers leurs voitures.

— Démarre ! cria Mia en attachant sa ceinture.

Il mit le contact, s'engagea sur le chemin de gravier derrière la maison et pénétra dans la forêt, talonné par le véhicule de Jana.

Les branches fouettaient leur pare-brise. Lorsqu'il prit un virage à grande vitesse, la voiture dérapa. Henrik braqua, parvint à reprendre le contrôle et accéléra à nouveau.

— Tu le vois ? demanda Mia.

— Non, et toi ?

— Non, mais il ne peut pas être bien loin.

Henrik fouillait du regard les pins et les sapins serrés les uns contre les autres. Ses mains étaient tellement crispées sur le volant que ses phalanges blanchissaient. Il aurait voulu rouler plus vite, mais n'osait pas s'y risquer.

La forêt s'ouvrit devant eux sur une coupe. Deux grands tas de bois filèrent de part et d'autre de la route, puis un chemin latéral marqué « ROUTE PRIVÉE ».

Mia tendit soudain le cou.

— Là, lança-t-elle en pointant le doigt. Là, c'est lui !

Le quad était sur le chemin latéral qui traversait la coupe.

Henrik pila, recula dans une pluie de gravier, tourna dans le petit chemin et repartit pied au plancher. Le sol était à présent plus humide, les pneus patinaient sur le terrain mou.

— Fonce, cria Mia, il ne faut pas qu'il nous échappe.

— Je roule aussi vite que je peux !

Mårten jeta un regard anxieux par-dessus son épaule, effectua un brusque virage à droite et s'élança à travers la coupe. Il faisait de son mieux pour éviter les souches et les pins isolés qui avaient été épargnés, mais il roulait beaucoup trop vite. Le quad ballotté de tous côtés finit par vriller hors de contrôle et plongea dans un gros trou. Mårten se dressa aussitôt sur sa machine en tentant de la faire remonter. Mais le quad se cabra sur deux roues et bascula.

— Arrête la voiture !

Mia sauta presque en marche et bondit à travers la coupe. Henrik jeta un coup d'œil dans le rétroviseur avant de la suivre. Jana s'était arrêtée quelques mètres derrière eux.

Haletant, Mårten s'extirpa du trou. Mia se dépêcha de le rejoindre, le plaqua sur le ventre et lui saisit les bras au moment précis où Henrik la rattrapait.

— Vous êtes blessé ? demanda Mia après l'avoir fouillé.

— Non, je suis furax, putain ! gueula-t-il. Qu'est-ce que vous me voulez, à la fin ?

— On veut vous parler encore du meurtre d'Erik Johansson, expliqua calmement Henrik.

— Je ne sais rien, je vous ai dit.

— Peut-être. Mais quand quelqu'un fuit, il y a toujours une bonne raison, et on aimerait entendre la vôtre.

Depuis la pièce voisine, Jana suivait l'interrogatoire qui venait de commencer. Par la grande vitre sans tain, elle observait Mårten Malmberg. Son avocat et lui faisaient face à Henrik et Mia. Sa casquette verte était de travers, et de grandes taches de boue constellaient sa chemise de flanelle après la course-poursuite dans la forêt de Kolmården.

— Je ne sais rien sur le meurtre d'Erik Johansson, dit Mårten, abattu. Combien de fois je dois vous le répéter ?

— Comme vous l'entendez, mon client est indigné de vos accusations, déclara l'avocat, un homme en chemise violette au front dégarni.

— On entend ça, fit Mia, il n'est pas obligé de le répéter.

— Merci, répliqua Mårten en se calant au fond de sa chaise.

— Mais il y a deux choses que vous devez nous expliquer, reprit-elle. D'abord, on voudrait savoir pourquoi vous vous êtes enfui sur votre quad. Puisque vous êtes si innocent, je veux dire.

Mårten lui adressa un regard las et rajusta sa casquette.

— Je n'avais pas le courage de répondre encore à vos questions.

— Alors vous avez trouvé tellement plus malin de tenter de prendre la fuite.

— Ce n'était peut-être pas si malin que ça.

— Visiblement pas, rétorqua Mia, puisqu'on se retrouve ici.

— Et j'aimerais beaucoup m'en aller, alors qu'est-ce que je dois vous expliquer d'autre ?

Mia se pencha en avant, coudes sur la table.

— Comment se fait-il qu'une arme portant vos empreintes digitales ait été retrouvée près du corps d'Erik ?

Le silence se fit dans la pièce. Mårten regarda ses genoux et gratta un peu de boue séchée sur son pantalon.

— Je ne peux pas l'expliquer.

— Il vaudrait mieux, répliqua Mia, sinon vous risquez de nous avoir sur le dos encore très longtemps.

— Vous pouvez leur dire, assura l'avocat en encourageant Mårten d'un signe de tête.

Celui-ci leva les yeux. Ses lèvres étaient serrées, il semblait peser ses mots.

— Erik savait que je chassais, alors il est venu me voir un jour et a demandé à m'acheter une arme, finit-il par lâcher. OK ?

— Non, fit Mia en secouant la tête. Ce n'est pas OK, putain. Vendre des armes sans autorisation est un trafic passible de prison. En plus, vous n'avez pas de permis pour le type de pistolet trouvé sur le lieu du crime.

— C'était à mon paternel. Il en a laissé tout un tas dans un carton à sa mort, dit Mårten en écartant les mains.

Mia haussa les sourcils.

— Tout un tas ?

— De pistolets, oui. Je les ai encore tous.

— Sauf un, rectifia Mia. Ou bien il vous en manque d'autres ?

Mårten s'efforçait de faire bonne figure, mais Jana voyait à son regard papillonnant qu'il était nerveux.

— Je comprends parfaitement que c'était mal de vendre le pistolet à Erik, mais qu'est-ce que je pouvais faire ? Il en avait besoin et il payait bien.

— Pourquoi ne pas nous l'avoir dit tout de suite ? demanda Henrik.

Mårten soupira.

— Si vous aviez su que c'était mon arme, vous m'auriez coffré direct. Mais je suis désolé de ce qui est arrivé à Erik. Vraiment désolé.

— Ben voyons, ricana Mia. Désolé, que dalle. Vous détestiez Erik, vous l'avez même menacé de mort.

— C'étaient des mots en l'air, objecta Mårten. Oui, on a eu un différend à cause de ma vieille gâteuse de mère, mais jamais je ne pourrais tuer quelqu'un. En plus, c'était un ancien flic. C'est pour ça que j'ai accepté de lui vendre le pistolet.

Mia le regarda avec méfiance.

— Comment savez-vous qu'il était flic ?

— Parce qu'il me l'a dit.

— Mais vous affirmiez ne pas vouloir avoir affaire à la police. Peut-être que vous étiez tellement furieux quand il a crevé les pneus de votre voiture que vous avez perdu les pédales ?

Il secoua la tête.

— Je ne l'ai pas tué, je le jure.

Mårten paraissait sincère, nota Jana, et il ne semblait pas avoir le moindre lien avec Filippa Falk. Certes, il avait fait l'objet d'une plainte pour une bagarre dans un bar, mais pouvait-il vraiment être à l'origine du meurtre sauvage d'Erik ? Était-il seulement capable d'une telle violence ?

Henrik se passa la main sur la nuque.

— Si c'est comme vous dites, et que vous vous êtes contenté de vendre l'arme à Erik, alors vous savez peut-être ce qu'il comptait en faire ?

Mårten se tortilla sur son siège.

— Il voulait un pistolet pour se défendre. Ce qui peut sembler idiot, bien sûr, mais compréhensible.

— Contre qui voulait-il se défendre ? demanda Henrik.

Mårten regarda ses genoux et recommença à gratter son pantalon sale.

— C'était lié à son ancien boulot.

Mia ricana à nouveau.

— C'est fou ce que vous en savez, des choses, tout à coup.

Mårten leva les yeux vers elle.

— Erik me l'a dit quand il a acheté le pistolet. Qu'il s'agissait d'une ancienne affaire.

— Que savez-vous d'autre ? demanda Henrik. Il a mentionné des noms ?

— Non, pas de noms, répondit Mårten en le regardant droit dans les yeux. Mais c'est dans cette direction que vous devriez creuser. Je suis au moins assez malin pour savoir ça.

10

— Tu prévois de le relâcher ?

Interloquée, Mia dévisageait Jana, assise face à elle dans la salle de réunion. Il était 2 heures de l'après-midi, et toute l'équipe s'était réunie pour un point rapide.

— Oui, je pense relâcher Mårten Malmberg, répondit Jana. Il n'y a plus de soupçons contre lui au sujet du meurtre d'Erik Johansson. Il a certes un alibi relativement peu fiable, mais il a reconnu avoir vendu l'arme à Erik.

— Il prétend l'avoir vendue, nuança Mia.

Jana croisa son regard.

— Rien ne prouve le contraire, si ? Erik n'a pas été tué par balle, et on a déjà constaté qu'il s'agissait d'un genre de meurtrier tout à fait différent.

Mia se tassa au fond de son siège en espérant que quelqu'un d'autre dise quelque chose, mais tous gardèrent le silence. Ils étaient visiblement d'accord avec Jana.

— Comme vous voulez, grommela-t-elle en sortant ostensiblement son portable de sa poche.

Un chatouillis lui parcourut le ventre : un SMS la prévenait que le paquet contenant les anneaux de fiançailles d'occasion l'attendait dans un point relais au supermarché City Gross.

— J'aurais bien voulu garder Mårten un peu plus longtemps, finit par dire Gunnar. Mais on va le libérer. Comme l'a souligné Jana, on n'a pas assez d'éléments suggérant son implication dans le meurtre. Et on avait déjà envisagé que ce soit lié au travail d'Erik dans la police, comme Mårten l'a affirmé pendant son interrogatoire.

— Erik et Filippa Falk enquêtaient sur la prostitution et le trafic d'êtres humains, n'est-ce pas ? demanda Ola.

— Oui, répondit Henrik, et on a vite fait de se faire des ennemis quand on lutte contre ce type de criminalité. Ils ont peut-être tout simplement trop creusé, et réussi à déranger quelqu'un.

Mia se balançait avec irritation sur son siège. Elle songeait à toutes ces femmes et tous ces hommes obligés de vendre leur corps pour enrichir des organisations criminelles. Cette exploitation répugnante ne cessait jamais. Elle avait lieu jour et nuit.

— À propos d'ennemis, lança Gunnar en se tournant vers Ola, on a une réponse sur la cause de l'identité protégée de Filippa ?

— *Nada*.

— Karima Sandell a dit que Filippa avait connu une tragédie, compléta Mia, mais elle n'a pas pu nous en apprendre plus.

— Filippa elle-même pourrait nous éclairer, objecta Gunnar.

Jana secoua la tête.

— Elle ne voulait pas en parler, et comme on te l'a dit au téléphone en sortant de chez elle, elle n'a aucune idée de qui a tué Erik. Elle a aussi très clairement refusé d'être impliquée.

— Sauf que l'ours en peluche fourré dans le ventre d'Erik l'implique déjà, qu'elle le veuille ou non, déclara Gunnar.

— Pour votre information, j'ai fait une recherche sur les nounours avec fonction enregistreuse, intervint Ola. Il y a autant de modèles qu'on veut, donc je ne sais toujours pas où le meurtrier a pu acheter le sien, mais je continue à creuser.

Mia cessa de se balancer.

— D'accord, et les fadettes ? On a reçu la liste des contacts habituels d'Erik ?

— Non, répondit Ola, on ne peut qu'attendre.

— Comme pour les analyses de la peluche, ajouta Anneli, et ça me désole de le dire, mais les traces de chaussures relevées sur la scène de crime étaient incomplètes.

Jana hocha la tête, déçue.

— On n'a donc aucun élément nouveau ?

— Pas encore, fit Anneli.

— Mais on essaie de contacter le plus de monde possible à Kolmården pour voir si quelqu'un aurait remarqué quoi que ce soit pendant la soirée de dimanche, rappela Gunnar.

— Si on émet l'hypothèse que le meurtre est lié à une affaire ancienne, il faut fouiller le passé, dit Jana. Il y a cinq ans qu'Erik est parti à la retraite et qu'il a commencé à déménager tout le temps.

— Avant ça, il a résidé à la même adresse à Kalmar pendant plus de vingt ans, précisa Ola. Quelque chose a dû se produire à ce moment-là, quelque chose de décisif.

Jana se tourna vers Gunnar :

— Est-ce que son ancien chef s'est manifesté ? C'était quoi déjà son nom ? Conny ?

— C'est ça, Conny Hellberg. Et non, je n'ai encore aucune réponse de sa part.

— Alors il va falloir recontacter Karima.

— Mais elle ne pouvait rien nous dire au sujet d'Erik, protesta Mia.

— Peut-être qu'un de ses collègues saura.

Mia se rembrunit.

— Sûrement, mais la perspective de recauser à cette bonne femme mal embouchée ne me fait pas grimper aux rideaux.

— Je peux la contacter, proposa Gunnar.

— Au fait, intervint Henrik, est-ce qu'il ne faudrait pas essayer de discuter avec le père d'Erik, malgré tout ?

— Peut-être bien. Il vit à la Villa Sjöängen, une maison de retraite de Krokek.

— Mais il a du mal à se faire comprendre depuis son accident de bus, rappela Mia.

— Il est quand même important de le rencontrer, dit Jana. Avec qui parler, sinon ?

Mia soupira et recula son siège.

— OK, autant y aller tout de suite.

La Villa Sjöängen était un bâtiment bas avec un jardin clôturé donnant sur Larumsvägen à Krokek. Henrik souriait tout seul en se dirigeant vers l'entrée, suivi par Mia et Jana. Il devait aller chercher les enfants à 17 h 30, dans deux heures. L'idée de bientôt les serrer à nouveau dans ses bras le réjouissait. Et peut-être aurait-il aussi une chance de parler sérieusement avec Emma.

— Bienvenue !

Une femme aux cheveux noirs et aux dents du bonheur les accueillit avec le sourire dans le hall de la maison de retraite privée. Henrik lui serra la main.

— Bonjour. Henrik Levin, c'est moi qui viens d'appeler. Voici mes collègues Mia Bolander et Jana Berzelius. On est ici pour voir Åke Johansson.

— Oui, vous me l'avez dit. Il est dans sa chambre. Je vais vous conduire.

Henrik écouta le bruit de ses pas résolus tandis qu'ils avançaient dans le couloir. Franchissant une porte sur la gauche, ils entrèrent dans une chambre peinte en blanc, avec de minces rideaux aux fenêtres.

Un homme en blouse, aux cheveux sombres, était assis sur une chaise. Il portait plusieurs bracelets tressés autour d'un poignet. À côté de lui, Åke Johansson était calé en arrière dans un fauteuil roulant.

L'espoir d'Henrik se dégonfla à la vue du corps d'Åke, parcouru de temps à autre de contractions involontaires. Le vieillard avait les yeux mi-clos et la respiration encombrée.

— Vous êtes de la police, n'est-ce pas ? fit l'homme aux cheveux sombres en levant le regard vers eux. On m'a dit que vous deviez passer. Je m'appelle Hamid, je suis l'un des aides-soignants d'Åke.

Il tendit le bras pour essuyer avec une serviette la salive à la commissure des lèvres de son patient.

L'ameublement de la chambre était spartiate : un lit, une table et deux chaises. Au mur, un tableau représentait un renard qui pointait la tête derrière un tronc.

— Quel est son degré de compréhension ? demanda Mia.

— Les médecins disent qu'il est presque nul. Vu ce qui est arrivé à Erik, c'est peut-être aussi bien.

Hamid se tut en voyant le visage d'Åke grimacer.

— Vous avez déjà rencontré Erik ? l'interrogea Jana.

— De nombreuses fois, oui, répondit Hamid en jetant la serviette dans une corbeille à papier.

— Donc il venait souvent ici ?

— Oui. Erik aimait beaucoup son père, il était proche de lui. Åke a eu un grave traumatisme crânien dans l'accident de bus, ça a été très dur pour Erik. Il faut dire qu'il a aussi perdu sa mère et qu'il n'avait pas d'autre famille.

Henrik ne tenait pas en place. Il trouvait gênant de parler d'Erik devant Åke comme s'il n'était pas là.

— Je ne sais pas si vous le connaissiez bien, mais est-ce que vous avez une idée de qui aurait pu lui vouloir du mal ? demanda-t-il.

— Non, désolé.

Hamid prit une autre serviette, qu'il plia soigneusement.

— Vous n'avez rien entendu, n'importe quoi, qui puisse être lié à son meurtre ? tenta Mia.

— Qu'est-ce que vous croyez ? répliqua Hamid avec un sourire en coin. Qu'Åke m'aurait dit quelque chose ?

— Je pensais plutôt à Erik lui-même, répondit-elle d'un ton acide. Vous devez bien avoir parlé avec lui quand il venait ?

Hamid secoua la tête, apparemment indifférent au ton de Mia.

— On ne parlait que d'Åke et de son état. Erik aurait préféré que son père soit soigné chez lui.

— Chez Erik ? demanda Henrik.

— Non, à leur domicile, là où ses parents habitaient avant l'accident. C'est Erik qui s'en occupait, expliqua Hamid en essuyant à nouveau la bouche d'Åke.

— Où ça ?

— À Strömsfors. Ce n'est pas très loin d'ici.

— Qu'en dites-vous ? fit Henrik en regardant Mia et Jana. Est-ce que ça vaut la peine d'aller y jeter un coup d'œil ?

— Tout ce qui concerne Erik vaut la peine qu'on s'y intéresse, répliqua Jana.

Henrik se tourna à nouveau vers Hamid.

— Vous pouvez nous donner l'adresse ?

L'aide-soignant acquiesça.

— Et aussi un double des clés, répondit-il avec un nouveau sourire.

Le silence régnait dans la salle du tribunal. L'audience était terminée. Per restait seul, la tête appuyée sur une main. Comme prévu, la plaidoirie du procureur avait été convaincante. Per avait donc choisi de ne pas discuter la culpabilité du jeune homme de dix-huit ans dans le vol à main armée, mais plutôt cherché à lui obtenir une peine plus clémente, en insistant sur sa jeunesse.

Per but une gorgée d'eau. Aussitôt la salle vidée, ses pensées avaient recommencé à tourner autour du lien entre Danilo et Jana. Il avait beau avoir lui-même dirigé l'enquête avant qu'elle ne soit reprise par Jana, il ne savait presque rien de ce désagréable psychopathe.

Il se leva et gagna l'administration du tribunal. Une femme avec une courte frange et de petites boucles d'oreilles se trouvait à l'accueil. Le regard fixé sur son écran d'ordinateur, elle enregistrait une nouvelle affaire en tapant à toute vitesse sur le clavier.

— Je peux vous aider ? dit-elle en levant les yeux.

— Je souhaite consulter quelques pièces d'une affaire.

— Qui concerne ?

— Un certain Danilo Peña.

— Je vais voir si je le retrouve dans le système. Un instant.

Elle entra le nom, hocha la tête en regardant son écran et appuya sur « entrée ». Une imprimante se mit aussitôt en marche sur la table derrière elle.

— Et voilà, dit-elle en lui tendant la liasse de documents.

— Merci.

Per quitta le service, s'assit sur l'une des banquettes noires à la sortie des salles d'audience et posa sa serviette à côté de lui. Impatient, il commença à feuilleter les documents.

Il s'intéressa en premier lieu à l'enquête de personnalité effectuée en vue du procès. En l'ouvrant, il comprit aussitôt pourquoi il en savait si peu au sujet de Danilo. L'homme se trouvait uniquement dans les fichiers auxquels aucun citoyen ne pouvait échapper mais, pour le reste, il n'existait presque aucune donnée sur lui. Lors de son arrestation, il ne possédait ni carte d'identité ni carte de crédit. Il n'avait pas non plus d'adresse, de famille ni de proches. C'était comme s'il s'était efforcé de vivre l'existence la plus discrète possible.

Où se trouvait-il actuellement ? Se cachait-il encore quelque part à Norrköping, ou avait-il filé ?

Per sortit son portable et tapa « Danilo Peña » dans la barre de recherche. Il espérait obtenir une adresse, mais le nombre d'occurrences était bien sûr égal à zéro.

Déçu, il rangea son téléphone, rassembla la liasse de documents et la fourra dans sa serviette. Il allait se lever quand une idée lui vint. Quelque chose dans ces documents l'avait fait réagir, mais il n'arrivait pas à mettre le doigt dessus.

Per ressortit les papiers, consulta les données personnelles et réalisa que Danilo avait exactement le même âge que Jana.

Cela ne voulait rien dire, bien sûr, mais, l'instant suivant, ses poils se dressèrent sur ses bras.

Danilo venait du Chili. Et il était arrivé en Suède exactement la même année qu'elle.

Jana regarda Mia introduire la clé dans la serrure de la villa de Strömsfors. Elle donnait sur la rue, entourée de plusieurs pommiers vermoulus. La boîte aux lettres avait été obturée à l'adhésif, et les stores étaient baissés.

Son portable bipa. C'était un SMS de Per : il voulait la retrouver à 19 heures au restaurant Durkslaget. Ce n'était pas une question, plutôt une déclaration, et elle eut tout juste le temps de répondre qu'elle se réjouissait d'avance avant que Mia n'ouvre la porte. Henrik fit signe à Jana d'entrer la première.

Ils furent accueillis par une odeur humide de renfermé. Depuis l'entrée, ils avaient une vue directe sur le séjour. Les murs étaient couverts d'un papier peint clair et la pièce débordait de meubles. Une armoire vitrée et plusieurs chaises en bois s'alignaient le long d'un mur. Des cartons de déménagement s'entassaient au centre de la salle, entourés de tapis roulés, d'abat-jour poussiéreux et de tiroirs vides.

Jana s'approcha des cartons. Elle en compta six, tous marqués « Erik ».

— Maintenant, je comprends pourquoi la maison d'Erik était aussi vide, dit Mia en arrivant à sa hauteur. Il stockait ses affaires ici.

— C'était peut-être pour cette raison qu'il ne voulait pas se défaire de cette maison, remarqua Jana tandis que le portable d'Henrik se mettait à sonner.

Il le sortit de sa poche et répondit.

— Gunnar, tu es sur haut-parleur, tout le monde peut t'entendre.

— Juste un bref rapport, annonça Gunnar. Je viens de parler à un ancien collègue d'Erik Johansson et Filippa Falk.

— Raconte.

— Ce collègue se nomme Jens Pålsson. Il n'était pas causant du tout. Mais apparemment, Erik et Filippa ont réussi à faire tomber un réseau de prostitution et de trafic d'êtres humains il y a cinq ans de ça. Erik a choisi de prendre sa retraite juste après. Son père a pu vous dire quelque chose ?

— Non, tu avais raison, répliqua Henrik. Il n'a pas été possible de communiquer avec lui. En revanche, on est en ce moment dans la maison d'Åke, et on vient tout juste de découvrir ce qui doit être le garde-meuble d'Erik, ainsi que six cartons à son nom.

— Vous avez eu le temps de les inspecter ?

— Pas encore, dit Mia en ouvrant un des cartons. Mais à première vue, ils n'ont pas l'air de contenir quoi que ce soit d'intéressant.

Elle souleva en grimaçant un âne en bois sculpté à la main.

— Vérifiez quand même, ordonna Gunnar.

— On s'en occupe, répondit Henrik.

— Bien. Appelez-moi si vous trouvez quelque chose, sinon à demain.

Henrik raccrocha et regarda l'heure.

— Malheureusement, il faut que j'y aille.

— Maintenant ? demanda Mia.

— Oui, je dois aller chercher les enfants.

— Et les cartons ?

— Je peux les emporter.

Jana regarda Henrik. Pourquoi tenait-il tant à s'en charger ?

— On n'a qu'à les partager, proposa Mia, qui devait se demander la même chose.

Henrik secoua la tête et souleva l'un des cartons.

— Je les prends, pas de problème, dit-il en se dirigeant vers la porte.

11

Trois heures plus tard, Henrik jeta un coup d'œil à Vilgot endormi dans son siège enfant sur la place passager. Felix et Vilma étaient à l'arrière, écouteurs dans les oreilles et portable à la main. Ils avaient mangé des hamburgers en ville et rentraient retrouver Emma dans la maison de Smedby.

— Papa ?

Henrik vit dans le rétroviseur que Vilma avait ôté ses écouteurs.

— Oui ?

— Pourquoi tu n'habites plus à la maison ?

La question lui serra le ventre. Peut-être valait-il mieux dire la vérité ? Vilma avait quand même sept ans. Il pouvait lui expliquer que maman et lui traversaient une petite crise, mais que ça passerait. Il avait toujours été sûr de vouloir vivre avec Emma, et ne pouvait pas imaginer sa vie sans elle. Ils avaient eu des disputes occasionnelles, bien sûr, et s'étaient parfois menacés de divorce, mais ça ne signifiait rien.

— Je rénove le chalet, finit-il par répondre. Maman ne te l'a pas dit ?

— Si, mais pourquoi tu as tous ces cartons de déménagement, derrière ?

Vilma le regardait avec de grands yeux en montrant les cartons qu'il avait à grand-peine réussi à faire entrer dans le coffre de son break.

— C'est juste un peu de bazar, répondit-il en s'efforçant de lui sourire dans le rétroviseur. Promis. N'y pense plus, on est arrivés.

La porte d'entrée s'ouvrit au moment même où il s'engageait dans l'allée du garage. Emma sortit, vêtue d'une veste en laine qu'il ne lui avait jamais vue. Ses cheveux étaient attachés, sa posture décontractée. Il sourit en remarquant comme elle était belle. Cela lui fit penser à leurs premières années ensemble, avant les enfants en bas âge et le travail prenant dans la police.

— Merci pour le dîner, papa, marmonna Felix en descendant de la voiture sans quitter son téléphone des yeux.

Henrik enleva Vilgot de son siège et le prit sur ses genoux. En ouvrant sa portière, il constata que Vilma était encore attachée sur la banquette arrière.

— Ma grande, dit-il. Va voir maman. Elle t'attend.

— Je ne veux pas.

— Qu'est-ce qui se passe ?

Emma les avait rejoints.

— Rien, fit Henrik en sortant, Vilgot dans les bras. On parlait juste un peu, Vilma et moi. Et toi, ça va ? Comme tu es jolie.

Elle ne répondit pas, se contentant d'ouvrir la portière du côté de Vilma en lui tendant la main.

— Allez, hop, descends, mon cœur. Il est 20 h 30, il faut aller te coucher.

— Mais je veux dormir chez papa.

— Ce n'est pas possible.

— Pourquoi ?

— Viens, ma chérie.

Vilma défit sa ceinture et traîna les pieds jusqu'à la maison. Emma la suivit, referma la porte derrière elle, puis revint trouver Henrik devant la voiture.

— Qu'est-ce que tu lui as dit ?

— Rien.

— Elle est en colère. Tu as forcément dit quelque chose.

— Elle se demande juste quand je vais rentrer.

Emma lui lança un bref regard, et une douleur traversa tout le corps d'Henrik quand elle lui enleva Vilgot des bras.

— On peut parler ?

Il voulut écarter une mèche de cheveux tombée sur son visage, mais elle détourna la tête.

— Pas maintenant, je dois coucher les enfants.

— Demain, alors ?

— Au revoir, Henrik, dit-elle en emmenant Vilgot vers la maison.

Mia était allongée sur le lit devant une boîte de pizza. Elle regardait Patrik assis à côté d'elle avec ses cheveux blonds, sa barbe énorme et une tasse en porcelaine à la main.

— À quoi tu penses ? demanda-t-il.

— Que tu vas bien dans le décor.

— Tu veux dire ici, chez toi ?

Elle hocha la tête et tendit la main vers sa propre tasse sur la table de nuit.

— J'aime cet endroit, reprit-il. Mais je dois reconnaître que ton style de déco est fascinant.

— Merci, tout est dans les détails.

— Oui, rien de tel que de boire du vin dans des tasses à café, dit-il en riant. À la tienne !

— Santé !

Mia but une grande gorgée, en souhaitant qu'il reste chez elle pour toujours.

— J'ai lu un article sur le meurtre de cet homme à Kolmården, déclara Patrik. Comment ça se passe ?

— C'est laborieux, dit-elle sincèrement.

— Je pourrais peut-être donner un coup de main ?

— Si seulement, je te devrais une fière chandelle, mais je ne peux pas en parler. Tu sais, une affaire en cours, la confidentialité de l'enquête préliminaire, tout ça. Dans l'équipe, les autres ne seraient pas contents que je…

— Allez, quoi, Mia. Tu parles de mes anciens collègues, là.

Elle finit son vin et reposa sa tasse sur la table de nuit.

— OK, dit-elle en inspirant profondément. La victime, Erik Johansson, est un ancien policier. Le meurtrier est entré à son domicile, lui a déchiqueté le ventre et y a fourré un ours en peluche qui prononce le nom « Filippa Falk ». Filippa travaillait avec Erik, mais elle bénéficie à présent d'une identité protégée et vit à la campagne. On part du principe qu'elle est menacée et que le meurtrier la recherche, elle aussi, mais ce putain de nounours est incompréhensible.

Patrik se passa la main dans la barbe.

— Je suis d'accord. Effectivement, le meurtrier peut en avoir après eux deux. Ou alors…

— Quoi ?

— Ou alors, il ne vise qu'elle.

Mia le regarda, interloquée.

— Qu'est-ce que tu veux dire ? Il a déjà tué Erik.

— Mais cela ne signifie pas forcément qu'il est la victime principale. Étant donné que Filippa a une identité protégée, et que le nounours prononce son nom, il est tout à fait plausible que ce soit elle que le meurtrier veut retrouver, et qu'Erik n'ait servi que de messager.

Mia le regarda fixement.

— Tu es le meilleur, je te l'ai déjà dit ?

— J'essaie seulement d'aider.

Elle s'assit sur le bord du lit et ôta son pull. Patrik fronça les sourcils.

— Qu'est-ce que tu fais ?

— Je me déshabille, répondit-elle avec un étonnement feint.

— Mais pourquoi ?

— Pour te montrer la fière chandelle dont je te parlais.

Jana et Per quittèrent le restaurant de quartier Durkslaget et se dirigèrent lentement vers le centre-ville. Le soleil couchant teintait le ciel de rouge. Elle frissonna quand ils traversèrent les eaux calmes du Strömmen sur Laxholmsbron.

— Tu as froid ? demanda Per en lui passant un bras autour des épaules.

Elle se blottit contre lui.

— Un peu.

C'était vrai, mais elle ne savait pas si c'était dû au vent froid ou au silence de Per. Au cours du dîner, il avait à peine touché son assiette, juste tripoté ses couverts en la laissant parler. Jana n'arrivait pas à comprendre son regard grave et pensif, ni pourquoi il avait même proposé qu'ils sortent manger. Le Per gai et détendu qu'elle pensait avoir retrouvé la veille lui manquait.

Au moment où elle allait lui demander ce qui le préoccupait, son portable bipa.

— Un appel du boulot ? l'interrogea Per tandis qu'elle lisait le message d'Elin Ronander.

— Non, c'est l'auxiliaire de vie de mon père. Elle voulait juste me dire qu'il est autorisé à quitter l'hôpital demain.

— Donc il est rétabli ?

— Il est encore faible, répondit-elle en rangeant le portable dans sa poche.

— Tu l'as revu depuis son infarctus ?

— Oui, j'y suis allée hier.

Jana entendait elle-même le ton froid de sa voix, ce qu'elle regrettait. Elle ne voulait pas qu'on lui rappelle son inquiétude au sujet de Danilo ni l'échange vif qu'elle avait eu avec son père.

— Je n'ai rencontré Karl qu'une seule fois, dit Per en passant devant la chute d'eau grondante en face de Värmekyrkan. J'ai essayé de me présenter, mais il m'a rétorqué qu'il savait déjà qui j'étais.

— Père n'est pas intéressé par la vie sociale, ça n'avait rien de personnel.

Per la regarda, sourcils froncés.

— Tu dis toujours « père ». Tu ne l'as jamais appelé papa ?

La réponse à cette question était simple, et pourtant elle se crispa.

— Il y avait une autre personne que j'appelais papa, murmura-t-elle tout bas.

Elle tenta de refouler les souvenirs qui affluaient. Son séjour sur l'île, le local crasseux des entraînements, l'homme qui les forçait à se battre.

— Tu penses souvent à lui ? demanda précautionneusement Per.

— À qui ? fit Jana, craignant qu'il ne l'ait entendue penser.

— Ton père biologique. Ou ta maman ?

— Je ne me rappelle pas grand-chose d'eux.

Elle détourna les yeux vers un groupe de jeunes assis sur les escaliers de Holmentorget, canettes de bière à la main.

— Tu as déjà pensé à retourner au Chili ?

Jana sentit l'inquiétude la gagner. Pourquoi toutes ces questions, tout d'un coup ? Était-ce lié à la visite de Danilo ?

— Je n'ai jamais voulu y retourner, je n'ai plus rien là-bas. Et je préfère ne pas fouiller du tout dans mon passé. Je suis juste heureuse d'avoir eu la possibilité de trouver une nouvelle famille. Tous les enfants n'ont pas eu cette chance.

Per ôta son bras de son épaule et lui prit la main. Sa paume était moite, comme si quelque chose le rendait nerveux.

— Donc vous êtes arrivés ici à plusieurs ? demanda-t-il.

— Oui, mais…

Elle se tut. Elle aurait voulu en dire davantage, mais quoi ? Qu'ils étaient sept au début, et que seuls deux d'entre eux avaient survécu ?

— Danilo Peña en faisait partie ?

Jana fut complètement désarçonnée par la question. Elle s'arrêta et se tourna vivement vers Per.

— Danilo vient aussi du Chili, continua-t-il en serrant sa main comme s'il pensait qu'elle risquait de la retirer.

— Quel rapport ?

— Il est arrivé en Suède la même année que toi.

— C'est lui qui te l'a dit quand il s'est pointé chez toi ?

Elle le fixait droit dans les yeux.

— C'est donc vrai, assena-t-il d'un ton grave. Vous vous connaissez.

Jana remarqua que les jeunes sur les marches les regardaient.

— Je ne veux pas parler de lui, répliqua-elle en se remettant en marche.

— Pourquoi pas ? Qu'est-ce qu'il y a avec Danilo, pour que ce soit si difficile d'en parler ? Tu me caches quelque chose ?

— Non, pas du tout, se hâta-t-elle de répondre.

Danilo devait avoir dit quelque chose à Per, elle en était persuadée à présent. Elle s'efforçait de garder son calme, mais avait l'impression qu'un nœud coulant se resserrait autour de son cou.

— Jana, je t'aime, mais tu dois me dire la vérité.

— Il n'y a rien à dire, rétorqua-t-elle dans une tentative de gagner du temps.

Per poussa un profond soupir.

— Dès que j'essaie de te parler de quoi que ce soit, tu te refermes comme une huître. Je conçois qu'il soit difficile d'évoquer certains aspects de ton enfance mais, quand il s'agit de Danilo, j'ai l'impression que tu me mens. Tu sais ce que ça me fait ? Tu sais combien c'est frustrant ?

— Per, écoute-moi…

— Je t'en prie, la coupa-t-il. Avoue. Tu le connais, n'est-ce pas ?

Jana le regarda, désespérée. Les jeunes continuaient à les fixer.

— N'est-ce pas ? répéta-t-il.

Jana déglutit péniblement.

— Oui.

Per lâcha sa main. Un long moment, il resta immobile et muet devant elle tandis qu'elle cherchait désespérément une bonne explication, les tempes battantes.

— Danilo et moi…, commença-t-elle en baissant la voix pour que les jeunes n'entendent pas. On a grandi tous les deux au Chili. Et oui, on est arrivés en Suède ensemble, mais c'est tout.

Per blêmit. Il se débattait visiblement avec ce qu'il venait d'apprendre.

— Parfois, je me demande qui tu es, Jana.

Elle sentit ses poils se hérisser, craignant plus que jamais de le perdre.

— Pourquoi tu dis ça ?

— Tu m'as menti. Tu as prétendu que tu n'avais rien à voir avec lui.

— Je sais, pardon, fit-elle alors que l'angoisse lui serrait le ventre. Mais c'est la vérité, on n'a plus rien à voir l'un avec l'autre.

— Pourquoi s'est-il pointé chez moi, alors ? demanda Per, sceptique.

— Je ne sais pas, répondit-elle sincèrement.

Il la regarda un long moment.

— Je suis content que tu m'aies parlé, finit-il par dire. Je regrette juste que tu ne l'aies pas fait plus tôt.

Il lui passa devant sans rajouter un seul mot. Elle aurait voulu le suivre, mais resta plantée là, seule, pendant que ses paroles pleines de déception résonnaient à ses oreilles.

Assis sur le sol froid du chalet de vacances, Henrik passait en revue les cartons de déménagement contenant les effets personnels d'Erik Johansson. À la fenêtre, la nuit était tombée, et le vent marin faisait craquer les murs. Il avait rapproché une lampe en ôtant l'abat-jour fleuri pour avoir plus de lumière.

Il était perclus de fatigue. Il avait inspecté trois des six cartons sans rien trouver d'intéressant. Plein de vêtements sentant le renfermé. De vieux calendriers, des vinyles. Des guides de voyage de grandes villes comme Rome ou Paris, des souvenirs du monde entier.

Mais il ne voulait pas renoncer. Même si fouiller dans ce fourbi ne lui faisait pas oublier Emma, cela atténuait au moins son impression de solitude.

Il ouvrit le carton suivant, qui s'avéra contenir des classeurs et de vieux papiers d'assurance, des garanties, des manuels et des factures.

Lentement, il traîna l'avant-dernier carton jusqu'à lui. Plein de livres de poche. Il poussa un soupir de découragement et allait refermer le rabat quand il remarqua une pochette plastifiée coincée sur le côté des livres.

Son cœur battit plus fort quand il vit qu'elle contenait des photos, et que celle du dessus représentait Filippa Falk. Elle était appuyée à une barrière. Ses cheveux bouclés étaient attachés en queue-de-cheval et elle plissait les yeux dans le soleil. À en juger d'après son âge, la photo était assez récente.

Henrik saisit la petite liasse de clichés, approcha la lampe et continua à feuilleter.

La photo suivante, prise sur une plage, montrait Filippa en compagnie d'un homme en short de bain rayé. Quelqu'un avait écrit au dos « Filippa et Johan » à l'encre bleue.

La troisième photo montrait le même homme à côté d'une voiture, mais une portière était ouverte et la mise au point était faite sur une petite fille assise sur la banquette arrière, une glace à la main.

Henrik ne put s'empêcher de sourire en voyant que la glace avait fondu et coulé sur son bras. Il tourna la photo et lut à haute voix :

— Johan et Julia.

Il allait continuer à feuilleter quand une coupure de journal s'échappa de la liasse et tomba par terre.

— Mon Dieu…, murmura-t-il.

La main tremblante, il ramassa le papier jauni. Il n'y avait pas de texte, pas de titre. Rien qu'une photo.

C'était visiblement le soir. Johan était assis sur un lit, Julia dans les bras. Tous deux souriaient gaiement vers l'objectif.

Pourtant, son cœur se serra quand il regarda la petite fille.

Ses tresses étaient emmêlées.

Sa chemise de nuit avait glissé sur son épaule.

Et elle tenait à la main un nounours blanc à pull bleu.

MERCREDI

12

Mia étouffa un bâillement en se dirigeant vers les box rouges du point relais devant l'entrée du City Gross. Elle avait eu du mal à s'endormir. Comme d'habitude, Patrik ronflait fort, mais ce qui l'avait maintenue éveillée était ce qu'il avait dit au sujet d'Erik Johansson comme possible messager. Elle sentit l'inquiétude croître en elle tandis qu'elle saisissait sur l'écran du point relais le code reçu par SMS. Le meurtrier pouvait-il vraiment ne l'avoir tué que pour retrouver Filippa Falk ?

Un casier s'ouvrit tout en bas à gauche de l'armoire. Mia récupéra le petit paquet brun et regagna sa voiture. Il n'était que 8 heures du matin et le parking devant le supermarché était quasiment vide. Elle envisagea d'appeler Henrik, mais n'était pas sûre de sa réaction quand il apprendrait qu'elle avait discuté de l'enquête avec le Viking. Il trouverait sans doute qu'elle lui en avait trop dit. Au fond, elle s'en fichait royalement. Bien sûr, ce n'était pas bien d'enfreindre la confidentialité, mais Patrik travaillait tout de même à la brigade financière, et elle était déjà décidée à partager sa vie avec lui.

Mia monta dans sa voiture, déchira le paquet et en sortit l'écrin de velours rouge. Impatiemment, elle ouvrit le petit couvercle et fixa les deux anneaux d'or poli. L'un mince, l'autre épais. Précautionneusement, elle saisit la bague la plus fine et allait l'enfiler à son doigt quand elle aperçut la gravure sur la face intérieure.

Je t'aime – 15 mai 2022.

— Mais bordel…

Mia poussa un long gémissement. Nulle part dans l'annonce il n'était mentionné que les anneaux comportaient une foutue gravure. Et cette date tombait le dimanche suivant. Dans quatre jours !

Elle remit la bague dans l'écrin et claqua le couvercle.

Que faire, maintenant ?

Elle fut arrachée à ses pensées par la sonnerie de son téléphone. C'était Henrik qui cherchait à la joindre.

— Oui ? fit-elle en s'efforçant de ne pas montrer son irritation.

— Ah, tu réponds, tant mieux.

Il avait l'air survolté.

— Qu'est-ce qui se passe ? demanda Mia en laissant tomber l'écrin entre les sièges.

— Tu te souviens qu'on a demandé à Ola de chercher sur Internet des ours en peluche identiques à celui que le meurtrier a placé sur le lieu du crime ?

— Oui, mais il n'en a pas trouvé et…

— Plus besoin de chercher, la coupa Henrik.

— Tu sais où le meurtrier se l'est procuré ?

— Plutôt à qui il l'a pris.

— On pense donc que le nounours dans le ventre d'Erik Johansson appartenait à la fille de Filippa Falk ? demanda Jana, qui avait rejoint l'équipe d'enquêteurs dans la salle de réunion.

— Oui, dit Henrik. Regarde ça.

Elle saisit la coupure de journal qu'il lui tendait et observa l'ours blanc à pull bleu dans la main de la fillette.

Ce faisant, elle tentait en vain de ne plus penser à Per et à ce qui s'était passé la veille au soir. Elle l'avait appelé deux fois sur le chemin de l'hôtel de police, mais il n'avait pas répondu.

La peur que Danilo ne lui fasse du mal était toujours là. En même temps, elle essayait de faire face à l'impression désagréable que lui avait laissée leur confrontation. Même si elle ne lui avait confié qu'une fraction de la vérité, elle éprouvait un étrange vertige. Une partie d'elle aurait voulu retrouver Danilo et lui trancher la gorge pour avoir parlé à Per de leur passé commun. Une autre partie aurait juste voulu aller trouver Per pour le supplier à nouveau de lui pardonner.

— La fillette s'appelle Julia, reprit Henrik, ramenant Jana dans le présent.

— Peut-être que le meurtrier a juste utilisé un ours identique ? suggéra Gunnar.

— Mais comment était-il au courant ? demanda Ola. Est-ce un parent, un proche ?

— Comme il s'agit d'une coupure de presse, peut-être qu'il a tout simplement vu le nounours dans le journal, fit remarquer Jana.

Mia se cala au fond de son siège et secoua la tête, nettement irritée.

— Cette histoire d'ours me turlupine.

— Qu'est-ce que tu veux dire ? fit Ola.

— Filippa a dû le reconnaître quand nous le lui avons montré. Et pourtant, elle a choisi de ne pas nous le dire. Que nous a-t-elle caché d'autre ?

— Impossible de le savoir, soupira Henrik.

— Peut-être. Mais j'ai une théorie que je voudrais partager, ça doit coller. Je veux dire, c'est évident que le meurtrier en a après Filippa…

— Ou sa fille, l'interrompit Jana en brandissant la photo. C'est son nounours, après tout.

— Sa fille est morte, lança Gunnar.

— Elle est morte ? s'exclama Mia.

Gunnar hocha la tête.

— Son mari aussi. Ils ont été assassinés chez eux il y a cinq ans.

Un silence complet se fit dans la pièce. Jana reposa doucement la coupure de journal sur la table. Elle comprenait à présent pourquoi les yeux de Filippa semblaient si étrangement tristes quand ils étaient allés la voir.

— Comment tu le sais ? finit par demander Henrik.

— Après bien des tergiversations, j'ai fini par réussir à joindre Conny Hellberg ce matin, dit Gunnar. On n'a pas eu le temps de discuter très longtemps, mais il a promis de vous parler en visio.

Gunnar regarda Mia et Henrik.

— Quand ? demanda Mia.

— Dans cinq minutes. Alors, Ola, je voudrais que tu connectes tout de suite l'ordinateur.

— Ici ?

— Oui. Ici.

— Mais tu viens de dire que c'était Mia et Henrik qui allaient lui parler ?

— Absolument, mais je veux qu'on puisse tous écouter ce qui se racontera.

— Vous m'entendez bien ? demanda Conny Hellberg.

— On vous entend, répondit Henrik en regardant sur l'écran le visage ridé de l'ancien enquêteur principal.

Celui-ci avait de fins cheveux gris, des lunettes rondes et une chemise tendue sur sa poitrine. Henrik jeta un coup d'œil à Gunnar, Ola et Jana, assis de l'autre côté de la table dans la salle de réunion. Tous acquiescèrent de la tête.

— Merci de prendre le temps de parler avec nous, dit Mia. Si j'ai bien compris, vous avez travaillé avec Erik Johansson et Filippa Falk ?

— Je les ai très bien connus autrefois, déclara Conny. C'est la version courte.

— Comme vous le savez certainement, on fait tout notre possible pour élucider le meurtre d'Erik, et étant donné les circonstances, on pense que le tueur vise Filippa.

Conny hocha la tête.

— Mais vous n'avez aucun suspect, c'est bien ça ?

— En effet, répondit Mia. On a d'abord cru à l'implication d'un voisin d'Erik, mais on n'a trouvé qu'un type soucieux de marquer son territoire et qui peinait à maîtriser ses pulsions.

— Le meurtrier est bien pire que ça, dit Conny.

Henrik sursauta.

— Vous savez qui c'est ?

— Je crois, oui, et le moment est sans doute venu de vous donner la version longue.

— On vous écoute, fit Henrik.

Conny saisit un verre d'eau et but une gorgée.

— Voilà cinq ans, deux cueilleurs de baies ont trouvé un sac-poubelle noir dans un bois des environs de Kalmar. Dedans, il y avait une femme morte. Elle avait les mains menottées et une marque rouge au cou. Vingt ans, prostituée, originaire de Roumanie.

— Je me souviens avoir lu quelque chose à ce sujet.

— C'est bien possible, dit Conny. L'affaire a suscité un certain émoi, qui n'a fait que croître quand une autre jeune femme a été retrouvée dans un sac plastique dans la même zone. Les ressemblances au niveau du mode opératoire étaient évidentes. Les deux victimes avaient été étranglées.

— C'était aussi une prostituée ? demanda Mia.

— Oui, et elle aussi venait de Roumanie. (Conny inspira à fond avant de poursuivre.) Elle n'avait que dix-huit ans.

Henrik posa les coudes sur la table.

— Elles faisaient donc partie d'une sorte de trafic ?

— Exactement. Une petite bande organisée les avait trompées et fait venir en Suède. Comme vous vous en doutez, Erik et Filippa ont été chargés de l'affaire, mais leur enquête piétinait. Jusqu'à ce qu'ils réussissent à entrer en contact avec Elena Budescu, une femme de vingt-huit ans arrivée en Suède en même temps que les deux filles retrouvées mortes. Filippa est parvenue à lui faire raconter les agressions dont elles avaient été victimes.

— Qu'est-ce que c'était que cette bande, et comment recrutaient-ils ces femmes ? demanda Henrik en jetant à nouveau un coup d'œil de l'autre côté de la table.

Gunnar, Ola et Jana restaient silencieux, profondément concentrés sur le récit de Conny.

— Sur Instagram. Elena a dit qu'elle et les autres avaient été attirées ici par la promesse d'un travail dans un restaurant. Au lieu de quoi, elles avaient été enfermées dans un appartement avec d'autres femmes pour vendre leur corps. Plusieurs d'entre elles avaient parlé de s'enfuir, après quoi elles avaient disparu sans laisser de traces.

— Il peut donc y avoir davantage de victimes, qui n'ont pas encore été découvertes ? demanda Mia en se tortillant sur sa chaise comme si elle avait du mal à maîtriser son indignation.

— Oui, peut-être. Mais pour répondre à votre question, Henrik : cette bande était dirigée par un certain Serkar, lui aussi originaire de Roumanie. Il était comme une ombre, insaisissable, mystérieux et, d'après Elena, il cachait toujours son visage derrière un masque. On ne sait rien de lui, à part qu'il lui manque une oreille. Erik et Filippa ont procédé à une descente dans l'appartement, mais Serkar n'y était pas. En revanche, un homme de trente ans, membre de la bande, a été arrêté et écroué sur-le-champ. Le lendemain, une nouvelle jeune femme a disparu sans laisser de traces. Devinez qui.

— Elena, dit Henrik.

Conny opina du chef.

— Quelques jours plus tard, Filippa a reçu un appel téléphonique. À l'autre bout du fil, un homme lui a dit que les révélations d'Elena allaient avoir des conséquences encore plus graves. On avait prévu de tracer l'appel si l'homme téléphonait une deuxième fois. Ce qu'il n'a jamais fait. Les mois ont passé, l'enquête se poursuivait sans mener nulle part et, tard un samedi soir, on a frappé à la porte du domicile de Filippa.

Conny tâtonna dans son cou pour tenter d'ouvrir le dernier bouton de sa chemise. Il semblait de plus en plus gêné aux entournures, songea Henrik, comme si ce qu'il allait raconter le mettait mal à l'aise.

— Johan, le mari de Filippa, est allé ouvrir. Filippa était assise à la cuisine avec leur fille de six ans, Julia. Elle a entendu Johan crier et s'est précipitée dans l'entrée. Un homme masqué l'avait assommé et brandissait un couteau. Il s'est jeté sur Filippa et, en se débattant, elle a réussi à lui arracher son masque. Quand elle a vu qu'il lui manquait l'oreille gauche, elle a tout de suite compris qui c'était.

— Serkar, dit Henrik.

— Oui.

— Donc elle a vu son visage ?

Conny se racla la gorge comme pour rassembler ses forces.

— Il n'y a que deux personnes à l'avoir vu, dont Filippa. Ensuite… Serkar l'a si gravement blessée au couteau qu'elle a presque perdu connaissance. Elle gisait à terre quand elle a soudain aperçu Julia dans l'encadrement de la porte. Elle n'a rien pu faire pendant que Serkar la soulevait et l'emportait dehors. Avant d'entraîner à son tour Johan évanoui, il lui a dit que son mari et sa fille allaient disparaître. La dernière chose qu'elle a entendue avant de perdre conscience, c'est le bruit d'un moteur de voiture.

Le silence dans la salle était presque palpable. Conny inspira à fond.

— Quand elle est revenue à elle, elle a réussi à se traîner à la cuisine, attraper son portable et composer le 112. L'opérateur a eu du mal à la comprendre, mais Filippa a fini par parvenir à communiquer que son mari et sa fille avaient disparu. Elle avait perdu tellement de sang qu'elle est tombée dans le coma et a dû être hospitalisée en soins intensifs. Pendant ce temps, la police a recherché sa famille.

— Ils n'ont trouvé aucune piste ?

Conny secoua la tête.

— Rien qui indique qu'ils se trouvaient encore dans les environs.

Henrik le dévisagea.

— Mais c'était le cas ?

— Serkar les avait jetés au fond d'un puits à sec près d'un champ, à un kilomètre de leur domicile.

— Je me souviens avoir vu ça aux infos, dit Mia. Mais pourquoi n'avons-nous pas été fichus de faire le lien avec Filippa ?

— Parce qu'elle s'appelait Berger à l'époque, le nom de famille de Johan. Le journal local avait évidemment monté en épingle la nouvelle tragique, mais le fait qu'elle était policière n'a jamais été communiqué aux médias, ni les détails concernant le crime. D'après l'enquête technique, Johan s'était démené pour tenter de grimper hors du puits, mais à chaque fois qu'il avait atteint le couvercle, il était retombé.

— Donc il était vivant quand il a été jeté au fond du puits ? demanda Mia.

— Oui, et Julia aussi, dit Conny. Elle n'avait reçu aucune blessure au couteau, mais quand la police les a retrouvés, il était trop tard.

Alors qu'Henrik faisait de son mieux pour ravaler la boule qui lui obstruait la gorge, Mia secoua la tête.

— Mais enfin... Pourquoi diable les jeter dans un puits ? Je ne comprends pas. Et pourquoi ne pas tuer Filippa elle aussi, au lieu de la laisser inconsciente à perdre son sang ?

— Bonne question, répliqua Conny. Qu'y a-t-il de pire à infliger à une personne que de lui prendre la vie ?

Mia soupira.

— Lui arracher tout ce qu'elle a.

Conny hocha la tête.

— Serkar voulait la faire souffrir de la pire manière qui soit, dit Henrik.

— Exact.

Conny saisit son verre d'eau une fois de plus, et Henrik vit que sa main tremblait. Il s'efforça de ne pas penser au fait qu'il avait failli perdre Emma à peine deux mois plus tôt, ni à la façon dont lui-même réagirait si on lui prenait toute sa famille. Y survivrait-il seulement ?

— Bref, dit Conny en s'essuyant le front. En sortant de son coma, Filippa n'a pu donner qu'un signalement très vague de Serkar. Il n'y avait ni ADN ni empreintes digitales sur la scène de crime et, malgré d'intenses recherches, la police n'a pas réussi à le retrouver. Erik a décidé de prendre sa retraite, et environ un an plus tard la priorité de l'enquête a été rétrogradée. Filippa a vendu la maison familiale de Kalmar pour s'installer au domaine de Vikbolandet. Elle a alors repris son nom de jeune fille, Falk. On a gardé contact, et je croyais qu'elle avait lâché l'affaire Serkar, mais le fait est qu'elle a continué à le rechercher. Il y a deux ans, elle est parvenue à le repérer.

— Comment ? demanda Henrik en s'approchant de l'écran.

— Après la descente dans l'appartement des prostituées, les activités de Serkar avaient cessé, mais Filippa le soupçonnait de vouloir les remettre sur pied en attirant de nouvelles jeunes Roumaines. Elle s'est donc créé un profil sur Instagram, où elle se faisait passer pour une Roumaine de dix-huit ans qui cherchait du travail à Kalmar. Elle a reçu quelques offres d'emploi, à condition de se rendre elle-même à une certaine adresse en ville. Chaque fois, elle y est allée pour voir si c'était Serkar qui lui avait donné rendez-vous. Un jour, on lui a enjoint de se rendre dans une pizzeria. C'est alors qu'elle l'a repéré. Serkar attendait dans une voiture avec un autre homme. Mais il l'a reconnue lui aussi, et il a aussitôt pris la fuite. Il y a eu une course-poursuite sur une vingtaine de kilomètres. Il pleuvait violemment ce jour-là, et la chasse s'est terminée par un aquaplaning : les deux hommes ont perdu le contrôle du véhicule, qui est parti en tonneaux dans le décor. Le comparse de Serkar est resté assommé et coincé dans la voiture, mais Serkar lui-même est parvenu à ramper hors du siège passager pour tenter d'abattre Filippa. Heureusement, quelqu'un avait prévenu la police, et les sirènes l'ont mis en fuite. Il lui a crié en partant qu'il la tuerait la prochaine fois qu'il la verrait, et elle n'a pas osé le suivre. Quand la première patrouille est arrivée sur les lieux, il avait déjà disparu. Filippa était totalement désespérée.

Conny inspira à fond avant de poursuivre :

— La police et des chaînes de volontaires ont fouillé la forêt, la rivière voisine et les chemins alentour, mais la pluie violente avait fait disparaître toutes les traces. Les recherches ont continué quelques mois, avant qu'on soit obligé d'abandonner. Son comparse a été hospitalisé, et on est parvenu à l'identifier, mais il s'est enfui avant qu'on puisse l'interroger. Il s'appelait Andreï Vasilev, et était mêlé à l'affaire de trafic. C'est de lui que je parlais tout à l'heure : le deuxième dont on sait qu'il a vu le visage de Serkar. Il venait de Roumanie lui aussi, et il a probablement réussi à y retourner. L'avis de recherche international n'a malheureusement rien donné. Filippa a été obligée de tourner la page. Elle a demandé une identité protégée, puis on a rompu tout contact. Mais je sais qu'elle avait peur.

— Que Serkar ne revienne, lâcha Henrik. Et ne mette sa menace à exécution.

Conny acquiesça.

— Vous croyez que c'est lui qui a tué Erik ? demanda Mia.

À l'écran, Conny déglutit péniblement

— Oui. Quelque chose me dit que c'est lui.

13

Per gara sa Tesla blanche devant le cabinet d'avocats. Il revenait d'une visite à un client en détention, mais avait été incapable de se concentrer sur l'entretien. Pour la centième fois, il se repassa sa conversation de la veille au soir avec Jana. Il avait mauvaise conscience de l'avoir laissée en plan sur Holmentorget. Ils avaient enfin entamé une relation, et il ne voulait absolument pas risquer de la perdre. Il connaissait Jana depuis des années, et pas une seule fois il n'avait soupçonné qu'il puisse exister un lien entre elle et Danilo. Elle avait beau être une personne renfermée qui parlait rarement d'elle-même et jamais de son enfance, il était blessé qu'elle lui ait menti aussi effrontément.

Per prit sa serviette posée sur le siège passager, quitta sa voiture et se dirigea vers l'entrée.

Il monta lentement l'escalier vers le cabinet en continuant à ruminer ce que Jana lui avait dit. Il était évident que Danilo éveillait un fort malaise chez elle, et vu son casier, la chose n'était pas si étonnante – l'homme était en effet extrêmement dangereux. Mais le regard qu'elle avait eu en parlant de lui contenait une noirceur qu'il ne lui avait encore jamais vue.

En entendant des pas s'approcher, Per leva les yeux. Stefan Callmander descendait les escaliers, un manteau léger sur le bras.

— Quoi ? lança son collègue avec un sourire en coin en le croisant. Toujours vexé de cette raclée au tennis ?

— Quelque chose comme ça, marmonna Per.

Une intuition soudaine l'avait saisi : Jana avait peur. Il était sûr que le message de Danilo était une sorte de menace adressée à elle. Et le fait qu'ils se connaissaient expliquait bien évidemment que Danilo ait exigé de la voir avant le début de son procès. Et s'il l'avait déjà menacée à l'époque ? Et s'il l'avait carrément forcée à reprendre l'affaire, et que c'était pour cette raison que Jana avait dénoncé Per pour partialité – parce qu'elle n'avait pas le choix ?

Une sueur glacée coula le long de son dos. Il avait tourné le dos à Jana pendant un certain temps après ça, incapable de comprendre pourquoi elle l'avait trahi de cette façon. Mais il le comprenait à présent.

Tout était la faute de Danilo.

Il la menaçait probablement depuis longtemps. C'était pour ça qu'elle avait gardé le silence, qu'elle ne lui avait rien dit auparavant. Elle n'avait tout simplement pas osé.

Cette idée le mettait hors de lui.

Il fit volte-face dans l'escalier.

— Stefan ?

Son collègue s'arrêta pour le regarder.

— Oui ?

Per le rejoignit et baissa la voix.

— J'aurais besoin de savoir comment joindre une certaine personne.

— Qui s'appelle ?

— Danilo Peña.

— C'est un futur client ?

— Non, il a déjà été condamné et a purgé sa peine, expliqua Per, les doigts crispés sur la poignée de sa serviette. Mais d'habitude tu sais où trouver les gens, et cette histoire doit rester entre nous, si tu vois ce que je veux dire.

Stefan hocha la tête.

— Je vais voir ce que je peux faire. Je te tiens au courant.

Filippa entendit un bruit de moteur approcher. Elle tira aussitôt sur les rênes et fit ralentir Charlie dans le paddock. Le cou du hongre brun foncé écumait de sueur et il respirait par à-coups, les narines dilatées, après cette longue séance d'entraînement. Elle aussi avait chaud. Son polo lui collait dans le dos et ses cheveux étaient humides sous sa bombe.

À la vue des voitures sur le chemin de gravier, elle comprit que c'était Jana et les deux policiers qui revenaient. Son ventre se noua cependant quand ils se garèrent et se dirigèrent vers le portail.

À contrecœur, elle orienta Charlie hors du paddock et les rejoignit au pas. Le cheval secouait les rênes et battait des oreilles, la sentant visiblement sur ses gardes.

— Qu'est-ce que vous faites là ? demanda-t-elle en s'arrêtant de l'autre côté du portail.

— On a essayé de vous appeler, répondit Henrik.

— Je n'emporte jamais mon téléphone quand je fais du cheval.

— Vous pourriez nous laisser entrer ? Il faut qu'on parle.

— De quoi ?

Filippa essuya la sueur sur son cou.

— Ça va être un peu pénible, dit Henrik d'un air préoccupé, alors si on pouvait entrer et s'asseoir…

— Non, répliqua-t-elle avec détermination. Allez-y.

Henrik jeta un regard aux autres. Mia hocha la tête et se tourna vers Filippa.

— Répondez-nous sincèrement cette fois. Vous vous souvenez qu'on vous a montré la photo d'un ours en peluche, hier ?

— Oui.

— À qui est cet ours ?

Le ventre de Filippa se noua de plus belle.

— Pourquoi me demandez-vous ça ?

— Parce qu'on pense que vous l'avez reconnu. C'est le cas ?

Filippa se mordit la lèvre, mais prit conscience qu'il était vain de le nier.

— Il ressemblait à celui de Julia.

— Comment ? demanda Jana.

— J'ai dit qu'il ressemblait au nounours de Julia, répéta-t-elle tandis que le cheval commençait à piaffer d'impatience.

— C'était son ours, n'est-ce pas ? insista Jana.

Filippa secoua la tête.

— Non, ce n'est pas à elle. Le sien a une réparation à la patte et se trouve dans ma chambre.

— Mais pourquoi ne pas nous l'avoir dit tout de suite ? s'exclama Mia. Pourquoi ne pas nous avoir aidés ?

— Parce que j'ai laissé tout ça derrière moi.

Henrik inspira profondément.

— Filippa. On sait ce qui est arrivé à votre famille et qui en est la cause.

— Je ne veux pas parler de ça.

— Je comprends, mais on pense que c'est la même personne qui a tué Erik.

Filippa ferma un instant les yeux avant de les regarder à nouveau.

— Vous croyez que c'était Serkar ?

— Oui, dit Mia.

La peur la prit à la gorge, aigre et métallique.

— Qu'est-ce qui vous fait penser ça ?

— Serkar n'a jamais été retrouvé, poursuivit Mia, et nous craignons que…

— Qu'il soit revenu ? la coupa-t-elle.

Mia répondit d'un hochement de tête.

— Non, haleta Filippa. Non, non, non…

— Nous comprenons votre émotion, assura Henrik.

— Vous ne comprenez rien. Vous n'avez aucune idée de ce que je ressens, là !

Charlie tressaillit en agitant la tête.

— Vous avez consacré plusieurs années à essayer de retrouver sa trace, dit Henrik. Avez-vous jamais obtenu son nom complet ?

— Non, et c'est pour cette raison qu'il m'a fallu si longtemps pour lui remettre la main dessus, lâcha-t-elle. Vous avez fini ?

— Filippa, écoutez-moi, supplia-t-il en posant les deux mains sur les barreaux du portail. Il faut qu'on vous mette en lieu sûr.

— Non, je reste ici.

Elle tenta de calmer le cheval, mais celui-ci piétinait de plus en plus et rongeait son mors sous l'effet du stress.

— Serkar a tué votre famille, insista Henrik. Il a tué Erik, et maintenant il vous cherche.

— Je suis sérieuse. Je ne peux pas abandonner les chevaux, ils sont tout ce qui me reste.

Henrik la regarda un long moment, puis lâcha les barreaux et laissa retomber ses bras, l'air défait.

— OK. L'appel manqué sur votre portable, c'est mon numéro. Si vous pensez à quelque chose qui peut nous aider à le retrouver, n'importe quoi, appelez-moi.

— Je suis désolée, mais je ne peux pas vous aider.

Elle émit un claquement de langue, fit se retourner Charlie, et s'éloigna au pas, le cœur tambourinant dans la poitrine.

— Ça s'est drôlement bien passé, bravo, dit Mia à Henrik.

Il était 11 h 30, ils rentraient en voiture à Norrköping et elle avait un petit creux. Fouillant la boîte à gants à la recherche de quelque chose de comestible, elle trouva un Snickers.

— Tu t'attendais à quoi ? répliqua-t-il. Tu croyais que Filippa allait sauter de joie en nous entendant lui parler de Serkar ?

Mia jeta un coup d'œil dans le rétroviseur pour vérifier que Jana roulait toujours juste derrière eux.

— Je n'avais pas prévu qu'elle serait aussi à cran.

— Ah non ? fit Henrik, la mine critique. Il a tué sa famille, et voilà qu'on vient lui annoncer qu'il a aussi tué son collègue. Bien sûr qu'elle est à cran.

— Pas si vite ! Oui, la colère de Filippa était sans doute due à la peur que Serkar puisse être de retour. Mais ce qui me dérange, c'est qu'elle devait déjà avoir deviné qu'il était derrière le meurtre d'Erik. Si seulement elle nous l'avait dit, on aurait pu faire le rapprochement plus tôt. Et je trouve qu'elle s'en est tirée à trop bon compte, on aurait dû l'emmener pour l'interroger et lui mettre la pression.

Mia déchira l'emballage de la barre chocolatée, en cassa un bout poisseux et le lui tendit.

— Tu en veux ?

— Non, dit Henrik. Appelle tout de suite Gunnar.

— Pourquoi ?

Elle fourra le morceau de Snickers dans sa bouche.

— Il faut le prévenir qu'on a parlé à Filippa.

Mia scruta la mine fermée d'Henrik. Le pli soucieux sur son front était plus profond que jamais et il regardait fixement la route. Était-ce le terrible destin du mari et de la fille de Filippa qui le secouait à ce point, ou bien ces événements lui avaient-ils rappelé le tueur en série qui avait essayé de tuer sa propre femme, Emma ?

Elle posa démonstrativement le reste de la barre chocolatée sur le tableau de bord, sortit son téléphone et appela en mode mains-libres.

— Allô ?

La voix de Gunnar retentit dans les haut-parleurs de la voiture.

— On rentre de chez Filippa Falk, annonça-t-elle en essayant de se débarrasser à coups de langue du caramel qui lui collait aux dents.

— Qu'est-ce qu'elle vous a dit ? Est-ce qu'elle a pu confirmer notre théorie selon laquelle Serkar a tué Erik ?

— Non, elle ne voulait pas y croire, répondit Henrik sans quitter la route des yeux. Et le tueur ne s'est pas non plus servi de l'ours en peluche de sa fille, puisqu'elle l'a encore chez elle. Mais il a fait en sorte de se procurer un ours identique.

— Et si on avait tiré des conclusions hâtives ? demanda Gunnar. Si quelqu'un d'autre que Serkar avait assassiné Erik Johansson ? Son meurtre et le meurtre de la famille de Filippa sont quand même très différents.

— Sauf que, dans les deux cas, un couteau a été utilisé, et sans pitié, souligna Henrik.

— Mais pourquoi refaire surface seulement maintenant ?

— Erik était menacé par Serkar depuis l'enquête sur les femmes assassinées, dit Henrik. Cela expliquerait pourquoi il a décidé de partir à la retraite après le meurtre de la famille de Filippa, pourquoi il s'est mis à déménager tout le temps et pourquoi il avait cette quantité exagérée de dispositifs de sécurité dans sa maison de Kolmården. Il essayait de se cacher pour échapper à Serkar.

— Pourquoi ne bénéficiait-il pas lui aussi d'une identité protégée, s'il se sentait menacé ? marmonna Mia.

— Peut-être qu'il ne voulait pas, tout simplement ?

— Peut-être, fit Gunnar, mais je ne comprends toujours pas pourquoi Serkar a laissé derrière lui un ours en peluche disant le nom de Filippa Falk.

Mia repensa à la théorie de Patrik sur le nounours et Filippa. Elle s'apprêtait à la partager lors de la réunion du matin, mais la conversation en visio avec Conny Hellberg l'en avait empêchée.

— Parce que le meurtre d'Erik n'était qu'un moyen pour atteindre son but, déclara-t-elle en se redressant sur son siège.

— Et quel serait ce but ? demanda Gunnar.

— Retrouver Filippa.

— Tu veux dire que Serkar aurait tué Erik dans le seul but de la retrouver ?

Henrik lui jeta un coup d'œil à la dérobée. Mia aurait voulu préciser que c'était d'abord l'idée de Patrik, mais elle préféra s'abstenir.

— Oui, c'est ce que j'ai essayé de dire avant la visio avec Conny.

— Mais, objecta Gunnar, si Serkar a tué sa famille pour la faire souffrir toute sa vie, pourquoi voudrait-il soudain la tuer aujourd'hui ?

— N'oublions pas que Filippa a réussi à le retrouver, et qu'il a failli l'abattre avant de disparaître lors de l'accident de voiture il y a deux ans.

— C'est vrai, admit Gunnar d'une voix traînante. Il peut très bien la chercher depuis cette époque, sans jamais l'avoir trouvée. Comme Erik et elle étaient collègues, Serkar a choisi de passer par lui. Il a laissé l'ours et son nom pour l'effrayer et la faire sortir du bois.

Henrik parut soudain encore plus renfrogné.

— Dans ce cas, on a peut-être joué son jeu, déclara-t-il. Serkar doit avoir compris qu'on cherchait à la retrouver, et il prévoit peut-être de nous suivre pour frapper à la première occasion.

Mia ne savait pas quoi dire. Elle avait honte de ne pas avoir tiré cette conclusion plus tôt.

— La menace qui pèse sur elle est extrêmement grave, constata Gunnar.

— Et pourtant, elle refuse de quitter sa ferme, poursuivit Henrik, et je ne comprends pas pourquoi.

— Moi non plus, ajouta Mia en reprenant sa barre chocolatée. Elle dispose d'une identité protégée, elle pense peut-être que c'est suffisant. On a déjà mis en place une surveillance des abords de la propriété, mais tant qu'elle refuse davantage de mesures de notre part, on ne peut pas faire plus. En revanche, il va falloir être drôlement prudents à partir de maintenant.

— Et faire tout notre possible pour retrouver Serkar, compléta Gunnar.

— Oui. (Mia fourra le dernier bout de chocolat dans sa bouche.) Sauf que tout ce qu'on a c'est un prénom. Ou peut-être même pas, Serkar peut aussi bien être un surnom.

Le haut-parleur grésilla quand Gunnar haussa la voix :

— Vous n'avez pas entendu ? Trouvez-le, avant qu'il ne trouve Filippa !

Jana avait suivi Henrik et Mia jusqu'en ville. Elle dépassa la vaste Maison des Médias, la piscine, et approchait du carrefour d'Östra Promenade. Irritée, elle refoula les pensées qui la ramenaient à Filippa Falk. Non qu'elle n'ait pas à cœur de résoudre l'enquête, ni qu'elle ne trouve pas effroyable la tragédie subie par Filippa – elle aurait juste voulu ne pas être à ce point remuée de la revoir.

Mais pour l'heure, Per était une source d'inquiétude nettement plus grande que son ancienne camarade de classe. Ils ne s'étaient pas reparlé depuis qu'elle avait avoué connaître Danilo.

Jana sortit son portable et l'appela, le ventre noué.

Il ne répondit pas.

Même si elle se doutait qu'il devait être pris par une réunion ou une audience, elle décida d'obliquer vers le centre-ville et de continuer jusqu'à son cabinet d'avocats de Gamla Torget. Elle se gara un peu avant et finit à pied.

À son arrivée, la jeune réceptionniste la salua de la tête en la reconnaissant.

— Il vous attend, Jana ?

— Non, mais il faut vraiment que je le voie.

Elle tourna la tête quand, tout au bout du couloir, la porte du bureau s'ouvrit. Per s'immobilisa, vêtu de son costume à rayures blanches, et la regarda avec étonnement.

— Il faut que je te parle, dit-elle. Tu as le temps ?

Il hocha la tête et la fit entrer dans sa pièce de travail, où un grand bureau trônait au milieu de rayonnages en bois clair, avant de refermer la porte. Elle était déchirée par la honte et la culpabilité.

— Je voudrais encore te demander pardon, commença-t-elle. Je suis désolée de t'avoir caché la vérité, de ne pas t'avoir parlé de Danilo plus tôt. Il n'y a juste pas eu… Je veux dire, c'était horriblement difficile de…

Elle se tut.

— Ça va, dit Per. Je n'aurais pas dû te bombarder d'autant de questions sur lui et ton passé, mais maintenant je sais à quoi m'en tenir.

Elle demeura silencieuse, et il continua :

— Mais pour être honnête, Jana, je ne comprends pas ce qui est si difficile. Ce n'est quand même pas ta faute si vous avez grandi ensemble. Ou est-ce qu'il y a autre chose ?

L'inquiétude de Jana s'accrut encore, mais elle garda son calme.

— Non, rien d'autre. Pourquoi est-ce qu'on parle toujours de lui, en fait ?

Il la dévisagea longuement, comme s'il voulait poser une autre question. Puis il secoua la tête.

— Je ne me soucie que de toi.

— Et j'en suis très contente, mais il n'y a rien d'autre à ajouter au sujet de Danilo et moi. Je voudrais que tu arrêtes de ressasser ça. S'il te plaît, tu me le promets ?

Jana s'attendait à une réponse, mais il ne dit rien, avança seulement d'un pas et la prit dans ses bras. Elle se blottit contre lui et enfouit son nez dans son cou, dans la chaleur rassurante de son corps.

— Je vais y aller, fit-elle en s'écartant.

— Tu es pressée de partir ?

— Non.

— Viens te promener avec moi.

Elle dut afficher un air interrogateur, car il ajouta :

— Tu n'as pas oublié qu'on va à l'anniversaire de mon neveu ce soir ?

— Non, mais quel rapport avec cette promenade ?

— J'ai besoin de ton aide pour lui acheter un cadeau.

14

Filippa vérifia que les chevaux avaient assez de foin dans leurs box. Elle négligea de balayer ce qui s'était répandu au pied du fenil, quitta l'écurie et regagna directement la maison.

Sans hésiter, elle se rendit à la cuisine prendre une bouteille de vodka dans le réfrigérateur et en but deux grandes gorgées. Son ventre se retourna aussitôt. Elle posa la main sur sa bouche pour refouler un haut-le-cœur, puis avala une autre gorgée pour se débarrasser du goût de vomi dans sa bouche.

C'était une erreur, elle avait tort de boire, mais son cœur battait encore à toute vitesse, affolé par la visite de la police.

Lentement, elle se laissa glisser à terre et pressa la bouteille glacée contre son front.

Son cerveau refusait de fonctionner, refusait d'enregistrer ce qui s'était passé. Elle se rappelait exactement la dernière fois qu'elle avait eu cette sensation. C'était en se réveillant à l'hôpital, quand Erik lui avait appris que Johan et Julia étaient toujours portés disparus. Elle ne voulait pas le croire, mais elle avait vu à son regard désespéré que c'était vrai. Ils cherchaient depuis plusieurs jours et allaient s'arrêter pour la nuit, avant de recommencer le lendemain matin. Mais pourquoi ? Serkar les avait pris !

Erik lui avait dit qu'il ne pouvait rien faire de plus, et elle l'avait haï pour ça. Elle n'avait plus jamais voulu le revoir. Mais le lendemain, il était revenu annoncer qu'ils les avaient retrouvés.

Elle n'avait pas pu prononcer un seul mot, n'avait pas même eu la force de le regarder. Elle était juste restée figée sur son lit d'hôpital, à essayer de refouler l'impression de mille couteaux enfoncés dans sa poitrine.

Filippa faisait rouler la bouteille d'un côté à l'autre de son front en poussant de profonds gémissements.

Johan et Julia avaient disparu. Elle avait beau être en colère contre Erik et ses collègues qui avaient interrompu les recherches, elle savait que c'était la faute de Serkar, et de personne d'autre. Il lui avait tout pris. Il l'avait laissée aussi seule qu'on peut l'être. Et voilà que la police le croyait de retour.

Elle but encore de cet alcool brûlant, avala plusieurs grandes gorgées l'une après l'autre et baissa les yeux vers les larges lattes du plancher en écoutant le grondement de la chaudière au sous-sol.

Un sentiment d'irréalité lui tournait la tête et elle s'efforçait de lutter contre la panique qui montait. Pendant des années, elle avait vécu dans l'espoir que ce jour n'arriverait jamais.

Mais il était arrivé.

Son menton se mit à trembler et des sanglots lui déchirèrent la gorge.

Mon Dieu. Qu'allait-elle faire ?

Un tramway jaune passa en bringuebalant devant la petite boutique de jouets au coin de Drottninggatan. Per promena les yeux sur les présentoirs de peluches, puzzles et autres jeux à tirer. Il regarda Jana à la dérobée, debout à quelques mètres de lui, avec la forte impression qu'elle ne lui avait pas dit toute la vérité au sujet de Danilo.

Cela lui fit penser à sa petite sœur Clara et à toutes les fois où elle lui avait menti. Non, son mari n'avait pas fait exprès de lui briser les doigts. Non, il ne le pensait pas quand il lui avait dit qu'elle était grosse et moche. C'était juste pour rire.

Sa culpabilité se raviva. Le souvenir de son visage démoli ne le quitterait jamais. Il ne pouvait rien changer au passé, mais il s'était promis de ne plus jamais se montrer aussi naïf.

— Je peux vous aider ?

Per tourna la tête vers une femme d'un certain âge qui sortait de la réserve. Elle portait une robe à manches courtes et avait rassemblé ses cheveux blancs en une épaisse tresse.

— On cherche un cadeau pour un petit garçon d'un an, dit-il en s'efforçant de se détendre.

— Vous avez le choix, répondit la vendeuse en souriant. Pourquoi pas un mini-clavier ? Découvrir la musique est toujours amusant pour les tout-petits.

— Mais peut-être pas autant pour la maman, répondit Per en lui rendant son sourire.

— Alors un établi miniature ? Ou une mini-locomotive ? proposa-t-elle. Il y a plusieurs modèles.

— Qu'est-ce que tu en dis, Jana ?

Per se tourna vers elle mais, sans répondre, elle continua à fixer du regard les ours en peluche sur le plus haut rayon devant elle. Elle en écarta quelques-uns pour en saisir un blanc portant un pull bleu qu'elle contempla, les yeux écarquillés.

— C'est une peluche qui peut enregistrer des sons, n'est-ce pas ?

— Oui, confirma la vendeuse. Vous voulez voir comment ça marche ?

Jana secoua la tête.

— Pas la peine. Mais vous en avez vendu, ces derniers temps ?

— Pas moi, mais ma fille peut-être, dit la femme. Le magasin est à elle, je ne fais que la remplacer de temps en temps.

— Vous savez si d'autres magasins vendent ce modèle ?

— J'en suis sûre.

— Jana, de quoi s'agit-il ? demanda Per.

— Exactement la même peluche est apparue dans une enquête dont je m'occupe, expliqua-t-elle. Comment s'appelle votre fille ?

— Anna Snell. Vous voulez son numéro de portable ?

— Oui, merci.

Jana sortit son téléphone et y enregistra le numéro que la femme lui donna.

— Per, il faut que je retourne travailler, s'excusa-t-elle, avant de se tourner vers la vendeuse. Combien, pour l'ours en peluche ?

— Je te l'offre, dit Per.

— Sûr ?

— Oui, file. On se voit ce soir, je passerai te prendre à 6 heures moins le quart.

Jana lui lança un regard reconnaissant avant de quitter la boutique, l'ours à la main.

— Ça alors, elle était pressée, s'exclama la vendeuse.

Per hocha la tête, sortit son portefeuille et lui tendit sa carte de crédit.

— Pour l'ours en peluche. Et je vais aussi prendre ça, dit-il en indiquant une locomotive rouge dans la vitrine.

Tandis que la femme allait chercher le jouet, le téléphone de Per sonna. C'était Stefan Callmander.

— Allô ?

— Il faut qu'on parle de Danilo Peña.

Le ton de Stefan était grave.

— Qu'est-ce que tu as trouvé ? demanda Per en tournant le dos à la vendeuse.

— Rien. Je ne le trouve pas, rétorqua Stefan. Il fait partie des invisibles, ce qui veut dire qu'il s'est retiré chez un parent ou un ami. Ou alors il se cache dans une zone de non-droit, avec des exclus. Il y a des milliers de sans-papiers qui échappent au radar du gouvernement suédois et…

Stefan se tut.

— Et ? s'impatienta Per.

— Et je ne sais pas pourquoi tu cherches à trouver cet homme. Mais je vais te donner un conseil. Arrête de chercher. Ça peut te mettre en danger de mort.

— Je sais, mais ça valait la peine d'essayer. Merci pour ton aide.

Per raccrocha et serra longtemps le téléphone dans sa main en ressassant la même phrase encore et encore : où diable Danilo pouvait-il bien se cacher ?

— Je suis d'accord, dit Gunnar, les nounours se ressemblent.

Mia acquiesça en comparant la photo de la peluche ensanglantée trouvée dans le ventre d'Erik Johansson avec l'ours blanc comme la craie posé sur la table de la salle de réunion. Jana l'avait apparemment trouvé dans une boutique de jouets du centre-ville, et Mia se demanda en silence ce qu'elle y faisait.

— J'irais même jusqu'à dire que c'est exactement le même, lança Henrik, assis de l'autre côté de la table avec Anneli.

Ne manquait qu'Ola. Mia savait qu'il était occupé à insister auprès de l'opérateur téléphonique pour obtenir les listes d'appels d'Erik. La raison de ce délai n'était pas claire mais, en même temps, c'était le cas de beaucoup de choses dans cette enquête.

— Cette peluche a été fabriquée par la société Teddypro à Vaggeryd, déclara Jana.

— Laissons le labo procéder à une comparaison, dit Gunnar. S'il s'avère que c'est effectivement le même modèle, on suivra immédiatement cette piste.

— Je leur envoie ça en sortant de la réunion, promit Anneli.

— Bien. En attendant, on a une autre piste à suivre. Grâce au porte-à-porte à Kolmården, on a appris qu'une voiture noire avait été aperçue à proximité de la maison le soir du crime.

— On connaît le modèle ? demanda Henrik.

— On sait que c'est une Skoda, mais pas grand-chose de plus. C'est un peu tiré par les cheveux, mais on a contacté toutes les stations-service des environs. Peut-être qu'une de leurs caméras de vidéosurveillance aura réussi à filmer le véhicule ? Combien de temps pour obtenir une réponse, je l'ignore encore.

Mia leva le regard quand la porte de la salle de réunion s'ouvrit. Ola apparut, un dossier à la main : elle remarqua qu'il était du même jaune que son bonnet.

— Désolé de vous déranger.

— Je t'en prie, dis-nous que tu nous apportes les listes d'appels d'Erik.

Ola secoua la tête.

— J'ai relancé l'opérateur deux fois rien qu'aujourd'hui, et je n'ai toujours pas l'ombre d'un commencement de liste, annonça-t-il en s'asseyant à la table. Mais il faut que je vous montre quelque chose.

— Quoi ? demanda Mia.

— Les portraits-robots de Serkar.

Dans un silence total, il ouvrit son dossier et en tira deux images élaborées par la police de Kalmar à partir du signalement de Filippa. L'une représentait un homme affublé d'un masque noir qui ne laissait voir que les yeux et la bouche. L'autre était un visage sans masque aux cheveux ras, aux prunelles sombres, et auquel l'oreille gauche manquait. Il était décrit comme mesurant environ un mètre quatre-vingts et portant un sweat à capuche noir.

Mia secoua la tête avec scepticisme.

— Ça m'étonnerait que ça nous aide à le retrouver. D'accord, il n'a qu'une oreille, mais aucun autre signe distinctif clair, et pas mal de temps s'est écoulé depuis que Filippa l'a vu. Il est peut-être très différent aujourd'hui. Il s'est peut-être même fait arranger l'oreille.

— N'y a-t-il vraiment que Filippa et son comparse disparu après la course-poursuite qui sachent à quoi ressemble Serkar ? demanda Ola.

— Il doit y avoir d'autres personnes qui ont vu son visage, dit Jana. En premier lieu, d'autres membres de la bande qu'il dirigeait, et je pense à la descente pour prostitution dans cet appartement dont Conny Hellberg nous a parlé.

— Serkar n'y était pas, objecta Mia.

— Non, mais ils ont quand même arrêté un autre homme, insista Jana. Il faut nous renseigner, trouver son nom et où il est aujourd'hui. Et puis, il reste Elena Budescu, la prostituée qui a fait tomber la bande.

— Sauf qu'elle a disparu sans laisser de traces après la descente de police, et c'est peut-être horrible à dire, mais on peut sans doute considérer qu'elle pourrit quelque part dans un sac-poubelle.

— C'est justement pourquoi il faut commencer par l'homme qui a été arrêté. Son nom devrait figurer dans le procès-verbal de l'enquête.

Mia fit la grimace.

— Mais qu'est-ce qu'on attend ? Gunnar, je peux emprunter ton téléphone ?

— Oui, pourquoi ? dit-il en sortant l'appareil de sa poche.

— Donne.

Elle chercha le numéro de l'enquêteur principal à la retraite, qui répondit après deux sonneries :

— Allô, ici Conny.

— Bonjour, Mia Bolander à l'appareil, police de Norrköping. On a besoin de gratter quelques informations sur la personne arrêtée lors de la descente dans le bordel de Serkar. Vous pouvez nous aider ?

— Qu'est-ce qu'il vous faut ?

— Son nom, pour commencer.

Conny se racla la gorge.

— Bojan Nikolov, répondit-il. Il est détenu à la prison centrale de Skänninge pour, entre autres, proxénétisme aggravé, mais lui parler ne vous servira à rien. On l'a interrogé un nombre incalculable de fois, sans que ça nous mène à quoi que ce soit.

— Mais vous êtes persuadé qu'il connaît l'identité de Serkar, n'est-ce pas ?

— Oui.

— Nous aussi, dit Mia. C'est pour ça qu'on veut réessayer.

Il fallut à peine une heure pour se rendre à Skänninge. L'air était étouffant et quelques nuages s'étaient formés au-dessus de l'enceinte du bâtiment. Deux grues témoignaient des travaux en cours, qui avaient pour but l'extension de la troisième plus grande prison du pays.

Jana franchit après Henrik et Mia le portail bien gardé, et les suivit jusqu'au bâtiment de briques ocre.

Une jeune femme les attendait à l'entrée des visiteurs. Ses cheveux lui tombaient jusqu'à la taille, et ses yeux se refermaient en fentes étroites quand elle souriait.

— Bonjour. Pernilla Granberg, surveillante.

— Pardon de débarquer en prévenant au dernier moment, déclara Henrik après s'être présenté.

— On m'a dit que vous vouliez parler à Bojan Nikolov.

— Tout à fait. On a un certain nombre de questions à lui poser au sujet d'une enquête criminelle en cours, expliqua Jana.

Pernilla hocha la tête et leur demanda de laisser leurs papiers d'identité au bureau de la sécurité.

— Il est soupçonné de quelque chose ? demanda-t-elle après avoir enfermé tous leurs objets personnels dans un casier.

— Non, mais on espère qu'il pourra nous aider à retrouver un meurtrier, répondit Mia.

— Je comprends. Il attend dans une des salles de visite, je vais vous montrer.

— Vous connaissez Bojan ? l'interrogea Jana tandis qu'ils franchissaient une porte menant à une salle d'attente.

— Le connaître, c'est beaucoup dire, répliqua Pernilla d'un ton hésitant.

— Mais vous pouvez nous le décrire ?

— Il a une attitude assez dure.

— Comment ça ? intervint Henrik.

— Beaucoup de détenus le respectent.

Pernilla passa une autre porte et les fit pénétrer dans la salle de contrôle des entrées.

— Il est violent ? demanda Mia après avoir franchi un portique et s'être fait passer les chaussures aux rayons X.

— D'une certaine façon, oui, mais sa violence n'a concerné jusqu'ici que certaines personnes. Pour être précise, seulement ceux qui ont dit ou fait quelque chose qu'il a perçu comme offensant. Par ici.

Pernilla s'empara d'une alarme anti-agression sur une étagère, puis leur fit traverser une réserve et emprunter encore un autre couloir. Jana embrassa du regard le lino gris et les trois portes blindées menant aux différentes salles de visite.

— Vous pensez que Bojan acceptera de nous parler ? demanda Henrik.

Pernilla baissa la voix.

— Bojan n'a aucun problème pour parler. Cependant, il est dépourvu d'empathie, et je vous conseille de le traiter avec professionnalisme et respect.

— Autre chose ? voulut savoir Mia.

— Une seule, fit Pernilla en se raclant la gorge. Ça me coûte de vous dire ça, mais Bojan a une vision des femmes un peu rétrograde, alors je pense qu'il vaudrait mieux que vous y alliez seul, Henrik.

— C'est bon pour vous ? demanda Henrik.

Il regarda d'abord Mia, puis Jana, visiblement gêné.

— Ça va, répondit Jana. On t'attendra sur le parking.

— Je vais vous aider à retrouver le chemin, proposa Pernilla.

Elle se tourna vers Henrik, lui tendit l'alarme et déverrouilla la porte du milieu.

— Vous voulez que je vous accompagne ? lança-t-elle, la main sur la poignée.

— Non, dit-il en lui faisant signe d'ouvrir.

— Bojan Nikolov ?

L'homme regarda Henrik à la dérobée quand il entra dans la pièce. Il était seul à une table, dos à une petite fenêtre. Ses cheveux noirs tombaient en mèches sur ses oreilles, et son nez rappelait un bec de corbeau. Il haussa le menton.

— Vous êtes qui ?

— Henrik Levin, commissaire de police à la criminelle.

— Ah, donc les flics ont retrouvé l'adresse d'ici, sympa.

Il avait parlé à voix basse, mais le sarcasme dans son ton ne faisait aucun doute.

— Je suis venu vous poser quelques questions, et j'apprécierais que vous y répondiez sincèrement.

— Bien entendu, je vais répondre à toutes les questions, sans jamais mentir, et blablabla. Vous croyez que je ne connais pas la chanson ?

Henrik ne releva pas. Il se contenta de s'asseoir sur la chaise matelassée et d'observer Bojan. Son visage était maigre et sa peau grisâtre dans la lumière des néons.

— Cinq ans ont passé depuis que la police vous a arrêté dans un appartement à Kalmar. Andreï Vasilev, qui était lui aussi impliqué, s'est enfui. Comment l'avez-vous rencontré ?

— Ah, ça, mon bon monsieur, s'exclama Bojan. Ça fait un bail. On était à une fête, je ne me souviens plus où, mais Andreï a commencé à me parler d'un type qui avait besoin d'aide pour faire entrer des amphètes en Suède.

— Vous voulez dire des amphétamines.

Bojan opina du chef.

— On est allés en Hollande charger cette merde dans sa voiture.

— Et un beau jour, vous vous êtes dit que vous pourriez vendre des femmes ?

Bojan le regarda sans détourner les yeux, et Henrik comprit que cette question directe l'irritait.

— Ça ne s'est pas passé comme ça.

— Comment, alors ?

Bojan tourna la tête, et fixa son regard sur le mur jaune et nu à côté de lui.

— Le type des amphétamines voulait aussi qu'on dresse quelques putes, finit-il par dire. Vous savez, les clients adorent qu'elles jouent les filles innocentes, mais ils en veulent aussi pour leur argent. Alors on a maté ces putes pour qu'elles écartent les cuisses sans faire chier.

— Qui vous a ordonné ce… dressage ?

Ce mot avait un mauvais goût dans sa bouche, mais Henrik était forcé de faire avancer l'entretien.

— Ça n'a aucune importance.

Bojan se gratta la joue. Henrik remarqua la tête de mort qui lui couvrait le dos des phalanges.

— Est-ce qu'il s'appelle Serkar ?

— Pourquoi vous me parlez de lui ?

— Je veux savoir qui c'est.

Le visage de Bojan demeura impassible, mais il avait à présent quelque chose de dur dans le regard.

— Oui, c'est pour lui qu'on a transporté la drogue, et ce sont ses putes qu'on a dressées. Mais je ne sais rien de lui, à part qu'il a disparu de la circulation il y a deux ans.

Au moment de l'accident de voiture, pensa Henrik. Où se cachait-il depuis ? L'homme qu'il avait devant lui pourrait-il lui apporter des réponses ?

— Visiblement, il est de retour. Son nom est mentionné dans une enquête criminelle, et si vous croyez que j'envisage de partir d'ici sans en savoir plus à son sujet, vous vous trompez. Quel est son nom complet ?

Bojan détourna à nouveau le regard vers le mur.

— Aucune idée.

— Vous étiez censé répondre sincèrement, lui rappela Henrik.

— Ce que j'ai fait. Les policiers avant vous m'ont posé plein de fois la même question, et c'est la vérité : je ne sais pas. Mais on raconte que sa mère l'a abandonné et que son père lui a brûlé une oreille avec un fer à repasser quand il avait trois ans. Si c'est vrai ou non, je l'ignore.

Henrik inspira à fond.

— Où se trouve-t-il aujourd'hui ?

La chaise de Bojan grinça quand il se pencha en avant. Ses épaules retombèrent, mais son regard était tendu.

— Il peut être n'importe où.

— Désolé, Bojan, mais j'ai l'impression que vous évitez la question.

— Je n'évite rien du tout, je n'ai juste rien à dire à son sujet. À part qu'il est cinglé, et qu'il s'est toujours débrouillé pour se planquer et ne jamais aller en taule. Oui, je l'ai aidé, mais jamais rencontré. Pour moi, il s'exprimait comme un dictateur sans pitié.

Henrik haussa les sourcils.

— Vous lui avez parlé ?

— Je lui ai parlé quelques minutes au téléphone, une fois. Il voulait qu'on lui rende un nouveau service, et il m'a dit qu'il était trop tard pour me retirer.

— Vous vouliez vous retirer ?

— Ça devenait trop pour moi, répondit Bojan d'un air soudain las. Mais Andreï m'avait prévenu : je n'avais pas le choix.

— Qu'est-ce que Serkar vous a demandé ?

— De faire le ménage de quelques putes qui continuaient à faire chier.

Henrik ne voulait pas aller jusqu'au bout de sa pensée, mais il n'avait pas le choix :

— Vous les avez tuées ?

— J'ai couché avec elles de plein de façons bizarres, je le reconnais, mais non. C'est Andreï qui s'est occupé d'elles.

Et Andreï avait réussi à s'échapper de l'hôpital après l'accident, malgré la surveillance policière. Ce n'était pas la première fois qu'une chose pareille se produisait, mais Henrik commençait à ne plus tenir en place.

— Vous pourriez décrire la voix de Serkar ? demanda-t-il.

— Comment ça, la décrire ? fit Bojan. Normale, qu'est-ce que je peux dire, ça remonte à longtemps.

Henrik s'avança au bord de son siège.

— Alors qui pourrait m'aider à le retrouver ?

Bojan lui lança un regard méfiant.

— Pourquoi vous voulez le trouver ? Il a tué qui, maintenant ?

— Je ne peux pas discuter avec vous d'une enquête en cours, répondit Henrik. Mais j'aimerais beaucoup parler de ce qui est arrivé à la famille de Filippa Berger.

Bojan secoua la tête.

— Ne me mêlez pas à ça, je n'ai rien à voir là-dedans.

— Vous avez dit la même chose à propos des femmes mortes.

— Oui, parce que je ne les ai pas tuées.

— Avez-vous tué la famille de Filippa ?

— Non.

— Andreï ?

Bojan secoua à nouveau la tête.

— Tuer des petits enfants, il y a une limite, putain. Même pour Andreï.

Henrik l'observa quelques secondes.

— Une dernière question, dit-il alors. Il s'agit d'Elena Budescu.

Bojan se mit à ricaner.

— Vous savez de qui je veux parler ? demanda Henrik.

— Évidemment.

— Vous savez où elle est ?

Bojan baissa les yeux vers la table.

— Andreï m'a raconté que Serkar s'était occupé d'elle.

Henrik sentit aussitôt le découragement l'envahir.

— Donc elle est morte ?

— Il l'a démolie et laissée pour morte, en tout cas. Mais j'ai entendu dire que le vieux flic l'avait récupérée.

— Erik Johansson ?

Henrik eut du mal à cacher son étonnement.

— Oui, mais je ne sais pas où elle a pu passer après ça. Au moins, je suppose qu'elle n'avait plus peur de se faire sauter.

15

Il était déjà 16 h 30 quand Jana reçut un violent coup de coude de Mia. Elle leva les yeux et vit Henrik se diriger vers elles. Son pas était lent, comme si sa visite à la prison l'avait éprouvé.

— C'est inconcevable que Bojan ne puisse pas dire qui est Serkar, s'exclama Mia quand Henrik eut résumé l'entretien.

— Je sais, lâcha-t-il en se tournant vers la circulation sur la route de l'autre côté de la clôture. J'espérais moi aussi qu'il puisse nous donner quelque chose, mais il prétend ne l'avoir jamais vu. Si c'est vrai ou non, je ne me prononce pas.

— Franchement ? (Mia écarta les mains.) On recherche un homme qui a ordonné le meurtre de prostituées, qui a lui-même assassiné la famille de Filippa Falk et ouvert le ventre d'Erik Johansson. Et personne ne sait qui il est. Existe-t-il seulement ?

— Filippa et Andreï l'ont vu, objecta Jana.

— Oui, mais ça nous fait une belle jambe. L'une ne veut pas nous aider et l'autre a quitté le pays.

Jana comprenait la frustration de Mia. Elle-même souhaitait avoir affaire à Filippa le moins possible, mais le refus de son ancienne camarade de classe de collaborer pour retrouver Serkar restait un mystère.

— Je l'ai aussi interrogé sur Elena Budescu, poursuivit Henrik.

— Qu'est-ce qu'il a dit ? demanda Mia.

— Pas grand-chose, mais il y a une chance qu'elle soit encore vivante.

— Putain, c'est vrai ?

Henrik hocha la tête.

— Bojan a entendu dire qu'Erik l'aurait aidée après que Serkar l'a passée à tabac et laissée pour morte.

— Je me demande pourquoi Conny ne l'a pas mentionné, lança Jana. Tu as demandé à Bojan où il avait entendu ça ?

— Non.

— Comment l'a-t-il aidée, alors ? reprit Jana. À retourner en Roumanie ?

— C'est possible. Mais beaucoup des victimes de trafic d'êtres humains viennent d'une situation précaire, et n'ont personne auprès de qui rentrer. Souvent, leurs maquereaux leur confisquent leurs passeports pour qu'elles ne puissent pas s'enfuir.

— La probabilité qu'Elena soit encore en Suède est donc assez grande, dit Jana.

Henrik hocha la tête.

— Il faut essayer de retrouver sa trace.

— Mais comment ? demanda Mia. La police de Kalmar a déjà essayé, pour conclure qu'elle était introuvable.

— Ou alors, fit pensivement Jana, c'est qu'elle ne veut pas être trouvée. Erik l'a peut-être aidée à se cacher dans un endroit isolé, comme Filippa et lui. Elena peut très bien être la raison de son départ en retraite.

À ce moment, son portable se mit à sonner. C'était Elin Ronander, l'auxiliaire de vie de son père.

— Il faut que je réponde, dit-elle en entrant dans sa voiture pour parler sans être dérangée.

— Jana, lui dit Elin quand elle décrocha. Il s'agit de ton père.

— Oui, qu'est-ce qui lui arrive ?

— Il doit quitter l'hôpital dans une demi-heure. Je sais qu'il est sous ma responsabilité, mais je suis coincée dans la circulation à cause d'un accident, je ne pourrai pas y être. Il y a eu un carambolage, et ils disent à la radio que ça va rester bloqué au moins deux heures.

Jana soupira.

— Le personnel de l'hôpital ne peut pas l'aider ?

— Karl refuse, et il ne veut pas attendre. Tu sais comment il est. C'est pour ça que j'ai pensé à toi, peut-être que tu pourrais faire quelque chose ?

Jana n'en avait pas envie, mais se sentait obligée.

— Je vais arranger ça, dit-elle en faisant signe aux autres qu'elle devait partir.

Une demi-heure plus tard, Mia se frottait les yeux. Henrik tardait à revenir, alors qu'il était juste parti payer le plein à la caisse de la station-service de Mantorp. Mais ce n'était pas la source de sa fatigue. C'était la prise de conscience que faire ôter la date gravée à l'intérieur des anneaux coûterait autant que ce qu'elle les avait payés. Certes, elle les avait eus pour seulement sept cents balles, mais quand même.

Mia regarda par la fenêtre. Elle ne savait toujours pas quoi faire. Se fiancer dans quatre jours lui semblait complètement fou. Même pour elle. D'un autre côté, elle était trop vieille pour attendre, ou hésiter. Alors, merde, quoi !

Elle se redressa sur son siège, ouvrit le moteur de recherche de son téléphone et chercha sur Google les meilleurs endroits pour faire sa demande. Apparemment, il n'y avait rien de plus romantique que de se fiancer au soleil couchant sur une plage paradisiaque. Mais la lassitude la submergea de plus belle. Car d'après les agences qu'elle consultait, un voyage aux Maldives coûtait davantage que ce qu'elle gagnait en cinq ans.

Mia referma son téléphone quand Henrik ouvrit la porte, un bouquet à la main.

— Qu'est-ce que tu as acheté ? demanda-t-elle.

— Rien de spécial, dit-il en s'asseyant, seulement quelques roses.

— Pour Emma, j'espère.

— Bien sûr, qu'est-ce que tu crois ?

Henrik posa son bouquet sur la banquette arrière.

— Tu n'as pas peur qu'elle rencontre quelqu'un de plus sexy et mieux soigné que toi ? continua Mia avec un regard appuyé vers ses cheveux qui ressemblaient à un nid d'oiseau.

Henrik lui répondit d'un soupir mais se regarda dans le rétroviseur.

— Non, je n'ai jamais eu peur de ça. Ça a toujours été Emma et moi, d'une certaine façon.

— Comment vous vous êtes rencontrés, en fait ?

— Je ne t'ai jamais raconté ?

— Si, mais j'ai oublié, répondit-elle avec sincérité.

Enfin, il sourit.

— J'étais en voyage à Chypre avec une bande de potes pour faire la fête, dit-il avec un geste qui signifiait « Ne me juge pas ». Le dernier soir, j'ai rencontré une jolie fille sur la piste de danse. On a fini au lit, échangé nos numéros, et on s'est revus une fois rentrés.

— Ça s'est vraiment passé comme ça ? demanda Mia avec scepticisme.

Henrik rit en secouant la tête.

— Non, je te fais juste marcher.

C'était bon de le voir à nouveau plaisanter. C'était l'un des côtés que Mia préférait chez lui, même s'il était le plus souvent concentré et pensif.

— Ça a commencé en primaire, dit-il. Je me souviens quand j'ai posé mes yeux sur elle pour la première fois. C'était devant le garage à vélos dans la cour de l'école. C'était la fille la plus belle que j'aie jamais vue, alors je lui ai fait passer un mot pour lui demander d'être mon amoureuse.

Mia inclina la tête sur le côté.

— Ne me dis pas qu'elle est ton premier amour ?

— Si, et moi le sien. On est restés ensemble quelques mois, puis le temps a passé. On a grandi, rencontré d'autres personnes. J'ai commencé l'école de police et elle a déménagé pour ses études. Mais un beau jour, on a repris contact. D'abord un café, puis on n'a pas tardé à se fiancer. Ensuite il y a eu la maison, les enfants et… Eh oui, maintenant, ça fait trente ans que je lui ai fait passer ce mot.

— Donc tu savais depuis le début qu'elle était la bonne ? résuma Mia.

— Oui, je suppose, répliqua Henrik avec un nouveau sourire.

— Tu sais si elle aime les fleurs fanées ?

— Non, qui aime ça ?

— Personne. Allez, il faut qu'on file.

En entrant dans la maison de Lindö, Karl sentit la poigne de Jana autour de son bras. Il ne lui dit rien, pas plus que quand elle était venue le chercher à l'hôpital. Il pestait seulement de ne plus avoir la force de marcher seul suite à son infarctus. Il détestait par-dessus tout se rappeler qui l'avait provoqué.

Jana ouvrit la bouche comme pour lui parler, mais la referma.

— Qu'est-ce que tu voulais dire ? demanda-t-il d'un ton sec.

— Per sait qu'on se connaît, Danilo et moi.

Karl s'arrêta et l'observa, droite comme un I, le regard brûlant.

— Comment le sait-il ?

— À cause de Danilo. C'est pour ça qu'il est venu chez Per, pour le lui signifier.

Le cœur de Karl s'emballa et une douleur apparut dans sa poitrine, mais il essaya de respirer tranquillement.

— Qu'est-ce que tu lui as dit ?

— Qu'on est arrivés en Suède ensemble, rien de plus.

Elle essaya de lui reprendre le bras, mais il se dégagea et s'appuya sur sa canne.

— Tu as avoué, alors ? lança-il d'un air sombre.

— Qu'est-ce que je pouvais faire d'autre ? Danilo m'avait déjà balancée.

— Tant qu'il est en vie, le risque existe que tu sois complètement démasquée.

— Mais tu as promis de le laisser tranquille, lâcha-t-elle entre ses dents. Et j'espère que tu tiendras ta promesse.

Elle le saisit à nouveau fermement par le bras et le conduisit dans sa chambre. Il s'assit sur le lit soigneusement fait, posa les deux mains sur sa canne et la dévisagea. Depuis son adoption, il avait forcé Jana à garder le silence sur son sombre passé. Il lui avait fait dissimuler la scarification sur sa nuque sous des pansements et des polos, et elle lui avait obéi. Mais ces dernières années, quelque chose avait changé, et voilà qu'elle semblait prête à tout révéler à cause de cet avocat.

— Comment se passe l'enquête sur l'ours en peluche ? demanda-t-il.

Jana leva un peu le menton.

— Qu'est-ce que tu sais à ce sujet ?

— C'est ce que je te demande. Qui est le meurtrier ?

Jana le regarda un instant avant de répondre :

— Il se fait appeler Serkar, mais personne ne sait qui c'est, et la police n'a aucune piste pour le retrouver.

— Vous recherchez une personne disparue ?

— Deux, répliqua-t-elle. L'autre s'appelle Elena Budescu, et on espère qu'elle pourra nous en dire plus sur lui.

Karl hésita une seconde avant de demander :

— Et Filippa Falk ?

Les yeux de Jana s'assombrirent.

— Il n'y a rien à dire là-dessus.

— Mais elle est mentionnée dans l'enquête.

— Quelle importance ? rétorqua Jana d'un air buté.

Karl s'énerva.

— Une grande importance, Jana. Tu sais qu'elle pourrait se mettre à parler de l'incident de l'école.

— Et pourquoi est-ce qu'elle ferait ça ? C'est arrivé il y a longtemps, et tous pensaient qu'elle était innocente. Même toi, père.

Jana se gratta la nuque, comme pour refouler le souvenir de ces événements.

— Je sais qu'elle ne disait pas la vérité, déclara-t-il.

— Et pourtant, tu m'as mise dans cet internat.

— Je n'ai fait qu'essayer de résoudre le problème !

— Et tu m'as laissée en payer le prix.

Karl sentit sa patience s'épuiser.

— Ce qui compte, c'est que cet événement ne sorte pas de l'oubli, tu entends ?

— Pour qui, toi ou moi ? lâcha-t-elle froidement.

— J'essaie seulement de te protéger.

— Non, tu essaies de te protéger, toi. Comme d'habitude.

Karl crispa les doigts sur sa canne. Il allait ouvrir la bouche quand il entendit le bruit de la porte d'entrée qui s'ouvrait et la voix de l'auxiliaire de vie.

— Il y a quelqu'un ? Je suis arrivée.

Jana se retourna.

— Je dois y aller, Per m'attend.

— Jana..., dit-il en tentant de la retenir.

Mais elle quitta la chambre d'un pas résolu.

Filippa souleva les paupières. Elle resta étendue quelques secondes, les yeux au plafond. La tête palpitant de douleur, elle s'aperçut qu'elle s'était effondrée par terre au milieu de la cuisine. La bouteille de vodka avait roulé à côté d'elle. Le peu qu'elle n'avait pas bu s'était renversé.

Avec un gémissement, elle pivota sur le flanc, rassembla ses forces et tenta de se lever. Elle retomba par terre, haletante, et sentit qu'elle allait vomir.

À la fenêtre, le soleil était bas, la pièce plongée dans la pénombre. L'angoisse la saisit.

Déjà le soir ? Combien de temps était-elle restée couchée là ?

Et pourquoi un tel silence ?

Elle reprit son souffle, et faisait une nouvelle tentative pour se relever quand elle comprit qu'elle n'entendait plus le bruit de la chaudière.

Elle se redressa péniblement et alla s'appuyer au plan de travail en titubant. Lentement, elle gagna le mur et appuya sur l'interrupteur, mais la lampe au-dessus de la table resta éteinte.

La hotte de la cuisinière ne fonctionnait pas non plus.

Elle frissonna. Les plombs avaient dû sauter. Ce n'était pas la première fois, mais elle n'aimait pas descendre au tableau électrique.

Filippa gagna le hall d'entrée, devina son visage blême dans le miroir ovale et continua jusqu'à la porte fermée menant au sous-sol. En bas, il n'y avait que la chaudière, le tableau électrique et un ancien garde-manger qu'elle n'avait jamais utilisé.

Elle sortit son portable de sa poche, ouvrit la porte et plongea le regard dans le noir. Elle devait seulement descendre l'escalier et vérifier les plombs.

Son cœur se mit à battre plus fort une fois la lampe torche du portable allumée. Lentement, elle commença à descendre, une main posée sur la fine rampe. Les marches craquaient et l'odeur des fondations de pierre était de plus en plus forte.

Sur la dernière marche, elle perdit l'équilibre et faillit s'étaler, mais réussit à tendre la main pour se réceptionner contre le mur.

La lueur du portable balaya la chaudière, juste devant elle. À part quelques craquements dans les tuyaux, tout était silencieux. Elle écarta ses cheveux de ses yeux et s'éloigna sur la gauche.

À tâtons, elle parvint au tableau électrique mural.

Des grains de poussière volaient devant elle tandis qu'elle éclairait les plombs.

Elle les examina un à un, mais aucun n'était grillé.

Ce devait être le disjoncteur principal qui avait sauté, dans l'écurie, songea-t-elle en remontant l'escalier au pas de course. Elle savait qu'elle se faisait des idées, mais passa tout de même prendre un couteau à la cuisine avant de filer par la porte extérieure.

16

— Alors c'est ici qu'habite ta sœur, dit Jana quand Per se gara devant une maison bleu clair.

Le bâtiment se trouvait au niveau de l'aire de retournement de Hjalmar Lundgrens Gata à Klockartopet. La clôture était basse, la pelouse constellée de taches brunes, et une marquise à rayures pendait de travers au-dessus de la petite terrasse.

Per hocha la tête.

— Clara vit ici depuis bientôt un an.

Il descendit et ouvrit le coffre.

Jana inspira à fond. C'était la première fois qu'elle rencontrait un membre de la famille de Per et, même si elle n'était pas à l'aise avec cette situation, elle espérait que cela lui changerait les idées et qu'elle cesserait de penser à sa conversation avec son père. Pourquoi avait-il fallu qu'il mette sur le tapis Filippa Falk et l'incident à l'école ? Il y avait prescription depuis bien longtemps.

— Est-ce qu'elle a un homme dans sa vie ? demanda Jana en descendant de voiture.

Per referma le coffre, un gros paquet joliment emballé dans les bras.

— Elle a son fils, c'est tout, répondit-il en se dirigeant vers la maison.

Jana lui emboîta le pas.

— Il y a autre chose que je devrais savoir au sujet de Clara ?

— Non, juste qu'elle…

— Frérot !

Une femme en pantalon beige et chemise de lin froissée apparut à la porte de la terrasse. Elle leur faisait des signes enthousiastes d'une main en tenant fermement son fils de l'autre. Ses cheveux blonds et ébouriffés étaient attachés en queue-de-cheval, avec une frange séparée en deux au milieu.

Jana suivit Per lorsqu'il enjamba la clôture et coupa à travers l'herbe sèche du jardin. Dès qu'ils eurent mis le pied sur la terrasse, Clara posa son fils par terre et serra Per dans ses bras.

— Ah, que je suis contente de te voir, dit-elle. Et tu dois être Jana ?

Jana hésita, mais Clara l'étreignit comme si elles étaient deux meilleures amies qui ne s'étaient pas vues depuis des lustres.

— Je n'ai pas eu le temps de te prévenir, s'excusa Per.

Jana n'avait pas la moindre idée de ce qu'elle devait dire ou faire, mais la mine soucieuse de Per avait enfin disparu, remplacée par un grand sourire.

— Et voici mon fils, Hugo, annonça Clara en soulevant à nouveau le garçon.

Hugo grimaça gaiement en montrant ses dents, deux en haut et deux en bas. Il était plus blond que sa maman et ses cheveux en bataille semblaient presque électrisés.

— Bon anniversaire, bonhomme, dit Per en lui tendant le gros paquet.

Clara inclina la tête sur le côté.

— Mais enfin… il ne fallait pas.

— Bien sûr que si.

— Merci, fit-elle. Mais on l'ouvrira après manger. Hugo meurt de faim et je me disais qu'on pourrait se mettre dehors, sur la terrasse, puisqu'il va faire moins beau demain. Le dîner est prêt, je vais juste le chercher.

— Je peux m'en occuper, proposa Per.

Il posa le paquet à côté de la table de jardin en plastique, couverte d'une toile cirée décolorée par le soleil, d'assiettes blanches et de serpentins multicolores.

— Très bien, alors j'en profiterai pour faire l'interrogatoire de Jana en attendant.

— Clara..., commença-t-il.

— Quoi ? dit-elle en riant. Elle n'a qu'à s'en prendre à elle-même si elle s'est mise avec toi.

Per s'excusa auprès de Jana, paumes levées.

— Quoi qu'elle te demande, je te conseille de garder le silence. Je connais ma sœur, et tant que tu lui répondras, cette soirée sera de plus en plus embarrassante pour moi. Tu ferais mieux de tout bonnement l'ignorer.

— Arrête ton char ! (Clara lui frappa le bras pour plaisanter, mais sans douceur.) Il faut bien que je puisse lui poser des questions sans que tu t'en mêles.

— Dans ce cas, je file chercher à manger, qu'on puisse s'éclipser le plus vite possible.

Clara éclata de rire tandis qu'il franchissait la porte de la terrasse, puis se tourna à nouveau vers Jana.

— Je ne savais pas quoi vous servir, s'excusa-t-elle, alors j'ai fait des spaghettis bolognaise. J'espère que ça va, sinon je peux arranger autre chose.

— Des spaghettis bolognaise, ce sera très bien.

Clara parut soulagée.

— Per m'a dit que tu étais procureure, reprit-elle avec intérêt.

Jana hocha la tête.

— Et toi ?

— Journaliste. Tu sais, j'adore creuser les trucs un peu plus en profondeur, lança-t-elle en regardant son fils qui s'était mis à geindre. C'est gentil à toi de l'avoir accompagné ici.

— Ça me fait plaisir.

— J'ai entendu dire que tu as mis un bon moment à laisser Per entrer dans ta vie.

L'angoisse étreignit Jana à l'idée que Per avait parlé d'elle à sa sœur.

— C'est ce qu'il raconte sur moi ? répliqua-t-elle en s'essayant à sourire.

— Plus ou moins, répondit Clara. Mais je crois qu'il aurait pu attendre encore plus longtemps. Il t'aime. Ça se voit de loin.

La franchise de Clara la fit se tortiller sur son siège.

— Tu connais bien ton frère, à ce que je vois.

— Je connais bien mes deux frères, mais j'ai toujours eu un meilleur contact avec Per. Presque tout le temps, en tout cas. Peut-être parce qu'il est le fils cadet typique qui se soucie de tout et de tous. Tu as des frères et sœurs ?

Jana secoua la tête tandis que le fils de Clara se mettait à pleurer.

— Hugo est en train de mourir de faim. Tu pourrais me le tenir pendant que j'aide Per à la cuisine ?

Clara plaça d'autorité son fils dans les bras de Jana.

— Je ne sais pas si je…, commença celle-ci.

— T'inquiète, il y en a pour deux secondes, dit innocemment Clara avant de disparaître à l'intérieur à la recherche de son frère.

*

Les gonds grincèrent quand Filippa ouvrit la porte de l'écurie. Elle serra fort le manche du couteau de cuisine pour s'assurer qu'elle l'avait toujours bien en main.

Une faible lumière entrait par les petites lucarnes, les chevaux s'agitaient d'inquiétude dans leurs box.

Elle appuya sur l'interrupteur. Un déclic, mais les lampes du plafond demeurèrent éteintes.

Filippa se dépêcha d'allumer la lampe de son portable. Sa lueur se répandit sur le sol en béton, le tuyau d'arrosage vert et le seau rouillé.

Elle se sentait observée, mais savait qu'il n'y avait que les chevaux qui la fixaient. Personne d'autre.

La tête martelée par l'alcool, elle se dirigea vers la sellerie, où se trouvait le disjoncteur principal. Elle passa devant les pelles et les fourches accrochées au mur, devant les sacs pleins de sciure, et continua d'avancer dans la large allée entre les box.

Soudain, il lui sembla entendre quelque chose. Comme des pas. Elle s'arrêta et tendit l'oreille.

— Il y a quelqu'un ?

Mais aucun son ne lui parvint.

Qu'est-ce qui lui prenait ? Il n'y avait personne.

Les yeux des chevaux reflétaient la lumière du portable. Ils semblaient briller dans le noir et elle se força à ne plus les regarder, de peur de s'effrayer elle-même davantage. Elle devait avoir mal entendu, mais si c'était vrai ? Si elle avait réellement perçu des pas ?

Filippa poussa un gémissement et fit volte-face, abattant son couteau. Elle ne toucha rien, mais continua à frapper à l'aveugle autour d'elle tout en avançant vers la sellerie.

Les jambes tremblantes, elle ouvrit la porte. Elle gagna vivement le tableau électrique et renfonça le disjoncteur noir qui avait sauté, sans cesser de serrer son couteau.

Les lampes crépitèrent.

Elle resta là tandis que l'écurie s'illuminait. Puis elle s'avança pour regarder hors de la sellerie. Elle ne voyait que l'allée déserte et les chevaux qui agitaient les oreilles.

— Oh ! mon Dieu…

Elle lâcha le couteau et se laissa glisser à genoux. Toute cette histoire de Serkar lui avait fait perdre les pédales. Elle ne se reconnaissait plus. Jamais elle n'avait agi ainsi.

Filippa baissa les yeux vers le sol en sentant monter ses larmes.

Elle comprit alors ce qu'elle allait devoir faire.

C'était une mission risquée. Mais elle n'avait plus d'autre choix.

Per venait de verser un filet d'huile d'olive dans le profond saladier de spaghettis quand Clara entra dans la cuisine. La pièce aurait eu besoin d'être rénovée, la peinture s'écaillait sur les portes des placards et l'évier avait des taches de rouille, mais il s'y sentait plutôt bien.

Clara prit une cuillère en bois et alla remuer la sauce bolognaise frémissante, un grand sourire aux lèvres.

— Qu'est-ce qui te fait sourire ?

— C'est Jana. Tu aurais vu sa tête quand je lui ai demandé de s'occuper de Hugo cinq minutes. C'était impayable.

Per regarda dehors par la porte ouverte de la terrasse. Il ne put s'empêcher de rire en découvrant Jana qui tenait son neveu à bout de bras.

— Tu es une personne horrible, tu le sais ?

— Pardon, mais je n'ai pas résisté à la tentation de la faire un peu marcher, dit Clara. Elle n'a pas vraiment la fibre maternelle…

Per laissa son regard posé sur Jana. Comme d'habitude, ses cheveux noirs et lisses tombaient sur ses épaules, et il se surprit à se demander s'il l'avait jamais vue avec un chignon ou une queue-de-cheval comme sa sœur. Mais quelle importance ? Tout ce qui comptait était l'inquiétude qu'il éprouvait pour elle. Il avait attendu longtemps qu'ils forment un couple, et il s'étonnait encore de la capacité qu'elle avait à lui changer les jambes en coton en un clin œil.

— Qu'est-ce qu'il y a ? demanda Clara.

— Rien.

— Mauvaise réponse, rétorqua-t-elle en goûtant la sauce. Tu oublies que je te connais mieux que personne.

Per la regarda. Il hésita un bref instant, puis se décida.

— Un homme a menacé Jana, dit-il à voix basse.

Clara plissa le front.

— Qui ça ? Un ex ?

— Non, un ancien mis en examen.

— Je déteste quand tu parles en jargon, soupira-t-elle en éteignant la plaque chauffante. Mais bon, pourquoi il la menace ?

— Je ne sais pas trop. Ça fait longtemps qu'ils n'ont pas eu affaire l'un à l'autre. Leur relation remonte à des années.

— Comment il s'appelle ?

Per secoua la tête.

— Allez, insista-t-elle, je le garderai pour moi.

Elle semblait sincère.

— Il s'appelle Danilo Peña.

— Il est dangereux ?

— Non, mentit Per.

— Tu as l'air de penser oui, fit Clara avec un sourire préoccupé. Mais qu'en dit Jana elle-même ? Est-ce qu'elle a peur ?

— Le truc, c'est que… je ne sais pas. Elle ne veut même pas parler de lui.

Per baissa les yeux sur le saladier de spaghettis.

— Moi non plus, je n'ai pas parlé, rappela Clara. Je t'ai menti et je me suis menti de A à Z.

— Clara, tu n'es pas obligée de…, lança-t-il en faisant un pas vers elle.

Elle recula et sortit un bol ébréché d'un placard.

— Je sais, c'est oublié maintenant. Mais je suis toujours désolée de n'avoir rien dit plus tôt. J'aurais dû faire quelque chose, mais j'avais peur et j'avais honte.

— Ton mari te battait, répliqua Per en essayant de croiser son regard. Tu n'y es pour rien. En revanche, je m'en veux énormément de n'avoir pas pu mettre fin à toute cette merde qu'il t'a fait subir.

— Je sais. Mais il était le père de mon enfant, et quand Hugo est né, c'est pour lui que j'ai essayé de supporter tout ça. J'étais morte de peur à l'idée de perdre sa garde. Et, d'une certaine manière, je suis bien contente que ce salaud m'ait frappée au visage : les bleus ne mentent jamais, ils sont la meilleure preuve que quelque chose ne va pas.

— Moi, malheureusement, je n'ai pas la moindre preuve, dit Per avec découragement.

Clara chassa sa frange de son front et versa la sauce bolognaise dans le saladier.

— Fie-toi à ton instinct.

— C'est ce que je fais, répondit-il. Je sais qu'il faut que je le chasse de sa vie, d'une façon ou d'une autre. Le problème est que j'ignore où le trouver, il n'est enregistré à aucune adresse et je ne sais même pas s'il habite encore à Norrköping.

Une ombre pensive passa dans le regard de Clara.

— Quoi ? demanda-t-il.

— Si ce Danilo la menace et la surveille, il reste probablement à proximité.

— Tu veux dire qu'il la harcèle ?

— Je veux dire que c'est une bonne idée de commencer à le chercher à Norrköping. Et j'ai fait un reportage il n'y a pas si longtemps sur les endroits où se cachent les gens qui vivent à l'écart de la société. Je vais te le sortir, ajouta-t-elle en regagnant la terrasse, le plat entre les mains.

Henrik s'engagea dans l'allée de la maison de Smedby et arrêta sa voiture. Les fenêtres étaient éclairées et les vélos des enfants rangés devant le garage. Il saisit son bouquet de roses et vérifia ses cheveux dans le rétroviseur. Il pensait arriver plus tôt chez Emma, mais il avait d'abord fait un saut chez le coiffeur au centre commercial Mirum Galleria. Il avait eu la chance d'obtenir un rendez-vous, mais regrettait de s'être laissé couper les cheveux si court.

Henrik avait à peine posé le pied hors de la voiture qu'Emma ouvrit la porte d'entrée. Elle portait une robe longue et s'était maquillée.

— Qu'est-ce que tu fais là ?

Elle le regardait comme un intrus.

— Je voudrais juste qu'on parle, je te l'ai dit hier.

— Mais on n'a rien décidé, et tu aurais dû téléphoner d'abord, rétorqua-t-elle tandis qu'une Mercedes bordeaux tournait dans la rue et venait se garer devant la maison.

En voyant le chef d'Emma en descendre, Henrik fronça les sourcils. L'homme élancé à la barbe soignée et aux lunettes cerclées d'argent les salua de la main avec un grand sourire.

— Salut, Theo, lança Emma. Entre, en attendant.

Henrik serra fort son bouquet jusqu'à ce que Theo ait disparu dans la maison.

— C'est quoi, ça ? demanda-t-il.

— On travaille ensemble pour boucler un rapport sur les besoins psychologiques des collégiens. Il doit être prêt demain matin et, en tant que psychologue scolaire, j'ai promis de…

Emma se tut, posa un poing sur sa hanche et lui adressa un regard irrité.

— Tu sais quoi, Henrik, ça me fatigue de me justifier, et rien ne m'y oblige. Tu es bien placé pour savoir ce que ça veut dire de donner la priorité au boulot.

Elle retourna à l'intérieur en claquant la porte derrière elle.

Henrik resta planté dans l'allée, son bouquet à la main. Un sentiment inconnu qui ressemblait à de la jalousie lui envahissait la poitrine.

Il retourna vers la voiture, s'assit au volant et jeta le bouquet sur le siège passager.

Son portable se mit à sonner. C'était un numéro masqué. Il n'avait pas le courage de parler à qui que ce soit, mais inspira à fond et décrocha tout de même.

— Allô, Henrik à l'appareil.

— Il a dit que Johan allait disparaître…

Il reconnut la voix. C'était Filippa Falk. Elle parlait lentement, avec un timbre étouffé.

— Et il a dit que Julia allait disparaître, poursuivit-elle. Et que, quand la police les retrouverait, il serait trop tard.

— Je suis désolé pour ces horreurs qui vous sont arrivées, déclara Henrik.

— Alors…, commença-t-elle.

Mais la réception était mauvaise, et le son disparut un bref instant.

— Alors quoi ? demanda-t-il.

— Êtes-vous absolument sûrs qu'il s'agit de Serkar ?

Henrik inspira à fond.

— Oui, tout pointe vers lui, répondit-il à contrecœur.

La voix de Filippa trembla :

— J'ai essayé d'aller de l'avant, j'ai vraiment essayé. Mais cinq ans à avoir peur, c'est long.

— Qu'est-ce que vous essayez de me dire ? demanda précautionneusement Henrik.

— Que je vais vous aider à le retrouver.

JEUDI

17

— Je ne comprends pas pourquoi Filippa Falk devrait participer à l'enquête.

Jana ne pouvait cacher son irritation. Elle se trouvait dans le bureau de Gunnar, avec Henrik et Mia. Le beau temps avait disparu. De l'autre côté de la fenêtre, le ciel était lourd de nuages et le vent avait forci, faisant se balancer les arbres du rond-point de Norrtull.

— Elle veut nous aider à arrêter Serkar, expliqua Gunnar, assis derrière son bureau.

— Oui, mais ce n'est pas comme si l'enquête était au point mort, rétorqua Jana. On a plusieurs pistes, comme par exemple essayer de trouver Elena Budescu. Ou repérer la Skoda noire vue par un témoin à proximité de la maison d'Erik Johansson. Et on ne sait toujours pas si la peluche du magasin de jouets et celle retrouvée dans le ventre d'Erik sont du même modèle.

— Jana, l'interrompit Gunnar, tu fais partie des procureurs les plus doués et les plus engagés que je connaisse, et je ne comprends pas pourquoi tu es à ce point opposée à cette proposition. La vie d'une femme est en jeu.

— C'est justement pour cette raison qu'il est complètement insensé de la laisser participer à l'enquête.

Henrik se tourna vers elle. Il portait un simple pull gris, mais son visage bien rasé et ses cheveux coupés le changeaient.

— Filippa n'aura pas de missions ni de prérogatives policières, dit-il en passant la main sur les poils ras de sa nuque. Mais elle est l'une des très rares personnes à avoir vu le visage de Serkar…

Jana l'interrompit avec un ricanement.

— Et vous croyez que, après tant d'années, elle vient d'avoir une illumination qui va nous conduire jusqu'à lui ?

Gunnar se cala au fond de son siège en joignant les mains sur son ventre. Curieusement, ses objections semblaient l'amuser, ce qui contribua à irriter Jana encore davantage.

Mia écarta les bras.

— Je suis d'accord que l'associer à l'enquête est discutable. Mais on parle quand même de l'homme qui a laissé sa famille pourrir au fond d'un puits et qui, aujourd'hui, a massacré son collègue pour tenter d'arriver jusqu'à elle. Le moins qu'on puisse faire, c'est de tout essayer pour arrêter ce salaud, non ?

Jana serra les lèvres. Elle savait que Mia avait raison, mais n'avait pas l'intention de le reconnaître.

— Son association à l'enquête représente un trop grand risque, protesta-t-elle.

— On est conscients du risque, répondit Henrik. Mais c'est Filippa elle-même qui s'est adressée à nous, et j'estime qu'il faut accepter son aide.

— Et comment tu envisages de procéder ? demanda Jana.

— Commençons par lui parler et voir ce qu'elle a à nous dire, proposa Gunnar en plaçant les mains à plat sur son bureau.

— Quand ?

— J'ai déjà demandé à ce qu'on aille la chercher.

Jana le toisa un long moment.

— OK, dit-elle en hochant la tête d'un air résolu.

— OK quoi ?

— On ne ferait pas aussi bien d'aller tout de suite s'installer en salle de réunion ?

Filippa écoutait le bruit de ses pas dans le couloir de l'hôtel de police de Norrköping. La migraine et la nausée dues à sa cuite de la veille avaient disparu mais, quand elle entra dans la grande pièce où toute l'équipe était rassemblée, son ventre se retourna à nouveau.

Henrik se leva.

— Bienvenue, dit-il en lui reculant un siège.

Filippa s'assit à la table ovale en cachant ses mains dans les manches de son pull.

Elle pouvait toujours changer d'avis, mais elle se répéta en silence que sa décision était la bonne, que c'était la seule manière de continuer à vivre sa vie.

— Vous connaissez déjà Jana et Mia, reprit Henrik. Le seul que vous n'ayez encore jamais rencontré est notre enquêteur principal, Gunnar Öhrn.

Gunnar leva une main pour la saluer.

— Je sais qu'il vous en coûte beaucoup d'être là, dit-il, et avant de commencer, je tiens à poser clairement le fait que les responsables de l'enquête, c'est nous, pas vous. Mais vous ne l'ignorez pas, n'est-ce pas ?

— En effet, confirma-t-elle. Sauf que, sans moi, vous ne trouverez pas Serkar.

— Vous ne pouvez pas raisonner en ces termes. Votre contribution est évidemment susceptible de faire avancer le travail, mais nous allons tous contribuer à le retrouver. Et quand je dis tous, je pense aussi à notre expert informatique Ola Söderström et à notre technicienne Anneli Lindgren, actuellement occupés ailleurs.

Filippa baissa les yeux. Le chagrin l'accabla en voyant la coupure de journal avec la photo de Johan et Julia posée sur la table. Elle la saisit et passa le doigt sur l'image de sa fille qui tenait l'ours en peluche blanc.

— On a trouvé cette coupure dans un carton appartenant à Erik, expliqua Henrik.

Filippa inspira en frémissant.

— La photo a été publiée dans le journal local à l'occasion de leur disparition, dit-elle. Julia ne pouvait pas se passer de ce nounours. Elle l'avait toujours avec elle, pour manger, pour dormir. Parfois il prenait le bain avec elle, et Johan faisait des chapeaux pointus de mousse sur sa tête et celle du nounours. Elle le tenait souvent par un bras, dont la couture avait commencé à lâcher. J'avais peur que le rembourrage sorte, alors j'ai décidé de le réparer, ce que j'ai fait juste avant que Serkar… arrive.

— Filippa, intervint Gunnar en se raclant la gorge. Je suis désolé d'être si direct, mais savez-vous pourquoi Serkar semble vous chercher ?

Elle sentit tous les regards fixés sur elle et reposa la coupure de journal sur la table.

— J'y ai réfléchi, et je ne peux pas l'interpréter autrement que par sa volonté de mettre à exécution sa menace de me tuer. En tout cas, c'est la dernière chose qu'il a promis de faire avant de disparaître, après l'accident de voiture.

Jana l'observait avec une méfiance mal dissimulée. Il était clair qu'elle ne voulait pas d'elle dans l'enquête et certainement pas dans cette pièce.

— Mais comment expliquer qu'il s'en prenne à toi maintenant ? demanda-t-elle.

— Je ne sais pas, répondit Filippa, peut-être a-t-il essayé de nous trouver, Erik et moi, sans y parvenir jusqu'ici.

— Je me demande comment Serkar a pu retrouver Erik, dit Gunnar en se passant la main sur le menton.

Filippa observa ses cheveux coiffés en arrière et son front plissé. Son regard était grave, mais les profondes rides autour de ses yeux lui donnaient un air sympathique.

— Je me le demande aussi, répliqua-t-elle. Mais c'était à cause de Serkar qu'Erik déménageait tout le temps. Et j'ai peur qu'il me retrouve à mon tour, j'ai vraiment peur…

Gunnar hocha la tête.

— Je sais que mes collègues ont déjà évoqué avec vous une protection policière.

— Oui, et j'ai compris que vous m'aviez mise sous surveillance. Mais je ne veux pas de policiers sur le domaine, il faudra qu'ils continuent à l'observer de l'extérieur.

— Soit, dit Gunnar.

Henrik se pencha au-dessus de la table.

— On sait que Serkar réveille chez vous beaucoup de souvenirs désagréables, commença-t-il. Mais c'est bien ainsi que vous l'avez décrit après le meurtre de votre famille, n'est-ce pas ?

Filippa examina le portrait-robot qu'il fit glisser vers elle.

— Il nous a fallu longtemps pour parvenir à un résultat.

— Je comprends, fit Henrik. Il peut être difficile de décrire des inconnus.

— C'est vraiment difficile, confirma-t-elle. Je veux dire, en tant que policière, j'ai vu des victimes décrire leur agresseur, mais quand on se retrouve soi-même dans une telle situation… Alors on réalise à quel point c'est pénible. Il y avait tant de questions, et plus on m'interrogeait, plus j'hésitais. À la fin, j'avais l'impression qu'on ne me croyait pas.

— Mais vous l'avez vu clairement avant la course-poursuite en voiture ? demanda Jana.

— Je l'ai vu aussi après l'accident, mais comme il pointait son pistolet sur moi en criant qu'il allait me tuer, j'étais assez stressée.

— Est-ce que vous le reconnaîtriez aujourd'hui, à votre avis ? voulut savoir Gunnar.

Filippa hocha la tête.

— Je suis absolument certaine de le reconnaître. Je revois son visage tous les jours depuis cette époque.

— Avez-vous une idée d'où il a pu passer, pendant toutes ces années ? l'interrogea Gunnar. Et d'où il pourrait être aujourd'hui ?

Filippa resta un moment silencieuse, le regard baissé vers la table.

— Bien sûr, il peut être n'importe où. Mais, au cours de l'ancienne enquête, on a appris que sa bande avait déplacé certaines femmes de Kalmar à Norrköping afin d'en tirer plus d'argent. Les clients en veulent sans cesse de nouvelles, et la demande est partout. Je ne pense pas qu'il se serait relancé dans les affaires à Kalmar, pas après que j'ai réussi à le retrouver. Donc je ne serais pas surprise qu'il ait été aidé par un maquereau ici, en ville.

— À Norrköping ? demanda Mia.

Filippa hocha à nouveau la tête.

— Je vais voir avec la police de proximité. Ils ont la prostitution à l'œil, déclara Gunnar.

Henrik se cala au fond de son siège.

— On recherche également Elena Budescu, la femme qui vous a aidés, Erik et vous, à démasquer la bande. On a entendu dire qu'Erik l'avait en quelque sorte sauvée de Serkar.

Filippa haussa les sourcils, sincèrement surprise.

— Vraiment ?

— Vous n'étiez pas au courant ? lança Henrik.

— Non, je sais juste qu'elle a disparu.

— Donc vous n'avez aucune idée de la manière dont on pourrait la retrouver ?

— Malheureusement non.

Cela lui faisait de la peine de penser à Elena et à ce qui avait pu lui arriver. Filippa enfouit les mains entre ses cuisses au moment où la porte s'ouvrit. Un homme d'une trentaine d'années apparut, coiffé d'un bonnet jaune miteux.

— Désolé de vous déranger encore.

— Tu ne déranges pas, répondit Gunnar. Entre. Filippa, voici Ola, notre expert informatique dont je vous ai parlé.

Ola la salua et s'assit.

— Alors ? demanda Gunnar.

— Deux choses, dit-il, excité. Tout d'abord, on vient de recevoir les listes d'appels du portable d'Erik Johansson, et il semble qu'il ait discuté assez longuement avec une personne dimanche soir.

— Tu as vérifié le numéro ? le questionna Mia.

— C'est celui d'une carte prépayée, donc impossible à identifier. Et ça ne répond pas quand on appelle.

— Et alors pourquoi ça t'excite autant ? marmonna-t-elle en croisant les bras.

— L'appel a eu lieu entre 22 h 09 et 22 h 36.

— Il a donc parlé avec cette personne juste avant de mourir ? s'exclama Henrik en se redressant.

— Il semble bien, confirma Ola, et il a régulièrement passé de longs appels à ce même numéro au cours de cette année.

— Donc il y a quand même quelqu'un dont il se soucie, remarqua Mia. Et on vient de parler d'Elena.

— Tu penses que c'est elle qu'il appelait ? demanda Jana.

— Pourquoi pas, s'il est vrai qu'il a réussi à lui sauver la vie ?

— Bien vu, dit Gunnar avant de se tourner à nouveau vers Ola. Et l'autre chose ?

— Le labo a fini l'analyse du nounours de la boutique. Anneli nous fait dire que nous avions raison, c'est exactement le même modèle que la peluche retrouvée dans le corps d'Erik. Elle est fabriquée par la société Teddypro à Vaggeryd. Ils ont des centaines d'animaux en peluche sur leur site, mais passent toujours par des revendeurs.

— Combien y en a-t-il à Kalmar ? demanda Gunnar.

— Zéro, répondit Ola. Et ici, à Norrköping, le magasin de jouets de Drottinggatan est le seul.

— Ça ne veut pas dire que Serkar y a acheté son ours, commenta Henrik.

— Non, répliqua Gunnar. Mais si c'est le cas, cela pourrait nous rapprocher de lui.

— La propriétaire s'appelle Anna Snell et j'ai son numéro de téléphone, précisa Jana.

— Je l'appelle tout de suite, proposa Mia.

— Non, dit Jana en se levant. Je m'en charge.

Per retroussa la manche de sa chemise et regarda sa montre. Bientôt 11 heures, il avait une réunion sur le point de commencer. Il se dépêcha de ramasser sur son bureau son carnet et son stylo. Son portable sonna. Sans prendre le temps de regarder qui c'était, il se le cala contre l'épaule tout en ouvrant la porte.

— Allô ? répondit-il tout en se dirigeant vers la salle de réunion au bout du couloir.

— Salut, c'est Clara.

— Écoute, frangine, je dois aller à une réunion et…

— Promis, je serai brève, le coupa-t-elle. D'une part, je voulais vous remercier d'être venus hier, c'était très sympa.

— Oui, on était du même avis, Jana et moi.

— D'autre part, je voulais te dire que tu as tout à fait raison. Tu dois la protéger, si tu crois que ce Danilo la menace.

Per ne savait pas trop s'il avait eu raison de parler de Danilo à sa petite sœur, mais cela lui avait fait du bien de partager ses pensées avec quelqu'un. Même s'il n'avait pas même effleuré tout ce dont cet homme s'était rendu coupable ces dernières années, il avait obtenu comme une confirmation que son inquiétude au sujet de Jana était fondée.

— D'accord, mais il faut que je te laisse, maintenant.

— Une dernière chose, se dépêcha d'ajouter Clara. J'ai promis de t'indiquer les endroits courants à Norrköping où les personnes comme lui peuvent se cacher.

Per ralentit le pas.

— Je t'écoute.

— Dans notre reportage, on a décrit trois lieux, mais l'un d'eux est réservé aux familles avec enfants, alors ce sont seulement les deux autres qui pourraient t'intéresser.

— Lesquels ?

— D'abord, un campement sous tentes à Händelö, expliqua-t-elle. C'était un camp de mendiants à l'origine, et je sais que la police y a fait une descente il y a quelque temps, alors je ne suis pas certaine qu'il soit toujours en usage.

— Et l'autre endroit ? demanda Per.

— La gare de triage, près de la gare centrale. Les wagons de marchandise abandonnés tout au fond de la zone sont devenus un lieu de séjour ces dernières années, et je pense que tu devrais commencer à chercher Danilo là-bas.

— Merci, dit Per, mais je n'ai pas le temps de te parler davantage…

— Je sais, mais écoute-moi…

— Oui ?

— Sois prudent.

À peine sortie de la salle de réunion, Jana inspira à fond. Elle s'écarta de quelques pas tout en cherchant le numéro d'Anna Snell, propriétaire du magasin de jouets de Drottninggatan. Elle aurait aussi bien pu laisser Mia ou un autre membre de l'équipe l'appeler, mais cela lui faisait du bien d'être dispensée un moment de la présence de Filippa Falk.

Elle ne voulait pas repenser à l'incident de l'école. Mais, tandis que les sonneries se succédaient, les souvenirs affluèrent. Les regards de ses camarades de classe, leurs moqueries et leur envie de la blesser.

Jana sentit la colère l'envahir à nouveau. La même que lorsqu'ils lui disaient à quel point elle était moche et dégoûtante avec ses cheveux noirs et ses yeux sombres. Elle n'avait pas osé se plaindre. Karl attendait beaucoup d'elle, elle était obligée d'obtenir les meilleurs résultats. Elle ne lui avait jamais raconté ce que Filippa et les autres lui faisaient. Ni lui ni la direction de l'école n'étaient au courant de ce qui se passait. Jusqu'à ce que Jana prenne elle-même les choses en main.

— Oui ? Anna à l'appareil.

Jana sursauta en entendant la voix claire dans son téléphone.

— Bonjour, je suis Jana Berzelius, procureure. Je suis passée à votre boutique hier et j'ai discuté avec votre mère d'un ours en peluche enregistreur.

— Ah oui, elle me l'a dit, et je vois de quel modèle vous parlez.

Jana se mit à marcher dans le couloir désert.

— Cela va sûrement vous sembler bizarre, mais je voudrais savoir si vous en avez vendu ces derniers temps.

— Je suis soupçonnée de quelque chose ? demanda nerveusement la femme.

— Non, répondit Jana, mais c'est une information importante pour nous.

Anna se racla la gorge.

— Oui, en effet, un homme est passé dimanche dernier me demander un ours de ce genre, juste avant la fermeture.

Le jour du meurtre d'Erik, pensa Jana.

— Vous pourriez le décrire ?

— C'est-à-dire que d'habitude je ne fais pas attention comme ça aux gens, mais lui, dès qu'il est entré, il m'a fait une drôle d'impression.

Jana fronça les sourcils et s'immobilisa dans le couloir.

— Mais pourquoi ?

— Il avait des vêtements noirs et une capuche sur la tête, dit Anna. J'ai d'abord trouvé ça bizarre, vu qu'il faisait si chaud, puis j'ai cru qu'il allait me braquer, il avait l'air de ce genre de type.

— Quel genre ? demanda Jana. Un braqueur ?

— Oui, et c'est pour ça que je me souviens de lui, poursuivit Anna. Parce que j'ai eu peur.

— Pouvez-vous le décrire plus en détail ?

— C'est difficile, j'ai à peine osé croiser son regard, mais je crois qu'il avait des yeux sombres… et il parlait avec un léger accent.

— Vous dites qu'il vous a demandé un ours en peluche, il n'en a pas acheté un ?

— Non, je les avais tous vendus, et il ne pouvait pas attendre mardi qu'on m'en livre d'autres, alors je l'ai adressé au café-auberge de Stavsjö. Je m'y arrête toujours quand je vais voir mon vieux grand-père à Nyköping. Ils ont une boutique de souvenirs ouverte le dimanche soir, et j'y avais vu une peluche de ce modèle.

— Anna, merci pour votre aide.

Jana raccrocha et regagna rapidement la salle de réunion. Tous les regards se tournèrent vers elle.

— Alors ? demanda Gunnar. Tu as eu la propriétaire ?

Elle hocha la tête.

— Apparemment, un homme vêtu de noir a voulu acheter un nounours de ce modèle dimanche dernier, mais elle n'en avait plus en magasin. Elle l'a adressé à la boutique de souvenirs du café-auberge de Stavsjö, qui vend les mêmes peluches.

— C'est à une trotte de Norrköping, dit Mia.

— Mais nettement plus près du lieu du crime à Kolmården, fit remarquer Jana.

Filippa se tortillait sur son siège. Elle semblait inquiète et pâle.

— Alors, qu'est-ce que vous attendez ? fit Gunnar. Allez-y sans tarder.

— Ça va ?

Henrik posa la main sur le bras de Filippa.

— Oui, répondit-elle. Ça va, allez-y.

18

Le café-auberge de Stavsjö était situé sur une colline à côté de l'E4. Henrik regarda des touristes se déverser d'un bus, puis ouvrit la porte et entra après Mia et Jana. Il n'était que 11 heures, mais la vaste salle lumineuse était déjà pleine de monde. Presque tous faisaient la queue pour commander à déjeuner.

Henrik fourra les mains dans ses poches tandis qu'ils naviguaient entre les tables pour gagner la boutique de souvenirs. Il avait beau essayer de se concentrer sur l'enquête, impossible de cesser de penser à Emma et son chef. Ils pouvaient très bien s'être effectivement retrouvés pour rédiger ce rapport, mais un soupçon grandissait en lui : y avait-il quelque chose entre eux ?

Une femme en tablier était au comptoir, occupée à confectionner un paquet-cadeau. Elle déroulait avec application un ruban blanc, mais s'interrompit en les voyant arriver.

— Catrin Carlsson ?

— Oui, c'est moi.

— Bonjour. Henrik Levin, de la police. C'est moi qui ai appelé tout à l'heure.

La femme eut un regard d'excuse.

— Désolée de ne pas avoir eu le temps de vous parler à ce moment-là, mais il fallait que je m'occupe d'une cargaison de touristes. Et je vois la prochaine fournée en train d'arriver.

L'air stressé, elle regarda un groupe de femmes entrer dans la boutique, et commencer à tripoter plaids et housses de coussins.

— Comme je vous le disais, reprit Henrik, on a quelques questions au sujet d'un ours en peluche de la marque Teddypro. Vous m'avez indiqué que vous travailliez dimanche soir, vous vous rappelez en avoir vendu un à ce moment-là ?

Catrin réfléchit tout en passant le ruban autour du paquet-cadeau.

— Oui, en effet. À un homme.

— Cet homme ?

Henrik sortit de sa poche le portrait-robot de Serkar.

Catrin trancha le ruban d'un coup de ciseaux et le replia sur le haut du paquet avant de regarder l'image.

— Oui, peut-être. Il avait des yeux sombres comme ça.

Henrik eut une bouffée d'espoir.

— À quelle heure est-il passé ?

— Bonne question, répondit Catrin après un instant. J'étais seule en boutique, donc c'était après 18 heures.

— À quelle heure fermez-vous ?

— 20 heures.

— A-t-il réglé par carte ou en liquide ? demanda Jana.

— En liquide, et c'est devenu assez rare, de nos jours.

— Alors, ce paquet-cadeau ? lança une femme depuis un rayon de services à café, un peu plus loin.

Catrin lui adressa un rapide sourire et se mit aussitôt à faire boucler le ruban.

— Je vois que vous avez des caméras de surveillance, dit Jana.

— Oui, deux. Une dans la salle du restaurant, l'autre dans la boutique.

— On aurait besoin des enregistrements de dimanche soir, immédiatement. Vous pouvez nous aider ?

— Moi non, mais mon frère Jonas, oui. C'est lui qui s'occupe de tout ça.

— Il est là ?

— Non, il randonne en famille à Åre, mais il rentre demain. Je peux veiller à ce qu'il vous envoie tout de suite les films.

— Merci, ce serait gentil. Dites-lui de contacter Ola Söderström, répondit Henrik en s'efforçant de cacher sa déception tandis qu'il lui donnait les coordonnées de l'expert informatique. Et vous avez mon numéro. Si quelque chose vous revient au sujet de l'homme qui a acheté cette peluche, n'hésitez pas à m'appeler.

Ils quittèrent la boutique et se frayèrent un passage parmi les touristes. Au moment où ils ressortaient sur le parking, Ola téléphona.

— Vous êtes occupés ?

— Non, juste frustrés, dit Henrik. On vient d'apprendre qu'un homme qui ressemble à Serkar a acheté un nounours à l'auberge de Stavsjö entre 18 et 20 heures dimanche soir, quelques heures seulement avant le meurtre d'Erik Johansson. Il y a des caméras de surveillance, mais on n'aura pas accès aux films avant demain.

— C'est drôle, répondit Ola. Je viens juste d'apprendre qu'une caméra a filmé la Skoda noire dans la même soirée.

— Où ? demanda aussitôt Henrik.

— Dans une station-service automatique à Krokek. À peine à dix kilomètres de là où vous êtes.

— On voit le chauffeur ?

— Juste le numéro d'immatriculation. La voiture appartient à une agence de location de l'aéroport de Norrköping, mais personne ne répond au téléphone.

— Alors on y va, déclara Henrik avant de raccrocher.

*

— Votre porte est toujours ouverte ?

Filippa sourit en voyant Ola sursauter et laisser tomber son portable sur son bureau. Il pivota sur son fauteuil et l'observa, étonné.

— Pardon de vous avoir fait peur, mais il se trouve que j'ai entendu votre conversation. Vous permettez que… ?

— Mais bien sûr, entrez.

Il lui fit signe d'approcher. Elle regarda autour d'elle. Il faisait chaud dans la pièce encombrée de disques durs, d'ordinateurs et de paquets de câbles. Le plateau de son bureau était taché et jonché de canettes de boissons énergisantes vides.

— Excusez le désordre, dit-il, je n'ai pas l'habitude d'avoir des visites. Vous cherchez quelque chose ?

— Vous avez des images de la voiture noire ?

Il hocha la tête.

— Elle se trouvait dans une station-service à Krokek le soir du meurtre d'Erik. Serkar devait être à bord.

Le sang de Filippa se glaça. Personne ne doutait que Serkar avait assassiné Erik et qu'il en avait après elle. Il aurait été tellement plus simple qu'elle puisse se rendre elle aussi sur le terrain mais, à cause de la menace qui pesait sur elle, elle devait se contenter de suivre l'enquête à distance. Cela ne l'empêcherait pas pour autant de mener elle-même sa propre chasse.

— Vous avez le film ici ? demanda-t-elle en passant ses cheveux derrière une oreille.

— Oui, mais on ne voit rien de lui.

— Il doit bien y avoir un moyen, insista-t-elle.

— Croyez-moi, j'ai tout essayé.

— S'il vous plaît, il faut que je le voie.

Ola la regarda un long moment avant de hocher la tête.

— Vous voulez vous asseoir ? Il y a un fauteuil derrière la porte que vous pouvez…

— Je préfère rester debout, répondit-elle en s'avançant à côté de lui.

— Très bien, dit-il en se tournant vers l'écran. La station que vous allez voir est automatique, et il est tout juste 22 heures passées le soir en question.

Un frisson traversa le corps de Filippa tandis qu'il lançait le film. La caméra de surveillance était dirigée vers les pompes de la station bien éclairée. Une fille mince faisait le plein d'une voiturette sans permis. Elle raccrocha le pistolet, s'assit dans sa voiture et s'éloigna lentement.

L'horloge continuait à défiler au bas de l'écran. À 23 h 11, une Skoda noire surgit.

— La voilà, dit Ola.

Filippa s'approcha de l'écran. La voiture s'arrêta à quelques mètres de la pompe. Même si l'avant du véhicule était tourné vers la caméra, il était impossible de voir quoi que ce soit du visage du conducteur, juste une silhouette sinistre.

Elle repensa aussitôt à ce soir-là, attablée en famille dans sa maison à Kalmar. Elle n'oublierait jamais les coups à la porte. Ni les jambes de Julia qui se balançaient sous la table. Ni le regard calme de Johan qui se levait en disant : « Je vais ouvrir. »

— Qu'est-ce qu'il fait ? demanda-t-elle.

— Il doit hésiter. Il a probablement vu la caméra.

Le conducteur tourna le volant, fit demi-tour et disparut. L'image sauta, puis le film prit fin.

— Il n'y avait pas d'autre caméra, sous un autre angle ?

— Non, mais on va interroger le voisinage. Peut-être que quelqu'un l'a vu à la station-service ou dans ses environs ?

— Mais s'il a repéré la caméra…, commença Filippa.

— Oui ?

— Alors ça signifie qu'il l'a regardée en face. Repassez-moi le film.

Ola fit mine de protester, mais s'exécuta. La voiture noire s'arrêta à nouveau au bord de l'écran.

— Stop, dit-elle. Ça doit être là qu'il aperçoit la caméra.

Ola figea l'image.

— Vous pouvez agrandir ?

— Je l'ai déjà fait plusieurs fois, rétorqua-t-il.

— Mais il faut que je le voie.

Ola zooma.

— Plus près et plus lumineux.

— Ça ne veut rien dire.

— Qu'est-ce que c'est, cette zone blanche derrière le pare-brise ? demanda-t-elle.

Il secoua la tête.

— Je ne vois rien.

— C'est peut-être son visage, insista-t-elle en frissonnant à cette idée.

— Ou le reflet de quelque chose au-dehors, impossible à dire.

— Continuez, le pria-t-elle.

Ola glissa les doigts sous son bonnet et se gratta le front.

— Impossible.

— Mais vous devez quand même être capable d'améliorer la définition ?

— Désolé, je ne peux pas…

— Vous pouvez forcément faire plus, le coupa-t-elle alors que son menton se mettait à trembler.

— Filippa…

— Non, vous ne comprenez pas, il faut que je le voie, il faut que je voie son visage et…

— Je vous en prie, Filippa, je comprends ce que vous ressentez, mais je ne peux rien faire.

Sans un mot de plus, elle se dirigea vers la porte et quitta la pièce, espérant sincèrement qu'il ne verrait pas ses yeux pleins de larmes.

Un avion venait de décoller de l'aéroport de Norrköping dans un grondement assourdissant. Mia le regarda disparaître dans les nuages avant de rattraper au pas de course Henrik et Jana, qui avaient déjà franchi les portes vitrées. Le hall des départs était relativement petit, avec seulement quatre guichets d'enregistrement. Tant mieux – pour ceux qui partaient en voyage. Ce qui n'était pas son cas.

Il n'était pas prévu qu'elle ait un jour les moyens de s'en aller faire sa demande au Viking sur une plage paradisiaque. Il lui fallait donc trouver un autre endroit romantique. Son regard tomba sur une brochure présentant les différents hôtels de la ville. Allait-elle miser sur une suite de luxe ?

Mia s'efforça de chasser ces pensées tandis qu'elle rattrapait les autres.

L'agence de location de voitures se trouvait à gauche de l'entrée. Un jeune homme était assis derrière un comptoir vitré. Il les salua d'un petit signe de tête et ôta son casque-micro en les voyant s'aligner devant lui. Les cheveux ébouriffés, il portait un jersey rouge avec le prénom Johannes imprimé sur la poitrine.

— Que puis-je faire pour vous aider ?

Mia plaqua sa carte de police contre la vitre.

— Police. Une de vos voitures est apparue dans une enquête, et on a besoin de savoir qui l'a louée.

— Je peux vérifier dans le système. Vous avez l'immatriculation ?

Henrik lui lut le numéro envoyé par Ola, et Johannes saisit ces données dans l'ordinateur.

— La voiture a été louée dimanche après-midi vers 3 heures, et elle est toujours en location.

Il désigna l'écran, bien qu'il soit le seul à le voir.

— Comment s'appelle la personne qui l'a louée ? demanda Jana.

— Voyons voir… Anders Dahlgren.

— Que savez-vous à son sujet ?

— On a son adresse, son téléphone, son mail et une copie de son permis de conduire.

— Imprimez-nous tout ça, ordonna Mia. C'est vous qui lui avez remis la voiture ?

Johannes fit un peu défiler son écran en cherchant des yeux.

— Oui, répondit-il. Il semblerait.

Il double-cliqua sur sa souris et, une seconde plus tard, une imprimante se mit à mouliner. Johannes se pencha sur le côté et pêcha les papiers que l'appareil venait de cracher afin de les tendre à Mia. Celle-ci examina la copie du permis. *Anders Dahlgren, quarante-sept ans. Allure quelconque, nez droit, sourcils rectilignes et cheveux fins coiffés sur le côté*, songea-t-elle. L'impression d'ensemble était banale, exactement comme Serkar sur le portrait-robot. Ses yeux étaient sombres, mais son regard innocent.

— Il faut qu'on lui parle, dit Jana.

— Qu'est-ce qu'il a fait ? demanda Johannes, hésitant.

Mia l'ignora et sortit son téléphone pour appeler Ola, qui décrocha après trois sonneries.

— Quoi encore ?

— Il faut que tu nous vérifies un certain Anders Dahlgren. C'est lui qui a loué la voiture filmée par la caméra de Krokek, on a besoin de tout ce que tu peux trouver sur lui.

Mia lui indiqua le numéro de Sécurité sociale et l'entendit pianoter sur un clavier.

— Apparemment il habite au 25, Marklandsgatan, poursuivit-elle. Je crois que c'est à Karlshov.

— C'est exact, répondit Ola. Il vit là-bas dans une maison individuelle avec sa femme Petra et leurs deux enfants. Sa société de publicité a un bureau à Risängen.

— Bien, dit-elle. Envoie une équipe au bureau, on file à Karlshov.

Il allait être 13 heures quand Henrik pressa la sonnette du pavillon en briques d'Anders Dahlgren. Construit sur deux étages, le bâtiment était entouré d'un grand terrain avec bain nordique et douche extérieure. L'allée du garage était vide. On entendait au loin le bruit d'une tondeuse.

— On dirait qu'il n'y a personne à la maison, constata-t-il en regardant Mia qui se tenait à côté de Jana, portable vissé à l'oreille.

— Il ne répond pas non plus au téléphone, annonça-t-elle.

Henrik se pencha et regarda à l'intérieur par la porte à demi vitrée. Il lui sembla voir l'entrée en désordre de sa propre famille. Le carrelage noir était jonché de quantité de chaussures pêle-mêle. Chaussures de foot, pantoufles et sandales. Une crosse de hockey était appuyée dans un coin, près d'un sac de sport.

Son portable se mit à sonner. C'était Gunnar. Henrik décrocha aussitôt.

— Anders Dahlgren n'était pas à son bureau de Risängen. Apparemment, il est en télétravail aujourd'hui.

— Mais il n'y a personne chez lui, répondit Henrik en essayant vainement de tourner la poignée de la porte pour en avoir le cœur net. On va essayer de trouver un voisin.

— Très bien, dit Gunnar avant de raccrocher.

— Pourquoi pas elle ? proposa Jana quand ils furent revenus sur la rue.

Elle indiquait une femme de petite taille qui venait de sortir de la maison d'en face, un sac de bouteilles vides à la main. Elle marcha jusqu'à un vélo, pendit le sac au guidon et allait monter en selle quand ils s'approchèrent.

— Henrik Levin, police criminelle. Et voici mes collègues Mia et Jana. On cherche votre voisin Anders Dahlgren. Vous savez où il se trouve ?

La femme haussa un sourcil, curieuse.

— Que s'est-il passé ?

— On ne peut malheureusement rien vous dire, mais il faut qu'on lui parle, répliqua Mia. C'est important.

— Il joue au padel avec son épouse, répondit la femme en serrant fort le guidon du vélo. Je les ai vus mettre leurs sacs de sport dans le coffre de sa Merco il y a une demi-heure.

— Où ça, vous le savez ? demanda Mia.

— Non, mais comme il a investi dans le gymnase d'Ingelsta, je ne serais pas étonnée que ce soit là-bas.

Un vacarme se répercutait dans l'immense salle de padel, située dans les locaux d'un ancien supermarché de la zone commerciale d'Ingelsta : cris, gémissements, chocs des balles contre les raquettes ou contre les cloisons de verre qui délimitaient les terrains.

Jana jeta un coup d'œil à Henrik et Mia, puis regarda alentour. Les dix-sept courts étaient tous occupés. Les joueurs en sueur avec leurs raquettes aux couleurs vives lui firent penser à Per. Elle lui envoya un SMS pour lui demander s'ils pouvaient se voir dans la soirée. Elle aurait voulu ajouter quelque chose, par exemple qu'elle était contente de l'avoir accompagné chez sa sœur la veille, mais une remarque de Mia l'en empêcha :

— Je crois que j'aperçois Anders Dahlgren et sa femme. Regardez, terrain huit.

Jana rangea son portable dans la poche de sa veste tandis qu'ils traversaient la salle.

Le couple se tenait devant un banc jouxtant le court. L'homme portait un T-shirt orange et un short assorti. Ses chaussettes de compression lui montaient jusqu'aux genoux et un gant de padel lui couvrait une main.

— Anders Dahlgren ? demanda Mia.

— C'est moi, répondit-il d'une voix traînante. Qui êtes-vous ?

— Police, il faut qu'on vous parle.

— Pourquoi ? Qu'est-ce qui s'est passé ? s'inquiéta la femme.

— On a juste quelques questions, dit calmement Henrik. Je suppose que vous êtes l'épouse d'Anders, Petra ?

— Oui, mais vous avez besoin de faire ça maintenant ? Vous voyez bien qu'on est en plein match.

Jana remarqua le coup d'œil inquiet qu'elle jeta à leurs adversaires, deux hommes d'une cinquantaine d'années qui les attendaient sur le terrain.

— Ce ne sera pas long, assura Mia en sortant la copie du permis fournie par l'agence de location. Pour commencer, est-ce bien votre permis de conduire ?

— Oui, opina-t-il.

— Pouvez-vous nous dire où vous vous trouviez dimanche dernier, vers 15 heures ?

— Dimanche ? (Anders les interrogea du regard.) Pourquoi vous me demandez ça ?

— Répondez à la question, s'il vous plaît, insista Jana.

Il saisit une bouteille d'eau posée sur le banc de touche.

— J'étais chez moi.

— Vous pouvez confirmer ? demanda Jana à Petra.

— Non, j'ai passé toute la journée en thalasso à Stockholm avec mes copines. Mais les enfants, eux, étaient à la maison, ajouta-t-elle en jetant à nouveau un coup d'œil à ses adversaires.

— Vous connaissez l'agence de location de voitures de l'aéroport ? demanda Mia à Anders.

— Je devrais ?

— Oui, puisque vous y avez loué une voiture dimanche dernier.

— Une voiture ? Comment ça ? s'exclama Petra en se tournant vers Anders. Qu'est-ce qu'ils veulent dire ?

— Je ne sais pas, je n'ai pas loué de voiture.

— C'est amusant, rétorqua Mia, parce que c'est justement votre permis qui a été utilisé.

Jana vit la bouteille d'eau s'arrêter un dixième de seconde sur sa trajectoire vers la bouche d'Anders. C'était à peine perceptible, mais bien réel.

— Mon permis a disparu, déclara-t-il.

— Disparu ? s'indigna Petra. Mais tu n'as rien dit.

— Non, pardon, j'ai dû l'oublier quelque part. Oui, c'est ça, je suis allé prendre une bière avec Martin au Red Lion vendredi soir.

— Mais ça fait presque une semaine, s'irrita Petra.

— Je sais, chérie, mais on m'a volé mon portefeuille.

Petra posa un poing sur sa hanche et le dévisagea d'un air sceptique. Anders, qui évitait son regard, but lentement une autre gorgée d'eau.

— Votre copain, il s'appelle Martin comment ? demanda Henrik.

— Westerberg.

— Vous pouvez nous donner son numéro ?

— Bien sûr, mais pourquoi ? Ce n'est sûrement pas lui qui a loué cette voiture…

Anders fut interrompu par des clameurs sur le terrain voisin, où deux joueurs se tapaient dans la main pour célébrer leur victoire.

— Vous savez qui a volé votre portefeuille ? demanda Mia.

— Non, comment je le saurais ? Et quelle importance ?

— Ça a une putain d'importance, puisque la voiture louée avec votre permis est impliquée dans une enquête pour meurtre.

Le visage de Petra devint livide.

— Un meurtre ?

— Chérie, du calme, dit Anders. C'est un malentendu, je n'ai rien à voir avec un meurtre.

— Mais pourquoi ne pas avoir déclaré le vol de votre portefeuille ? demanda Jana.

— À quoi bon ? (Anders reposa brutalement la bouteille sur le banc de touche.) Il a disparu, j'ai fait opposition sur ma carte bancaire, et je ne peux pas vous aider davantage. Maintenant, excusez-nous, mais on a un match à jouer.

Il saisit sa raquette et entraîna Petra avec lui sur le terrain.

— Anders ? le héla Mia.

— Oui ?

— Vous oubliez quelque chose.

Il se retourna.

— Quoi ?

— De nous donner le numéro de Martin.

19

— Quoi, encore là ?

La froideur dans la voix de Jana ne faisait aucun doute. Filippa but une gorgée de son café de fin d'après-midi sans la quitter des yeux.

— J'aimerais bien savoir où en est l'enquête avant de rentrer, répondit-elle en balayant du regard les membres de l'équipe rassemblés autour de la table.

— Il y a un certain nombre de nouveautés, dit Gunnar. Faisons le bilan, puisque tout le monde est là.

Henrik hocha la tête et remonta les manches de son pull.

— Commençons par l'ours en peluche retrouvé dans le corps d'Erik Johansson. On a appris qu'un homme ressemblant à Serkar a acheté un ours identique dans la boutique de souvenirs du café-auberge de Stavsjö quelques heures avant le meurtre.

— Avec un peu de chance, il aura été filmé, comme la Skoda à la station-service de Krokek, dit Ola. On a demandé les enregistrements des caméras de vidéosurveillance de la boutique, j'espère y avoir accès demain.

Filippa se refusait à croiser son regard. Elle savait qu'elle avait réagi trop violemment après avoir visionné le film de la station-service, et elle en avait honte. Elle se tourna plutôt vers Henrik :

— C'était une voiture de location, n'est-ce pas ?

— Oui, et le permis utilisé pour la louer était volé. Il appartient à un certain Anders Dahlgren, qui s'est fait dérober son portefeuille vendredi dernier, soit deux jours avant le meurtre d'Erik.

— Donc il n'est soupçonné de rien ? demanda Ola.

— Dans l'état actuel des choses, non, répondit Mia. Son ami Martin Westerberg vient de nous confirmer par téléphone qu'ils sont sortis tous les deux boire une bière au Red Lion vendredi soir, et que c'est là que le portefeuille a été volé. Son fils et sa fille, âgés respectivement de douze et quinze ans, ont confirmé qu'Anders était chez lui toute la soirée du meurtre.

— Il a donc un alibi en béton, dit Gunnar.

— Oui, on n'a rien contre lui, confirma Henrik. Sa carte bancaire est censée être bloquée, il faudrait vérifier si c'est exact, mais il n'a aucun passé violent et ne figure dans aucun fichier. En outre, on suppose depuis le début que Serkar se cache derrière le meurtre d'Erik, et je ne vois aucune raison de diriger soudain nos soupçons vers un père de famille ordinaire.

— Je ne crois pas non plus qu'il soit mêlé au meurtre, déclara Mia. Mais c'est quand même son permis qui a été utilisé pour louer la voiture.

— Et qui le lui a pris ? demanda Ola. Serkar ?

— C'est une hypothèse plausible, dit Gunnar. Mais dans ce cas, il faut supposer qu'il se trouvait sur place, lui aussi.

— On va vérifier ça, bien sûr, glissa Mia. J'ai appelé le pub, mais personne n'a répondu. J'ai aussi tenté de joindre la propriétaire en venant, mais c'est la même chose. Je lui ai laissé un message, en espérant qu'elle me rappelle au plus vite.

— Bien. (Gunnar joignit les mains devant lui sur la table.) J'ai parlé avec la police de proximité, en leur montrant le portrait-robot de Serkar, mais ça ne leur disait rien, ils n'ont vu personne qui lui ressemble. Ils n'ont pas non plus idée de l'endroit où il pourrait se cacher. De nos jours, les maquereaux opèrent dans des appartements ordinaires, et comme Serkar et sa bande exploitaient autrefois un bordel en appartement, j'ai décidé de commencer nos recherches par là. Malheureusement, personne ne sait exactement combien de bordels de ce genre existent en ville.

— Et Elena ? demanda Mia. On a trouvé quelque chose sur elle ? On a vérifié si elle ne s'est pas fait soigner après son passage à tabac par Serkar ?

— Non, dit Gunnar, la piste des hôpitaux n'a rien donné.

Mia adressa un signe de tête à Ola.

— On sait s'il est possible que ce soit elle qu'Erik appelait ?

— Malheureusement non.

— Filippa, qu'en pensez-vous, vous qui le connaissiez ? Avec qui pouvait-il parler ? Avez-vous une idée ? demanda Gunnar.

Elle tripota sa tasse de café et secoua la tête.

— Comme je vous l'ai déjà dit, on n'était plus en contact. Ce que je regrette évidemment, quand j'y repense.

— Pourquoi ?

Filippa se tourna vers les fenêtres et regarda les nuages, qui avaient pris une couleur grise très foncée.

— Je trouvais qu'il n'en avait pas fait assez. Cela semble sûrement étrange, mais j'étais en colère contre lui, en colère contre les autres policiers qui avaient cherché au mauvais endroit. Bien sûr, je mesure tous les efforts qu'ils ont déployés, le nombre incalculable d'heures passées à chercher Johan et Julia, mais s'ils avaient seulement regardé au fond du puits…

Filippa se tut et contempla le café qui refroidissait au fond de sa tasse. Elle sentit sa gorge se nouer et ses lèvres se mettre à trembler.

— Erik était quelqu'un de bien, reprit-elle. Il vivait seul, et même si cette vie lui plaisait, je lui ai souvent souhaité de rencontrer quelqu'un qui aurait pu le rendre encore plus heureux. Il était attentif à autrui et s'est occupé de moi lorsque je suis entrée à la police de Kalmar, mais quand est arrivée cette histoire avec Serkar… J'ai toujours eu mauvaise conscience qu'il soit obligé de déménager sans arrêt.

— Ce n'est pas votre faute si Serkar s'est échappé, dit Henrik. Vous savez qu'on fait tout pour le retrouver à présent, et quand on lui mettra la main dessus, il écopera de la prison à vie.

— Je n'ai jamais souhaité le voir en prison. J'ai toujours voulu qu'il souffre autant que Johan et Julia.

Filippa regarda à nouveau par la fenêtre.

— J'ai demandé à quelques collègues de vous reconduire chez vous, annonça Gunnar, mais ils vont mettre une bonne demi-heure à arriver.

— Je peux m'en charger, dit Henrik. De toute façon, je ne suis pas pressé.

Filippa tourna les yeux vers lui.

— Merci, c'est gentil. Volontiers.

— N'oubliez pas que Serkar rôde dans les parages, déclara Gunnar d'un air grave.

— Je n'oublie pas. Je peux me cacher sur la banquette arrière.

Le regard de Gunnar se posa sur Henrik.

— Je vous mets quand même en garde. Soyez prudents, tous les deux.

Jana poussa la porte du garage situé sous l'hôtel de police juste à temps pour apercevoir Filippa et Henrik disparaître à bord de la Volvo bleue de ce dernier. Elle inspira à fond et décrispa les épaules. Depuis que Filippa était arrivée à la réunion du matin, son corps était tendu comme un ressort.

D'un pas lent, elle se dirigea vers sa BMW. Son portable était en mode silencieux. En le sortant de sa poche, elle se figea. Per lui avait envoyé un message pour accepter très volontiers sa proposition de se voir. Mais elle fut interloquée de constater qu'elle avait manqué un appel de son père. Elle hésita un moment, puis le rappela.

Ses premiers mots furent :

— Elena Budescu.

Jana s'arrêta en fronçant les sourcils.

— Quoi ?

— Tu as mentionné son nom la dernière fois que tu es venue, tu te souviens ?

— Bien entendu, mais je ne comprends pas ce que tu...

— Vous avez réussi à la retrouver ? la coupa Karl.

— Comment ça ?

— Réponds à la question.

Jana soupira en déverrouillant sa voiture.

— Non, on ne l'a pas trouvée. On suppose qu'elle est en vie, mais on n'a aucune piste.

Elle ouvrit la portière et se laissa tomber sur le siège conducteur.

— Ça ne me regarde pas, dit-il en se raclant la gorge, mais j'ai appris qu'il y avait une femme de ce nom à Skärblacka. Elle habite avec un dénommé Robert Ekman.

— Où ?

— Au camping de Mårängen. Je ne sais pas à quoi ressemble leur caravane, mais elle est garée sur l'emplacement numéro 64.

Le silence se fit à l'autre bout du fil, et Jana comprit que son père avait raccroché. Elle réfléchit un instant à ce qu'elle devait faire. Elle envisagea une seconde de ne pas tenir compte de ce tuyau, mais, après avoir envoyé une courte réponse à Per, elle lâcha son portable et prit la direction de Skärblacka.

Per se tenait près de sa voiture devant le cabinet d'avocats. Jana venait d'envoyer un message : elle serait chez lui dans une heure. Il avait donc encore le temps d'aller faire un tour à la gare de triage pour chercher Danilo.

Mais il avait les mains moites et la bouche sèche.

Pourtant, il n'y avait pas à hésiter.

Si Danilo se trouvait du côté des wagons de marchandises abandonnés, il lui demanderait pourquoi il s'était pointé chez lui en menaçant Jana. Tout ce qu'il avait à faire, c'était le trouver, faire en sorte qu'il n'approche plus Jana, puis s'en aller.

— Allez, en voiture, murmura-t-il pour lui-même.

Il avait du mal à se faire obéir par son corps.

Il s'efforça de refouler le souvenir effrayant du sourire moqueur de Danilo et de son regard dur quand il s'était retourné sur le palier en lançant : « Tu salueras bien Ker. » Quel moyen subtil de lui communiquer cette menace mal dissimulée.

Mais il ne devait pas penser à ça. Il ne devait penser qu'à Jana, et se dire que c'était là sa façon de l'aider, comme il aurait aimé pouvoir aider sa sœur.

Per sentit sa respiration s'accélérer à nouveau. C'était lui qui contrôlait la situation. Danilo croyait contrôler Jana, mais Per avait compris de quoi il retournait. Il était certain que Jana lui dirait tout, pourvu qu'il chasse de sa vie cette personne manipulatrice.

La sueur lui coulait dans le dos quand il ouvrit la portière et s'installa au volant. Il attacha sa ceinture et essuya ses paumes moites sur le pantalon de son costume.

— Il faut que je le fasse, chuchota-t-il.

Ses mains se mirent à trembler tandis qu'il pensait à nouveau aux risques qu'il prenait. Il savait très bien pour quels crimes Danilo avait été condamné. Il savait de quoi cet homme était capable, combien il était violent.

Per essaya de se calmer, mais l'angoisse lui serrait le ventre, comme s'il était sur le point de vomir. Il ne pouvait pas faire ça.

— Et merde !

Il frappa le volant, démarra et prit le chemin de chez lui en se maudissant.

20

Henrik jeta un coup d'œil dans le rétroviseur en s'engageant sur le rond-point de Söderköpingsvägen. Il ne voyait pas de Skoda noire, mais regarda avec méfiance la fourgonnette blanche qui roulait cent mètres derrière lui. Rien ne prouvait que Serkar était à bord, mais c'était tout à fait possible. Il faudrait qu'il soit sur ses gardes pendant tout le trajet jusqu'au domaine de Filippa à Vikbolandet.

— Quelqu'un nous suit ? demanda Filippa, qui avait sans doute remarqué son inquiétude.

Elle était recroquevillée sur la banquette arrière, le visage caché par ses cheveux bouclés, le regard préoccupé.

— Je l'ai cru, dit Henrik en voyant la fourgonnette partir dans une autre direction. Fausse alerte.

Il se passa une main sur la nuque et contrôla à nouveau les voitures qui les suivaient. Tout indiquait que Serkar était vraiment à la recherche de Filippa. Pourtant, il restait introuvable. Il s'était écoulé presque quatre jours depuis le meurtre d'Erik Johansson, et ils n'avaient rien entendu, pas même un chuchotement, sur le lieu où il pouvait se cacher.

— Qu'est-ce qu'il y a ? demanda Filippa. Vous avez l'air de vouloir dire quelque chose.

Il la regarda dans le rétroviseur.

— Promettez-moi de ne pas mal le prendre.

— Je ne peux rien promettre sans savoir de quoi il s'agit.

— OK, reprit-il. Depuis le début, on suppose que c'est Serkar qui a tué Erik, mais personne n'a la moindre idée de qui il est vraiment ni du lieu où il se trouve.

— Où voulez-vous en venir ?

La bouche de Filippa se durcit.

— Pardon, dit Henrik en cherchant à nouveau son regard dans le rétroviseur. Je suis juste frustré de ne pas avoir la moindre piste, et je ne voulais pas dire que…

— Ne vous inquiétez pas, le coupa-t-elle en baissant les yeux. J'ai l'habitude.

— De quoi ?

— Du doute, dit-elle. Quand je suis sortie du coma et que j'ai appris que Johan et Julia étaient morts, je savais que c'était Serkar. Je l'avais bien vu les enlever. Mais le signalement que j'ai pu donner était bien trop vague, et, pour ne rien arranger, il a réussi à s'échapper après l'accident. Au bout d'un moment, quelques collègues ont commencé à douter de son existence.

Elle le regarda, les yeux brillants.

— Je n'ai jamais douté, affirma-t-il. Et on le trouvera. Je sais combien c'est important pour vous.

— Je ne crois pas. Peu de gens savent ce que ça fait de perdre tout ce qu'on a.

Henrik inspira à fond.

— J'ai failli perdre ma femme. Un tueur en série qu'on traquait a essayé de la noyer. J'ai toujours su garder mon calme, même dans les situations tendues, mais quand je l'ai vu devant ce réservoir d'eau, j'aurais juste voulu…

Il se tut en serrant les lèvres.

— Le tuer ? compléta Filippa.

Henrik hocha la tête.

— Je n'ai jamais voulu tuer Serkar, dit-elle.

— D'après ce que j'ai compris, vous ne voulez pas non plus qu'il soit juste condamné à aller en prison, rappela-t-il en souriant.

— C'est ce qui est arrivé au tueur en série ?

— Il n'est plus de ce monde. Il a attaqué Jana, qui a réussi à se défendre.

Filippa commença à se ronger les ongles.

— Vous savez, je n'avais pas revu Jana depuis des années. Je l'avais presque oubliée, on a été dans la même classe pendant une courte période seulement, mais… Il ne doit pas y en avoir beaucoup, comme elle.

— Comment ça ?

— Elle est assez renfermée sur elle-même.

— Ah, vous trouvez ? ironisa Henrik.

Ils rirent. Il vit alors combien ses fossettes étaient profondes.

— Vous savez à quoi c'est dû ? demanda-t-il.

Filippa secoua la tête.

— Je sais juste qu'elle a été adoptée et qu'elle vient du Chili.

— Ce n'est pas une raison pour être renfermée.

— Non, quelque chose a dû se produire quand elle était petite, dit Filippa en regardant à nouveau par la fenêtre.

Jana dépassa le panache de fumée de la papeterie de Skärblacka. En voyant le panneau du camping de Mårängen, elle s'engagea sur une étroite route de gravier. Elle avait décidé de ne rien dire aux autres membres de l'équipe avant de vérifier si le tuyau qu'elle avait reçu était valable, mais à présent elle avait des doutes. Était-ce vraiment la cachette d'Elena Budescu ?

Arrivée en haut d'une côte, Jana découvrit plusieurs caravanes alignées dans une vaste zone de verdure. Le camping était situé au fond d'une cuvette, entouré de hautes collines.

Elle se gara près d'un tableau d'affichage et descendit de voiture. Il n'y avait pas de plan du site, juste l'affiche d'un prochain marché à Rejmyre et une petite annonce manuscrite intitulée « Bateau à moteur à vendre ». Elle regarda alentour, sans parvenir à repérer les numéros des emplacements.

Un peu plus loin, un homme se tenait voûté devant un gril sphérique à l'extérieur d'un camping-car. Une femme vêtue d'un gilet en laine rayé et d'un pantalon de survêtement gris clair était assise sur une chaise longue près de lui. Jana s'approcha.

— Je cherche Robert Ekman.

La femme secoua la tête.

L'homme saisit une pelle à steak et fit rouler deux grosses saucisses sur le gril encrassé de suie.

— Vous connaissez Bob ? demanda-t-il.

— Non. Je sais juste qu'il est censé résider sur l'emplacement 64. Où est-ce ?

L'homme hésita un moment avant d'indiquer un point derrière elle.

— Il habite vers la crique. Prenez à droite et continuez jusqu'à l'eau. Il a une grande parabole sur sa caravane, vous ne pouvez pas la rater.

— Merci.

Elle passa devant quatre caravanes blanches, une petite cage de foot au filet abîmé, puis descendit une pente.

Une caravane équipée d'une antenne parabolique était effectivement garée au bord de l'eau. L'une de ses fenêtres était obturée par un carton. Juste devant étaient disposées deux chaises en plastique et une table verdie par les algues.

Jana avait presque atteint la caravane quand celle-ci tangua et que la porte s'ouvrit. Un homme imposant apparut, le cou puissant et les cheveux ras. Il portait un survêtement noir sale sur un T-shirt déformé à l'encolure et tenait une bouteille de bière à la main.

— Robert ? dit Jana.

— Je vous connais ?

Elle ignora sa question.

— Je cherche Elena Budescu.

— Désolé, il n'y a que moi, ici, répondit-il avant de boire une gorgée de bière.

À l'intérieur de la caravane, Jana entrevit une kitchenette. Les portes du placard supérieur étaient ouvertes, il contenait des rangées de conserves et de paquets de céréales. Sur le dossier d'un canapé étaient étendus un pull et un soutien-gorge rouge, près d'un sac Ikea débordant de vêtements.

— Elena ? lança-t-elle d'une voix forte. Je m'appelle Jana Berzelius, je suis procureure et j'ai besoin de votre aide.

— Vous êtes sourde, ou quoi ? Y a pas d'Elena ici, cracha Robert. Il n'y a que moi.

— Et à qui appartient ce soutien-gorge pendu sur le canapé, alors ?

— Occupez-vous de vos oignons, dit-il. Barrez-vous, maintenant.

Il fit mine de refermer la porte, mais Jana saisit la poignée extérieure et l'en empêcha.

— Elena, appela-t-elle à nouveau à haute voix. J'ai vraiment besoin de vous parler.

— Je vous ai déjà dit de vous barrer. Il faut vous faire un dessin ?

Robert descendit dans l'herbe et la bouscula, mais Jana résista. Il ricana, irrité, tenta à nouveau de la bousculer, mais elle eut le temps d'esquiver d'un pas de côté.

Il perdit l'équilibre, tomba en avant et cassa sa bouteille de bière sur une pierre. Il se releva, le visage noir de colère, les restes de la bouteille à la main.

— Dégagez !

— Lâchez cette bouteille, l'avertit Jana.

Robert n'écouta pas. Il fit un pas vers elle et tenta de l'attaquer par surprise d'un coup de tesson de bouteille par en dessous.

Jana intercepta le verre tranchant d'un mouvement de l'avant-bras, mais le choc fut violent.

La douleur lui raidit les muscles.

L'homme empoigna la bouteille différemment et elle comprit qu'il s'apprêtait à attaquer de nouveau.

Elle regarda à la dérobée du côté du camping. Les autres caravanes étaient loin et personne ne semblait en vue.

Alors elle baissa la tête, serra les mâchoires et se prépara.

— À quoi pensiez-vous quand vous avez dit que quelque chose avait dû arriver à Jana, petite ? demanda Henrik à Filippa tout en ralentissant au niveau du golf de Bråviken.

Ils passèrent devant quelques villas, parvinrent en haut d'une côte et débouchèrent sur un vaste champ de colza.

— Je ne sais pas, répondit-elle lentement.

Elle avait le regard perdu par-delà la vitre. Cela faisait un moment qu'elle était tournée dans cette position.

— Elle n'a pas toujours été renfermée, vous voulez dire ?

— Jana a aussi une face cachée, déclara Filippa. Et je ne sais vraiment pas pourquoi il est si pénible pour elle d'en parler.

— Vous étiez dans la même classe, rappela Henrik en accélérant le long du champ.

— Oui, à l'école Gustaf Adolf. On avait neuf ans, et elle est arrivée au troisième trimestre de CE2. Elle était petite et frêle, et elle avait l'air assez différente avec ses cheveux sombres. On voulait faire sa connaissance, mais elle se dérobait sans arrêt.

— Elle était timide, peut-être ?

— C'est ce que j'ai d'abord pensé. Mais au bout d'un certain temps, j'ai eu l'impression qu'il y avait une autre raison.

— Comme quoi ?

— Je ne sais pas bien. Elle restait tout le temps toute seule dans son coin, et se mettait systématiquement en colère quand on insistait pour qu'elle traîne avec nous à la récré.

— Elle n'avait pas d'amis ?

Filippa secoua la tête.

— Il était évident qu'elle n'en voulait pas.

— Elle préférait peut-être être seule. Dans ce cas, ce n'est pas si étonnant.

— Quoi donc ? demanda Filippa.

— Qu'elle se mette en colère. Je veux dire, moi aussi je serais furieux si on ne me laissait pas tranquille dans ce genre de situation.

— Furieux au point de casser le bras à quelqu'un ?

Henrik fronça les sourcils. C'était peut-être une sorte de plaisanterie. Il jeta un coup d'œil à Filippa dans le rétroviseur. Son visage était grave.

— Le regard de Jana est devenu noir. C'était complètement dingue. Elle n'a pas hésité une seconde, expliqua-t-elle. Elle a attrapé la main, et hop, bras cassé au niveau du coude. Avec le plus grand sang-froid.

Henrik ne savait pas quoi dire, aussi resta-t-il muet.

— On a parlé de cet incident à l'école pendant des mois, reprit Filippa. Un enseignant s'est interposé, sinon Jana serait allée plus loin.

— Comment vous le savez ?

— Parce que c'est mon bras qu'elle a cassé, répondit Filippa en exhibant une longue cicatrice pâlie.

Robert fit un pas vers elle. Le cou en sueur, il serrait fort le goulot de la bouteille cassée. Jana lut dans ses yeux de la fureur et la volonté de lui faire du mal.

— Vous avez trois secondes pour lâcher cette bouteille, l'avertit-elle.

— Sinon quoi ? haleta-t-il en s'essuyant la bouche.

— Une.

— Tu peux rien faire, ricana-t-il avec mépris.

— Deux…

Robert se campa encore plus solidement sur ses jambes écartées, agitant la bouteille vers elle.

— Trois.

Jana s'avança à la vitesse de l'éclair et lui frappa violemment le nez. Le cartilage céda aussitôt et du sang lui ruissela sur la bouche.

— Espèce de sale…

Il n'eut pas le temps d'aller plus loin, car elle avait pivoté sur elle-même pour lui décocher un coup de pied en pleine tempe.

Robert lâcha la bouteille et resta étendu sur le dos dans l'herbe, le sang coulant à flots de son nez.

Jana l'entendit siffler et suffoquer tandis qu'elle montait dans la caravane.

— Elena ? appela-t-elle, sans obtenir de réponse.

Elle inspecta la kitchenette et s'aventura jusqu'à la chambre à coucher exiguë, un lit double défait tout au fond de l'habitacle. L'air était chaud. Une mouche se promenait sur un oreiller brodé.

Quelle tragédie qu'Elena n'ait jamais réussi à se construire une vie sûre en Suède, songea-t-elle en poussant la porte voisine de la chambre. Elle devina une petite salle de bains où rouge à lèvres et mascara étaient dispersés autour d'un lavabo minimaliste.

Jana regagna la cuisine afin de vérifier sous la table bancale. La caravane était vide. Déçue, elle arracha le coin d'un journal à scandales et y nota son numéro à l'aide d'un stylo trouvé sur une étagère.

Robert était toujours à terre quand elle ressortit.

— Putain, vous m'avez cassé le nez ! glapit-il.

— Quant à vous, vous vous êtes rendu coupable de violence contre une fonctionnaire, ce qui peut vous valoir jusqu'à deux ans de prison, répliqua Jana. Je n'ai aucun problème à appeler la police pour vous arrêter sur-le-champ. C'est à vous de voir.

Il lui adressa un regard noir.

— Qu'est-ce que vous voulez, merde ?

— Faites en sorte qu'Elena m'appelle, dit-elle en lâchant le papier sur son T-shirt ensanglanté avant de regagner lentement l'entrée du camping.

VENDREDI

21

La sueur lui dégoulinait sur les tempes. Danilo courait sur place dans sa chambre à l'auberge de jeunesse. Torse nu, il tenait ses poings serrés très fort devant son menton et boxait rapidement dans le vide à intervalles réguliers.

Droite, gauche, droite et droite, droite encore.

Au bout d'un moment, il détendit ses bras, les secoua et regarda dehors par-delà le store déglingué.

Des nuages sombres s'accumulaient dans le ciel. Une femme poussa lentement un caddie bringuebalant le long du bâtiment gris, puis parmi les agences de location de machines de chantier, les grossistes et autres entrepôts de la zone industrielle de Butängen.

Danilo essuya la sueur sur son front et prêta l'oreille aux voix inconnues qui traversaient les fines cloisons. Il ne supporterait plus très longtemps d'habiter cette auberge de jeunesse. Pas seulement à cause des deux cambriolages de la semaine écoulée, ni des allées et venues chaotiques des résidents : cet endroit dégageait une atmosphère décourageante. Le mobilier de sa chambre était constitué d'un lit dur et étroit, d'un bureau bancal et d'une chaise en bois blanc. Les jointures du lino clair s'étaient redressées et le radiateur lâchait de bruyants craquements.

Danilo porta machinalement la main à la plaie superficielle qui témoignait de la tentative de Karl de l'abattre. Il avait eu le temps d'esquiver le coup de feu. La balle n'avait qu'égratigné son épaule, blessure qui elle-même ne lui faisait plus mal, mais le sentiment de trahison lui brûlait encore la poitrine.

Il ne savait pas combien de missions il avait menées à bien pour le compte du vieux, depuis toutes ces années. Ni combien de personnes il avait liquidées. Elles étaient trop nombreuses. À dire vrai, tuer ne lui procurait aucun plaisir : il avait juste du talent pour ça.

En d'autres termes, il n'avait pas été étonné que Karl le fasse sortir en avance du centre psychiatrique pénitentiaire et lui ordonne de régler cette histoire de meurtres dans la forêt de Vrinnevi. Il n'avait pas eu le choix. S'il avait refusé, Karl aurait fait en sorte qu'il soit de nouveau interné. Pour toujours.

Danilo avait fait exactement ce que demandait Karl. Mais la police s'était mise à fouiner, et il avait compris que Karl n'en avait rien à foutre de lui, ni de le voir plonger. Au contraire, l'idée était qu'il serve de bouc-émissaire afin que sa fille Jana ne soit pas inquiétée. Et ça, pas difficile de comprendre pourquoi c'était aussi important.

Jana n'était pas au courant de sa mission. Danilo avait promis de ne pas chercher à la contacter, mais Karl était son père, et elle avait le droit de savoir que son père l'avait chargé de faire le ménage derrière elle. Danilo avait adoré la voir aussi furieuse. Enfin, il avait pu lui faire comprendre que Karl n'était qu'un salaud manipulateur qui aimait jouer avec la vie des autres tant que c'était dans son intérêt.

Lentement, il promena la main sur les cicatrices de sa poitrine et de son ventre. Elles témoignaient de ce qu'il avait dû subir enfant. Il se revoyait, tout petit, dans son lit branlant, couvert des bleus et des plaies causés par les séances d'entraînement. Il ne craignait pas la violence, mais éprouvait juste comme beaucoup d'enfants l'angoisse de se retrouver seul dans le noir.

Danilo n'aimait pas repenser au passé, et pourtant il se rappelait toutes les nuits où il avait écouté Jana chuchoter depuis le lit voisin. Il ne savait pas si elle avait elle aussi du mal à s'endormir, ou si elle était réveillée par sa respiration inquiète. Elle lui tendait la main en lui disant qu'ils étaient ensemble, tous les deux, contre les entraîneurs et le monstre, la violence et les ténèbres.

Un violent désir de se retrouver auprès d'elle s'empara de lui.

Mais elle voulait être avec Per.

Danilo sentit ses muscles se contracter. La haine qu'il éprouvait contre cet imbécile était si puissante qu'il dut recourir à toute la force de sa volonté pour la refouler.

Toute sa vie, il n'avait jamais connu qu'une seule façon de traiter ses ennemis : les éliminer. Évidemment, il aurait pu tuer Per quand il s'était présenté chez lui, à la porte de ce maudit appartement sous les toits, mais cela aurait été une décision inconsidérée. Il avait préféré mettre leur relation à l'épreuve en lui demandant de saluer Ker.

Danilo leva de nouveau les poings, recula d'un pas et rassembla ses forces. Jana et lui étaient les seuls à avoir survécu au séjour sur l'île : elle le comprenait comme personne ne pouvait le comprendre. Elle était une adversaire douée, rapide et mortellement dangereuse, mais aussi un point de repère – le seul point de repère de son existence solitaire.

Il brûlait d'impatience.

Per avait-il transmis son salut ?

Danilo savait que l'incision que portait Jana sur la nuque avait toujours été son secret. Et qu'elle ferait tout pour que ça le reste.

C'était pour cette raison, raisonna-t-il en recommençant à boxer dans le vide, qu'elle préférerait quitter Per plutôt que de la lui montrer.

Henrik flaira le pull gris qu'il venait de ramasser sur le sol de sa chambre dans la maison de vacances. Trop sale pour le porter un jour de plus. Il l'enfila pourtant, hésita un moment, puis prit son téléphone et appela sa femme.

— Je te dérange ? demanda-t-il quand Emma décrocha enfin.

— Je m'occupe du petit déjeuner des enfants.

Pas un mot de plus.

— Ça s'est bien passé, ce rapport ? lâcha Henrik après quelques secondes de silence.

— Je ne dirais pas ça.

— Donc vous n'avez pas encore fini ?

— Non. Tu voulais quelque chose de particulier ? demanda Emma d'un ton embarrassé.

— Rien, à part que j'aurais besoin de passer prendre quelques vêtements.

— Envoie-moi une liste par SMS, je te préparerai un sac.

— Je passe le prendre ce soir.

— OK, dit-elle avant de raccrocher.

Henrik fourra le téléphone dans sa poche et entra dans la salle de bains.

La jalousie le reprit quand il songea à Emma et son chef. Mais il la refoula, sortit son rasoir et se mit plutôt à réfléchir à Jana.

Il se rappelait ses protestations énergiques en apprenant que Filippa Falk allait les aider dans leur enquête. Il avait compris que quelque chose coinçait entre elles, mais n'aurait jamais deviné de quoi il retournait.

Henrik reposa son rasoir, ouvrit le robinet et rinça les brins de barbe tombés dans le lavabo.

Certes, voilà quelques semaines seulement, il avait soupçonné Jana d'être mêlée aux meurtres de la forêt de Vrinnevi, mais il ne disposait d'aucune preuve technique ni d'aucun mobile. En plus, une autre personne avait été dénoncée pour ces crimes. Et rien n'indiquait que Jana ait des tendances violentes.

Jusqu'à maintenant.

Henrik ne savait que faire des confidences de Filippa. Que Jana lui ait volontairement brisé le bras était dur à admettre. Naturellement, il y avait des circonstances particulières et tragiques qui pouvaient avoir provoqué son comportement. Et cet événement remontait à longtemps.

Mais c'était peut-être justement cet aspect temporel qui l'interloquait le plus. Jana n'avait que neuf ans à l'époque. Il ne concevait pas comment une enfant pouvait volontairement casser le bras de quelqu'un. Qu'est-ce qui avait pu la pousser à aller si loin ?

Son téléphone se mit à vibrer dans sa poche. C'était Mia.

— Je viens de parler à la propriétaire du Red Lion. Tu sais, le pub où Anders Dahlgren a semé son portefeuille vendredi dernier.

— Alors, qu'est-ce que ça donne ? Est-ce que Serkar y était ?

— Non. Et Anders non plus. Elle en est sûre.

— Comment ?

— Parce qu'ils sont fermés depuis deux semaines, dit Mia.

— Donc Anders nous a menti.

— Pas seulement lui, mais aussi son pote Martin. Alors qu'est-ce qu'on fait ?

— On va le cueillir, résolut Henrik. Appelle Jana.

— Pourquoi ?

— Si on le trouve, il faut pouvoir procéder sans attendre à son interrogatoire.

Jana ouvrit la porte et entra dans la pièce d'écoute. Par la vitre sans tain, elle voyait Anders Dahlgren et son avocate assis face à Henrik et Mia.

Le visage fermé d'Anders lui fit penser à Per. Quand il lui avait ouvert hier soir, il l'avait serrée dans ses bras comme s'il était frustré ou avait mauvaise conscience, avant de passer le reste de la soirée à faire comme si de rien n'était. L'inquiétude suscitée par son étrange comportement se mêlait à la crainte des menaces de Danilo, mais elle s'était répété que son p avait promis de le laisser tranquille.

Jana passa sa main sur son avant-bras. L'homme qui l'avait attaquée au camping lui avait laissé un gros bleu. Elle était irritée, mais surtout en colère contre son père qui l'avait envoyée là-bas. En même temps il n'y avait aucun doute qu'une femme habitait sur place, et elle savait qu'il était stupide de remettre en question les contacts de son père.

Rien ni personne ne lui échappait.

En revanche, elle s'interrogeait sur ses intentions. Évidemment, elle recevait avec gratitude tout ce qui pouvait faire avancer l'enquête, mais pourquoi avait-il soudain décidé de l'aider à trouver Elena ? Quelle idée avait-il derrière la tête ?

— Comment allez-vous ?

La voix d'Henrik dans la salle d'interrogatoire la tira de ses pensées. Il interrogeait Anders, qui portait une chemise en jean et un pantalon à carreaux noirs. Curieusement, son avocate, une femme d'une cinquantaine d'années aux cheveux courts, avait presque le même motif à carreaux sur sa veste de tailleur.

— Comment je vais ? s'irrita Anders en croisant les bras. Comment croyez-vous que vont mes enfants ? Ou ma femme, quand vous débarquez d'abord dans la salle de padel, et maintenant à la maison ? Et qu'est-ce que je fais ici, d'abord ?

— Du calme, dit son avocate en lui posant une main sur l'épaule. Respirez. Vous n'êtes pas obligé de répondre à toutes les questions.

— Anders, reprit Henrik avec pondération, quand on s'est vus à la salle de padel, on a parlé de votre portefeuille volé. Vous vous rappelez ?

— Évidemment, cracha-t-il.

— Vous avez indiqué qu'il avait disparu vendredi dernier, quand vous vous trouviez avec votre ami Martin Westerberg au Red Lion, n'est-ce pas ?

Anders hocha la tête et Mia prit le relais :

— On a parlé avec Martin, et il a confirmé.

— Alors où est le problème ?

— Le problème est que le pub est fermé pour travaux depuis deux semaines. Ce qui signifie que ni vous ni Martin, ni personne d'ailleurs, ne pouvait y être ce soir-là.

Le silence se fit dans la salle d'interrogatoire. Jana vit Mia sortir son téléphone de sa poche et le regarder d'un air perplexe. Visiblement, quelqu'un cherchait à la joindre.

— Alors voilà, dit Mia en remettant le téléphone dans sa poche. Dimanche dernier, quelqu'un a utilisé votre permis de conduire pour louer une Skoda à l'aéroport de Norrköping.

— Ce n'était pas moi, j'ai passé toute la journée à la maison avec les enfants.

— C'est ce que vous dites.

— C'est vrai ! Vous leur avez bien parlé, non ?

— Oui, mais vous pourriez leur avoir demandé de confirmer ça.

Jana observa Anders. Le front luisant de sueur, il semblait aux prises avec sa conscience et commençait à agiter nerveusement l'un de ses pieds.

— Je le jure, je n'ai loué aucune putain de voiture, et je n'ai aucune idée de qui a utilisé mon permis.

— Et nous, on n'a aucune idée de la nature de l'accord que vous avez passé avec Martin, répliqua Henrik en le regardant dans les yeux. Mais il est clair que vous mentez tous les deux sur l'endroit où vous vous trouviez quand ce portefeuille a disparu. Pourquoi ?

Anders se cala au fond de son siège sans prononcer un mot.

— Anders ? fit lentement Henrik. Dites-moi.

L'homme secoua la tête.

— Allez, quoi ! Qu'est-ce que vous fabriquiez ?

— Je ne sais pas, j'étais soûl, je ne me rappelle pas.

— Alors espérons que Martin aura meilleure mémoire, lança Mia.

Anders secoua à nouveau la tête.

— Je ne crois pas, il était aussi bourré que moi.

— Mais il a l'air d'avoir quelque chose à nous dire, puisqu'il vient de m'appeler, dit-elle.

— Ah oui ?

Anders ne parvint pas à cacher son étonnement.

— Oui, et je comptais le rappeler après votre interrogatoire, mais vu votre air stressé, je pense que c'est aussi bien de le faire tout de suite, dit Mia en se levant.

*

La porte de la salle d'interrogatoire se referma avec un bruit collant derrière Mia. La pièce était bien isolée mais, pour être tout à fait sûre que ni Anders Dahlgren ni son avocate n'entendent sa conversation avec Martin Westerberg, elle s'éloigna du côté des ascenseurs, à l'autre bout du couloir.

Après trois sonneries, une voix tremblante et nerveuse répondit.

— Martin.

— Bonjour, ici Mia Bolander, police de Norrköping. Vous m'avez appelée ? demanda-t-elle en s'adossant au mur.

— Oui, je… j'ai senti qu'il fallait que je vous parle.

— De quoi ?

— Je ne sais pas quoi dire… J'ai commis une erreur.

— Une sacrée erreur, rétorqua Mia, dont la voix retentit dans le couloir vide. Vous avez menti sur le fait que vous vous trouviez avec Anders au Red Lion vendredi dernier, ce qui signifie que vous avez intentionnellement compliqué notre enquête.

— Je sais, mais j'étais obligé.

— Obligé ?

— Oui, pour Anders. Et ce n'est pas la première fois. D'ailleurs c'est sans doute pour ça que j'appelle, parce que je n'en peux plus… je n'en peux vraiment plus de mentir.

Mia sentit sa colère se mêler de curiosité.

— Alors racontez-moi, où étiez-vous, exactement ?

— Je n'étais pas avec Anders.

— Vous n'étiez pas du tout avec lui ?

— Non, répondit-il. Moi, j'étais au cinéma avec un autre copain.

— Et Anders ?

Martin prit une inspiration tremblante.

— C'est là que ça devient pénible. Anders, il… devait voir une fille, Nora.

— Nora comment ? demanda Mia.

— Nora Syrén. Il l'a trouvée sur un site et ils… Non, je ne peux pas parler de ça.

— Vous êtes obligé, allez.

Martin toussa fort dans le téléphone.

— Ils se sont retrouvés dans un appartement.

— L'appartement de la fille ? l'interrogea Mia.

— Non, non, de quelqu'un d'autre.

— Qui ?

— Aucune idée, dit Martin, accablé, et je ne sais pas où c'est, mais ça doit être là qu'il a perdu son portefeuille.

— Il a couché avec elle ?

— Oui, et il s'en vantait.

Mia leva le regard vers la porte fermée de la salle d'interrogatoire.

Anders Dahlgren n'était pas seulement un fieffé menteur, le salaud trompait sa femme par-dessus le marché.

— Elle fréquente un lycée privé, reprit Martin. Je ne sais pas avec combien de filles il a couché, et je ne sais pas combien de fois je lui ai demandé d'arrêter, mais là, j'ai l'impression qu'il a complètement pété les plombs.

Mia serra les mâchoires.

— Vous savez s'il la payait ? demanda-t-elle en se contrôlant de son mieux.

— Il a dit qu'elle était partante, mais…

— Mais vous ne le croyez pas ?

— Non, et maintenant je me sens comme un traître.

— Vous n'en êtes pas un.

— Je sais, j'ai moi-même une fille de seize ans. Alors je ne peux pas le laisser continuer comme ça. Sinon il va vouloir des filles toujours plus jeunes.

— Donc Nora a seize ans ?

— Oui, répondit Martin. C'est pour ça qu'il s'en vantait.

22

— Alors Anders Dahlgren est un micheton ?

Le front profondément ridé, Gunnar s'installa dans la salle de réunion. Il avait probablement du mal à admettre qu'un père de famille de quarante-sept ans ait été désigné comme acheteur de services sexuels.

Henrik, en revanche, n'était pas étonné. Les hommes comme Anders étaient innombrables. Ils savaient bien qu'il était illégal en Suède d'acheter du sexe, mais ne pouvaient pas s'en empêcher. Mia et Jana, assises avec eux autour de la table, ne semblaient pas particulièrement surprises non plus.

— Son pote Martin Westerberg vient de raconter à Mia qu'Anders a passé son vendredi soir avec une fille de seize ans, Nora Syrén. On pense que c'est elle qui a volé le portefeuille d'Anders, et donc son permis de conduire.

Mia hocha la tête avec irritation.

— Martin a confirmé qu'ils avaient pris une bière au Red Lion pour couvrir Anders, expliqua-t-elle. Ce n'était pas la première fois qu'il le faisait, je ne dis que ça.

— Ce petit manège dure donc depuis un certain temps ? demanda Gunnar.

— Hélas, oui.

— Mais pourquoi Martin ne nous a pas contactés dès le début ?

— On ne peut rien lui reprocher, dit Henrik. Sans son aide, Anders n'aurait pas cessé d'exploiter des mineures.

— Oui, mais si le pub n'avait pas été fermé pour rénovation, ce gros dégueulasse aurait pu continuer tranquillement.

— Gros dégueulasse…, répéta Gunnar en jetant un regard las à Mia.

— Oui, quoi ? fit-elle en le défiant du regard. Ce n'est pas ce qu'on est quand on exploite sexuellement une mineure ? Nora n'a qu'un an de plus que sa fille. C'est franchement répugnant, quand on y pense.

Gunnar ne répondit pas.

— En tout cas, Anders va rester en garde à vue, résuma Henrik.

— J'espère juste que Nora osera l'envoyer au trou, continua Mia. Comme Elena Budescu avec la bande de Serkar.

Jana se racla la gorge.

— À propos d'Elena Budescu, j'ai eu l'information qu'elle vivrait peut-être dans un camping des environs de Skärblacka.

Henrik la regarda avec étonnement. Il la savait très impliquée dans toutes les enquêtes, mais comment avait-elle réussi à trouver Elena ?

— J'ai essayé de la joindre, mais n'ai pas encore de réponse, poursuivit Jana en détournant les yeux comme pour éviter les questions. Et je suis désolée de le dire mais, même si on trouve Nora Syrén et qu'elle désigne Anders Dahlgren, ce sera sa parole contre la sienne.

— Peu importe, elle a seize ans, elle doit être éloignée de la prostitution au plus vite, trancha Henrik.

— Oui, et c'est le boulot des services sociaux, rappela Gunnar. De notre côté, il s'agit de tirer au clair si c'est elle qui a volé le portefeuille, et dans ce cas, pourquoi. Alors où peut-on la trouver ?

— Pas au lycée, en tout cas, dit Mia. C'est une journée de concertation, tous les élèves ont congé. Mais d'après le proviseur, elle vit avec sa mère, Charlotte Syrén, dans une maison d'Oxelbergen.

— Quelle rue ?

— Storsvängen, répondit Mia. Juste à côté du parc.

— Allez-y, essayez de la trouver, dit Gunnar. Et surtout, du tact. Impossible de savoir ce qui l'a poussée à se prostituer, mais ça ne doit pas être bien joli.

Les nuages étaient lourds et le vent plus froid quand Jana descendit de voiture devant la villa Belle Époque d'Oxelbergen. Les tôles noires du toit et les fenêtres à petits carreaux donnaient au bâtiment un air élégant. Elle ne savait pas bien à quoi elle s'attendait, mais elle n'aurait sans doute jamais pu se douter qu'une jeune fille qui habitait là se livrait éventuellement à la prostitution.

Henrik et Mia la rejoignirent. Ensemble, ils franchirent une grille en fonte et gravirent le perron. La large porte à double battant s'ornait d'une plaque en laiton au nom de Syrén, jouxtée sur la droite d'une sonnette assortie.

Jana sonna et recula d'un pas. Au bout de quelques secondes seulement, une femme d'une cinquantaine d'années vint leur ouvrir. Elle avait des cheveux poivre et sel, des boucles d'oreilles à breloques et un gilet en laine qui lui descendait jusqu'aux chevilles. Elle semblait tendue et plusieurs rides se dessinaient autour de ses yeux.

— Nous cherchons Nora, déclara Henrik en montrant sa carte. Police.

— Je suis Charlotte, sa mère, dit la femme en ignorant la carte professionnelle. Qu'est-ce que vous lui voulez ?

— On a besoin de lui parler, répondit Jana.

— Oui, mais de quoi ? Je préférerais éviter de la déranger inutilement, elle est un peu en retard au lycée et…

— On a besoin de lui parler maintenant, la coupa Jana d'un ton résolu.

La femme fit la grimace.

— Elle est dans sa chambre, entrez.

Ils pénétrèrent dans un vestibule sobrement meublé, avec une étagère à chapeaux, une commode et un miroir au fin cadre doré.

— J'attends ici, dit Mia.

Jana et Henrik lui répondirent d'un hochement de tête, puis suivirent la femme à travers un vaste salon orné de fauteuils et d'un immense poêle en faïence. Ils empruntèrent un escalier grinçant jusqu'à l'étage et parvinrent à un grand palier au tapis épais, sur lequel donnaient une série de portes closes.

Charlotte s'approcha de l'une d'elles et frappa, aussi précautionneusement que si celle-ci était en verre.

— Nora ? fit-elle d'une voix douce. La police veut te parler.

Le son d'une publicité à la télévision traversait la porte : un homme décrivant avec enthousiasme un dentifrice contre les douleurs dentaires.

— Nora, s'il te plaît, ouvre.

Le parquet craqua à l'intérieur et le bruit de la télévision continua sans que la jeune fille ne réponde.

Charlotte tâta la porte, qui s'avéra fermée à clé.

— Je suis désolée pour tout ça, dit-elle en resserrant son long gilet autour de son corps. Elle n'a pas l'air de vouloir vous parler.

— On n'a pas le temps d'attendre, répliqua Henrik.

Il avança d'un pas et frappa fort à la porte.

— Nora, on aimerait juste vous poser quelques questions.

Il se tut en entendant des pas à l'intérieur de la chambre. Un meuble traîné sur le sol, un grincement. *On dirait une fenêtre qui s'ouvre*, songea Jana.

— Il faut qu'on entre, déclara-t-elle.

— J'ai une clé de secours dans ma chambre, annonça Charlotte. Dans mon secrétaire.

— Allez la chercher.

Charlotte marmonna quelque chose, disparut dans la pièce tout au bout du couloir et revint avec à la main une clé chantournée en laiton.

— Nora ? appela-t-elle en introduisant la clé dans la serrure. J'entre.

La porte s'ouvrit devant eux. Jana eut le temps de remarquer l'écran géant au mur, les hautes penderies et l'antique bureau en bois avant de sursauter.

Devant une fenêtre ouverte, une jolie ado grimpée sur une chaise les dévisageait. Elle portait un jean clair et un pull blanc à manches bouffantes.

— Je n'ai pas envie de parler.

Elle posa un pied sur le rebord de la fenêtre.

— Nora, qu'est-ce que tu fais ? haleta Charlotte.

— Du calme, souffla Henrik, écoutez-moi…

— Je ne veux pas !

Nora se tourna vers la fenêtre, saisit le cadre à deux mains et sauta.

— Non ! s'écria Charlotte.

Jana et Henrik se précipitèrent. Nora était étendue dans l'herbe, en contrebas. Essoufflée, elle roula sur le ventre et se releva péniblement. Une main sur ses reins, elle les défia du regard avant de se précipiter à travers le jardin.

— Stop ! cria Henrik.

Au même moment, Mia déboucha au coin de la maison, rattrapa rapidement la fille et la saisit par le bras.

— Lâche-moi, sale flic !

Nora hurla quand Mia la maîtrisa en la plaquant au sol. Elle se débattit, mais Mia lui bloqua solidement les bras dans le dos et l'immobilisa complètement.

— Vous ne pouvez pas faire ça !

Mia suivait à quelques mètres de distance la passe d'armes entre Henrik et la mère indignée de Nora Syrén. Charlotte était toute rouge et faisait tout ce qu'elle pouvait pour accéder à la Volvo où Nora était assise, les bras croisés et l'air buté. Assez miraculeusement, elle ne s'était pas blessée en sautant du premier étage.

— Du calme, maintenant, ordonna Henrik.

— Vous emmenez mon enfant !

Charlotte se mit à tirer sur la poignée de la portière.

— Je comprends votre émotion, dit Jana, qui se tenait près de Mia. Mais on cherche seulement à lui parler.

— Non, vous devez la relâcher ! cria-t-elle en se mettant à tambouriner contre la vitre de la voiture. Nora, tu m'entends ? Qu'est-ce que tu as fait ? Qu'est-ce que tu as fait, enfin ?

Sa fille lui répondit d'un doigt d'honneur avant de détourner le visage.

— Mais c'est ça, tais-toi, espèce de morveuse gâtée !

Charlotte se tourna vers Henrik.

— Je ne supporte plus son sale petit jeu. Bon courage, ajouta-t-elle en retournant vers la maison.

Mia regarda Nora. La jeune fille l'observait d'un air hostile, ce qui n'était pas tellement étonnant, puisque Mia venait de la plaquer au sol. Elle s'en voulait pour ça. Mais la fille se méfiait aussi d'Henrik et de Jana, comme si elle pensait que le monde entier lui voulait du mal.

— Ça vous va si je vais lui parler du portefeuille volé ? demanda Mia.

Jana jeta un œil à Henrik. Il répondit d'un hochement de tête et sortit de sa poche le portrait-robot de Serkar.

Mia le prit, le déplia et attrapa dans sa propre poche une copie du permis de conduire d'Anders Dahlgren. Les deux papiers à la main, elle ouvrit la portière et s'installa sur la banquette arrière à côté de Nora.

La fille détourna aussitôt les yeux en serrant de plus belle ses bras autour de son corps.

— Je suis désolée que ta mère t'ait crié dessus, commença Mia.

— Pas de problème, j'ai l'habitude. En vrai, elle est super chouette et je l'aime plus que tout.

— C'est pour ça que tu lui as fait un doigt d'honneur ?

Nora lui sourit, surprise.

— Je comprends, c'est pénible de nous voir débarquer comme ça, mais on voudrait parler de cet homme avec toi.

Elle lui montra la copie du permis de conduire.

La fille jeta un rapide coup d'œil à Anders Dahlgren, puis serra les lèvres.

— Je ne sais pas qui c'est.

— On ne cherche pas à te piéger, on veut juste pincer les idiots comme lui. Comment tu as fait sa connaissance ?

— Mais je ne le connais pas, je vous dis.

— D'accord. Sache juste qu'Anders a été arrêté et qu'il ne pourra plus te faire de mal.

Nora l'interrogea du regard, comme pour jauger si elle disait ou non la vérité.

— Vous vous êtes vus vendredi dernier. Tu peux m'expliquer comment vous avez convenu du rendez-vous ?

Nora haussa les épaules avec exagération.

— On m'a appelée pour me dire ce qu'Anders voulait faire.

— Qui ça ? Qui t'a appelée ?

— C'est privé, je ne veux pas en parler.

— Un copain, n'est-ce pas ?

— Non, c'était…

Nora se tut, se tourna vers la vitre et commença à dessiner un cercle dans la buée formée par son haleine.

— Ton mec ? devina Mia.

— Merde, comment vous le savez ?

Mia haussa les épaules avec la même exagération que Nora, ce qui fit à nouveau sourire celle-ci.

— Comment il s'appelle ?

Nora soupira tristement.

— Samir Hansson. On a été ensemble un moment.

— Pourquoi est-ce qu'il voulait te faire rencontrer Anders ? demanda Mia d'une voix douce – elle se reconnaissait à peine, mais elle ne pouvait pas y aller trop fort avec cette fille.

— C'était moi qui voulais.

Nora continua à dessiner sur la fenêtre.

— Donc ce n'était pas parce que Samir te forçait, ou te menaçait ?

— Non, enfin, pas au début. Il était gentil, et tout ça, mais ensuite… Je ne sais pas, c'est difficile à expliquer.

— Il t'a frappée ?

— Non, rien de ce genre, mais une fois… une fois, il a voulu que son pote Casper soit là lui aussi, pour qu'on essaie quelque chose de nouveau, ouais.

— Casper comment ? demanda Mia.

— Rågsved.

— Et tu as accepté ?

— Oui. Parce que c'était juste un truc rigolo, et que je voulais être avec Samir, alors j'ai essayé. Mais après, j'ai découvert qu'il m'avait filmée avec Casper, et il a menacé d'envoyer le film à mes camarades de classe si je ne voulais pas…

— Lui obéir ?

Nora hocha la tête, et son menton se mit à trembler.

Mia inspira à fond.

— Où as-tu retrouvé Anders ?

— Au même endroit que d'habitude.

— C'est-à-dire ?

— Un appartement à Marielund.

Mia essayait de croiser le regard de Nora, mais la jeune fille fixait obstinément ses genoux.

— Quelle adresse ?

— 40, Upplandsgatan, il nous envoie toujours là-bas.

— « Nous » ? Il y a d'autres filles que toi dans cet appartement ?

— Oui.

Mia éprouva un malaise lancinant. Elle se racla la gorge et s'efforça de garder son calme :

— Je sais que cela peut sembler terriblement banal dans ce contexte, mais on a besoin de savoir si tu as volé le portefeuille d'Anders ce soir-là.

Les épaules de Nora s'affaissèrent.

— Je n'ai pas l'habitude de piquer des trucs, vraiment pas, mais on s'était mis d'accord sur mille balles et il ne voulait m'en donner que cinq cents.

— Donc tu as pris son portefeuille ?

— Seulement les billets qui y étaient. Il était bourré, il n'a rien remarqué.

— Et qu'est-ce que tu as fait du portefeuille ensuite ? demanda Mia. C'est important.

— Je l'ai laissé dans l'appartement. Tout y était, à part l'argent. Je ne pige pas, c'est quoi, l'idée ?

Nora effaça avec irritation le cercle sur la vitre.

— L'idée, c'est qu'on essaie de retrouver cet homme, dit Mia en lui montrant le portrait de Serkar. Tu le reconnais ? Regarde bien.

— Je regarde, répondit Nora en levant les yeux au ciel.

— Concentre-toi, insista Mia. Tu l'as déjà vu avec Samir, oui ou non ?

Nora examina à contrecœur le portrait.

— Il ressemble à quelqu'un…

— Il vient de Roumanie et on l'appelle Serkar, dit Mia. Tu as déjà entendu ce nom ?

— Non, et je ne sais pas qui c'est. Mais il vient de Roumanie ?

— Oui ? fit Mia avec une bouffée d'espoir. Tu pensais à quelque chose ?

Nora passa une mèche de cheveux derrière son oreille.

— Casper parlait d'ouvrir un club.

— Quel genre de club ?

— Un club de strip-tease.

— Où ça, tu le sais ?

— Non, c'est juste un endroit qu'il appelait l'Usine, et il disait qu'il voulait le remplir de putes roumaines, parce que les Suédoises n'arrêtaient pas de faire chier.

Mia serra les dents pour ne pas exprimer franchement ce qu'elle pensait de ce type et de ses projets.

— On doit mettre la main sur ce Casper, dit-elle plutôt en repliant les photos. Il vit dans cet appartement ?

— Au début, oui, mais je n'ai plus de nouvelles de lui depuis un moment. Il n'arrête pas de déménager.

— Et Samir ?

— D'habitude, il est dans l'appartement quand j'ai des clients, et il…

Elle se tut.

— Continue, dit Mia.

— C'est juste qu'il m'a demandé de voir un client aujourd'hui.

— À quelle heure ?

Nora la regarda d'un œil inquiet.

— À 17 heures.

23

— Et moi qui trouvais qu'Anders Dahlgren était un salaud. Dans le cas de Casper Rågsved et Samir Hansson, on parle de vraies ordures, commenta Mia, assise avec Gunnar de l'autre côté de la table dans le réfectoire de l'hôtel de police.

C'était un vaste local impersonnel au mobilier triste, si bien qu'on n'y restait jamais plus longtemps que nécessaire. Probablement la raison pour laquelle Jana avait choisi d'aller déjeuner ailleurs, songea Henrik en mangeant une dernière bouchée de lasagnes avant de repousser son assiette.

Tandis que Mia rendait compte de sa conversation avec Nora Syrén, ses pensées dérivèrent vers Emma et le sac de vêtements qu'il devait aller chercher à la maison dans la soirée. Peut-être aurait-il l'occasion d'avoir une discussion sérieuse avec elle ?

Gunnar s'essuya la bouche avec une serviette.

— Si je comprends bien, Casper et Samir pourraient nous conduire à Serkar ?

— Oui, dit Mia. Apparemment, ils gèrent une sorte de bordel dans un appartement, au 40, Upplandsgatan. C'est là que Nora a retrouvé Anders vendredi soir. Après quoi elle a pris tout l'argent qui se trouvait dans son portefeuille et a laissé le portefeuille lui-même dans l'appartement.

— Alors Serkar l'aurait trouvé là-bas ? demanda Gunnar.

— Peut-être, répondit Henrik en buvant une gorgée d'eau. Ou alors Casper ou Samir le lui ont fait parvenir.

— Je pencherais plutôt pour Casper, trancha Mia. Filippa Falk nous a dit que Serkar pouvait très bien collaborer avec un maquereau de Norrköping. Étant donné que Serkar vient de Roumanie et que Casper est en train de lancer un club de strip-tease avec des femmes roumaines…

Elle se tut et tritura avec irritation les restes de nourriture dans son assiette.

— Comment faire pour le trouver ? demanda Gunnar.

— Nora prétend qu'elle n'a plus de nouvelles de lui depuis un certain temps. On a tenté d'appeler le numéro qu'elle avait enregistré sur son portable, mais il n'est plus attribué.

— Et Samir, alors ? demanda Gunnar.

Mia lâcha sa fourchette et secoua la tête.

— Injoignable lui aussi. Apparemment, elle n'a de contact avec lui que par le biais d'un tchat.

— On a demandé à Ola de vérifier, et aucun d'eux ne semble avoir d'adresse fixe. Comme l'a dit Nora, Casper n'arrête pas de déménager, et Samir est domicilié à Malte. Ils sont copropriétaires de l'appartement d'Upplandsgatan via une société, Gympro AB, spécialisée dans la vente en ligne de tapis de course, haltères et autres équipements sportifs. Elle a ses bureaux sur Lindövägen. On a contacté le P-DG : il a parlé avec Samir pas plus tard que la semaine dernière, mais il est sans nouvelles de Casper depuis trois mois.

— Donc ils sont propriétaires de la société, mais n'y travaillent pas ? lança Gunnar.

— Exactement, dit Mia en prenant son portable. Ni Casper, ni Samir n'ont de compte Facebook. Casper, en revanche, a un compte ouvert sur Instagram. Sa dernière publication remonte à six mois. Regarde.

Elle lui montra son téléphone.

— C'est Casper à gauche, Samir à droite.

Henrik examina la photo des deux hommes. Casper avait le crâne rasé et des bras maigres couverts de tatouages. Samir avait le visage fin, les cheveux coiffés en arrière et des lunettes noires d'aviateur.

— Le seul endroit où on a des chances de les trouver est donc l'appartement d'Upplandsgatan, résuma Gunnar.

Mia hocha la tête et rangea son portable.

— Oui, sauf qu'il n'y a que Samir sur place quand Nora rencontre ses michetons. Et apparemment, un taré a prévu de s'acheter ses services aujourd'hui à 17 heures, le connard.

Elle se tut en voyant Ola s'approcher de la table. Son visage était rouge, il semblait stressé.

— Vous n'allez pas le croire, annonça-t-il.

Jana ramassa la barquette de salade sur le siège passager. Elle l'avait achetée en route et avait décidé de la manger dans son bureau de la Chambre d'accusation.

Elle verrouilla sa voiture et se dirigea vers l'entrée.

Même si l'enquête avançait, elle était déçue qu'Elena Budescu n'ait pas encore donné de nouvelles. Pourquoi ? Son petit ami violent l'en avait-il empêchée, ou savait-elle que Serkar était de retour et avait-elle peur qu'il apprenne où elle se cachait ?

— Jana ?

Elle fit volte-face à l'approche de Per. Il portait une cravate bleue et un costume brun foncé, ce qui renforçait la différence de couleur de ses yeux vairons.

— Salut, dit-elle avec un sourire surpris. Qu'est-ce qui t'amène ?

— J'arrive du tribunal. Mon client a été condamné pour vol à main armée, et je viens de récupérer le jugement.

— Tu as perdu ton procès, constata-t-elle.

— Avant même l'audience principale, je savais qu'il serait condamné.

— Tu as quand même l'air déçu.

Per secoua la tête.

— C'est juste que j'ai dû répondre à des journalistes à propos du verdict. Désolé, il faut que je file.

Il l'attira à lui et lui donna un long baiser.

— À plus tard, ajouta-t-il.

Jana frissonna. Non pas à cause de la mine soucieuse de Per, mais parce qu'elle avait soudain l'impression qu'on l'observait. Elle regarda discrètement alentour. D'un côté, un homme approchait en trottinette électrique. De l'autre, un groupe d'élèves de maternelle en gilet vert fluo. Rien ni personne de notable, nulle part.

Per s'éloignait dans la rue piétonne. Elle le suivit des yeux jusqu'à ce qu'il soit hors de vue. Elle regarda à nouveau autour d'elle, refoula son impression de malaise et continua jusqu'à l'entrée du bâtiment. Au moment d'ouvrir la porte, Henrik téléphona.

Il semblait stressé, parlait vite :

— Ah, tant mieux, il fallait que je te joigne.

— Qu'est-ce qui s'est passé ? demanda Jana en laissant la porte se refermer.

— On a reçu la vidéosurveillance de l'auberge de Stavsjö, annonça-t-il. Avec les images de l'homme qui a acheté le nounours.

— C'est Serkar ?

— Ça, seule Filippa Falk pourra nous le dire, et elle est en chemin.

Jana baissa les yeux sur sa salade.

— Moi aussi, déclara-t-elle en la jetant dans une poubelle avant de regagner sa voiture.

Danilo ne savait pas quoi faire. Du coin de l'immeuble de bureaux à la façade de brique, il avait une vue dégagée sur l'entrée de la Chambre d'accusation. Il vit Jana disparaître au volant de sa voiture, mais l'unique objet de son attention pour l'instant était Per.

Danilo serra les poings et sentit les tendons de son cou se tendre.

Ce foutu trouillard ne lui avait pas transmis son message. S'il avait demandé à Jana ce que signifiait Ker, ils n'auraient pas été intimement enlacés quelques secondes plus tôt.

Son corps vibrait de colère. Que pouvait-il faire à présent ?

Il resta là un moment, à réfléchir. Puis, les mains dans les poches, il se dirigea lentement vers le centre-ville.

Filippa déglutit péniblement à son entrée dans le bureau d'Ola. Elle repensa à la veille, quand l'expert informatique lui avait montré la vidéo de la Skoda noire à la station-service de Krokek. Ils n'avaient été que tous les deux. À présent, toute l'équipe était là. Tout le monde se serrait en arc de cercle derrière Ola, assis devant le clavier.

— Vous avez donc une photo de l'homme qui a acheté l'ours en peluche à l'auberge de Stavsjö ? demanda-t-elle en luttant pour rester calme et sensée.

— Oui, dit Henrik.

— On y va ? proposa Ola.

Filippa hocha la tête en le regardant lancer l'enregistrement sur son écran. Les caméras étaient orientées vers la caisse et la boutique de souvenirs de l'auberge de Stavjö.

— C'est avec elle que nous avons parlé hier, dit Henrik en indiquant une femme avec un tablier et un châle en train de disposer des paquets de bonbons à l'ancienne dans un saladier.

— Il faut que j'avance, déclara Ola en se grattant un peu sous son bonnet.

En vitesse accélérée, on voyait des ombres noires aller et venir dans l'entrée de la boutique. Un homme en veste venait acheter deux journaux au kiosque avant de s'en aller.

— Où est-il ? demanda Filippa en se mordant la lèvre.

— Il arrive bientôt, dit Ola en ralentissant la vidéo.

Deux motards s'arrêtaient pour regarder les livres avant de s'en aller.

— Maintenant.

Ola montra un individu habillé de couleur sombre en train d'entrer dans la boutique. L'homme regarda droit vers la caméra avec étonnement, comme s'il venait de comprendre qu'il était filmé. Puis il baissa le visage de sorte qu'il soit caché par sa capuche, paya et disparut de la boutique.

— C'est Serkar ? demanda Mia. C'est lui ?

Filippa sentit que tout le monde la fixait.

— Je ne sais pas. C'est difficile à dire, à cause de la capuche, avoua-t-elle.

— On recommence, ordonna Henrik.

Ola revint en arrière, et une fois de plus, ils virent l'homme regarder droit vers la caméra.

— Zoome, fit Henrik.

Le visage de l'homme remplissait presque tout l'écran, mais l'image était pixellisée et ils ne pouvaient que deviner ses traits.

Filippa porta une main à sa bouche.

— Oh, mon Dieu…

— Vous le reconnaissez ? demanda Jana.

Submergée par la peur, Filippa eut un mouvement de recul.

— Il faut que je parte, je ne peux pas…

— Filippa, la supplia Henrik en lui saisissant le bras.

Elle leva les yeux et le regarda. Ses jambes tremblaient, elle peinait à respirer.

— C'est Serkar ?

— Oui, chuchota-t-elle.

24

Per referma derrière lui la porte de son bureau au cabinet d'avocats. Il s'avança d'un pas lourd, laissa tomber sa serviette par terre et s'affala dans son fauteuil. La mauvaise conscience l'avait rongé toute la journée et, quand il avait vu Jana devant la Chambre d'accusation, il avait vraiment eu honte de lui. Il n'avait pas osé aller trouver Danilo. Il était un fieffé trouillard. Il ne s'était jamais considéré comme tel, mais désormais c'était le cas.

Son portable se mit à sonner. C'était Clara.

— Dieu merci, tu réponds, dit-elle, visiblement dans tous ses états.

— Qu'est-ce qu'il y a, frangine ? Il s'est passé quelque chose ?

— Non, mais j'avais peur qu'il te soit arrivé quelque chose hier à la gare de triage.

La honte rejaillit.

— Je n'y suis pas allé, dit-il.

— Tant mieux. N'y va pas du tout. Tu n'as pas compris à quel point Danilo Peña était dangereux ?

Per pinça l'arête de son nez entre le pouce et l'index, et ferma les yeux.

— Tu t'es documentée, à ce que je vois.

— C'est mon boulot, OK ? Et je n'ai pas eu besoin de beaucoup fouiller pour apprendre que Danilo est un putain de cinglé qui a séjourné en centre psychiatrique pénitentiaire. Il est violent, c'est établi.

— Oui, oui, il est peut-être violent, ou cinglé, mais il a menacé Jana.

— Et ton plan est d'essayer d'avoir une discussion sérieuse avec lui ? Dans ce cas, tu es au moins aussi cinglé que lui. Tu le comprends bien, non ?

— Mais je n'arrête pas d'y penser.

Per se leva, s'approcha de la fenêtre et leva les yeux vers le ciel uniformément gris.

— Il faut que tu arrêtes, insista Clara. Ça va mal finir sinon, je le sens.

— Tu veux dire que je ne dois rien faire ? Mais merde, c'est pourtant toi qui m'as conseillé de suivre mon instinct.

— Mais s'il te menace ou devient violent, qu'est-ce que tu feras ?

Per ne répondit pas, se contentant d'inspirer à fond et de souffler lentement.

— Je ne veux pas qu'il t'arrive quelque chose, dit Clara d'une voix plus calme.

— Mais le problème ne va pas disparaître tout seul, répliqua-t-il. Je n'ai pas le choix, je dois l'arrêter.

— Tu te trompes, il te reste une très bonne solution.

— Laquelle ?

— Parler avec Jana.

— J'ai essayé, soupira Per.

— Vraiment ? fit Clara, sceptique.

Il se tut.

— Essaie encore, conseilla-t-elle avant de raccrocher.

— Comment ça va ?

Mia écoutait la voix apaisante d'Henrik de l'autre côté de la table dans la salle de réunion. Tout près de Filippa, il lui caressait doucement l'épaule. Les autres étaient silencieux.

— Ça m'a fait bizarre de le revoir, dit Filippa.

— Je comprends.

— Vous êtes vraiment certaine que c'est lui ? demanda Jana. La qualité de l'image de cette caméra de surveillance de l'auberge de Stavsjö n'était pas très…

— Ça suffit, la coupa Henrik. Filippa a vu sa vie démolie par Serkar. Si elle dit que c'est lui, c'est lui.

Mia fronça les sourcils. Il semblait étrange qu'ils aient réussi à capturer une image de Serkar, et il était plus étonnant encore que Filippa n'ait pas pu l'identifier du premier coup. Henrik devait être de cet avis, lui aussi. Alors, pourquoi la défendait-il ?

— Ola, tu t'occupes de diffuser cette image à tous les collègues, déclara Gunnar. Pendant ce temps, on prépare l'intervention contre le bordel d'Upplandsgatan.

— Quel bordel ? lança Filippa.

Henrik ôta la main de son épaule.

— Casper Rågsved, ça vous dit quelque chose ? demanda-t-il.

— Non, pourquoi ?

— On pense qu'il est lié à Serkar. Casper et son copain Samir Hansson exploitent des jeunes femmes qu'ils prostituent dans un appartement. L'une d'elles, Nora Syrén, s'y trouvait vendredi dernier. Avec Anders Dahlgren, dont le permis de conduire a été utilisé pour louer la Skoda noire à l'aéroport.

— Celui qui prétendait avoir perdu son portefeuille dans un pub ? demanda Filippa.

Henrik hocha la tête.

— C'est Nora qui le lui a piqué, glissa Mia, et il ne voulait pas le dire, bien sûr. Elle n'a pris que quelques billets avant de quitter l'appartement en laissant le portefeuille.

— Et vous pensez que c'est ce Casper qui l'a donné à Serkar ?

— On ne sait pas au juste, c'est pour ça qu'il faut qu'on le retrouve, répondit Mia.

— Au bordel ?

Mia sentit la curiosité dans la voix de Filippa. Bien sûr, il était naturel qu'elle veuille tout savoir au sujet de l'homme qui avait assassiné sa famille et son collègue policier, mais Mia trouvait gênant de lui dévoiler ainsi les détails de l'enquête. Jana semblait du même avis. Elle ne disait pas un mot, mais fixait Filippa avec méfiance.

— D'après Nora, d'habitude, seul Samir est présent lors des passes, expliqua Henrik. Mais si on l'arrête, il nous guidera probablement jusqu'à Casper.

— Et Serkar, souligna Mia.

— Quand l'intervention va-t-elle avoir lieu ? demanda Filippa.

— Nora doit retrouver un client aujourd'hui à 17 heures, dit Gunnar. La surveillance est déjà en place. Ils doivent confirmer la présence de Samir dans l'appartement avant qu'Henrik n'entre.

— Moi ?

Henrik pointa l'index vers sa propre poitrine.

— Tu seras super crédible en micheton, lança Mia.

Elle lui adressa un sourire en coin, qui lui valut un regard noir.

— Tu n'auras qu'à entrer, dire à Samir que tu connais Casper et lui demander où le trouver, expliqua Gunnar. Dès que tu as l'info, on envoie une patrouille l'arrêter, puis on va cueillir Casper.

Henrik se frotta la nuque.

— OK, je tente le coup.

— Mais sois sur tes gardes.

— Bien sûr.

— Et si tu obtiens quelque chose sur Serkar..., commença Gunnar.

— Alors je t'appelle directement, dit Henrik en se levant.

Henrik freina et s'arrêta derrière la patrouille garée à quelque distance de l'immeuble d'Upplandsgatan. Immobile, il observa le bâtiment, scrutant attentivement balcons et fenêtres, sans déceler aucun mouvement.

— La surveillance a confirmé la présence de Samir Hansson dans l'appartement, annonça l'un des policiers quand Henrik ouvrit sa portière. Il y a également un autre homme et une jeune femme. Prêt ?

— Oui, répondit-il. Mais n'entrez pas avant mon signal.

— Compris.

— Je reste ici, dit Mia depuis le siège passager.

Henrik acquiesça d'un hochement de tête, descendit de voiture et gagna le porche de l'immeuble jaune sale.

C'était ouvert. Il entra dans la cage d'escalier et commença lentement son ascension. Le sol était jonché de mégots et de chewing-gums incrustés.

Son malaise augmenta au troisième étage devant la porte cabossée du bordel.

Il hésita un instant, puis leva la main et frappa énergiquement. Très vite, une fille en T-shirt noir et jupe à volants vint lui ouvrir. Ses cheveux sombres lui retombaient sur l'épaule et ses yeux étaient cernés de maquillage à paillettes.

Elle marmonna quelque chose d'inaudible et disparut dans une petite salle de bains sur la gauche. Il aurait voulu la suivre, l'aider à s'enfuir, mais il fallait d'abord qu'il parle à Samir.

Henrik referma la porte derrière lui et respira un mélange répugnant de sueur, de parfum douceâtre et de vieille fumée de cigarette. Un frisson le traversa à l'idée que c'était là qu'Anders Dahlgren avait retrouvé Nora, seize ans.

De la musique retentissait à l'intérieur de l'appartement. Henrik se tourna vers une tenture à franges mauves couvrant une ouverture au fond du vestibule long et étroit. La musique venait de là.

Lentement, il dépassa la salle de bains et continua à avancer. Le papier peint était rayé, le lino beige ou brun clair. Difficile à dire dans cette pénombre.

Il passa devant une cuisine vide, remarqua un cubi de rosé et un paquet de chips ouvert sur le plan de travail en désordre, puis orienta son regard vers les deux portes closes du vestibule. L'une d'elles avait la poignée cassée, l'autre un gros trou tout en bas, comme si quelqu'un l'avait défoncée à coups de pied.

Henrik ouvrit la porte trouée et jeta un œil à l'intérieur.

— M'enfin quoi… ?

Un homme en surpoids le regardait d'un air indigné. Assis sur un lit double sans chevet, il était en train de remettre ses boutons de manchettes. Les draps étaient froissés et un tube de lubrifiant traînait par terre.

— Dégage, et attends ton tour, putain !

Henrik aurait bien voulu entrer pour lui dire deux mots, mais il referma la porte et ouvrit l'autre, à la poignée déglinguée. Encore une chambre, mais il n'y avait personne.

Il recula en évitant de justesse de marcher sur un préservatif usagé.

Quelles personnes détraquées venaient donc dans un endroit pareil ? se demanda-t-il en continuant vers la tenture. Il essaya de regarder entre les franges mauves, mais elles étaient trop serrées. Il ne parvint à apercevoir qu'un parquet rayé.

Il s'approcha d'un pas, écarta quelques franges et se pencha pour mieux voir.

La pièce était plongée dans la pénombre. Seule une lampe à abat-jour bordeaux était allumée dans un coin, près d'un homme vautré sur un canapé défoncé. Il avait les cheveux sombres, des lunettes noires d'aviateur et une canette de Coca à la main.

Henrik le reconnut aussitôt d'après la photo du compte Instagram que Mia lui avait montrée. C'était Samir.

— Toi, je t'ai jamais vu, dit celui-ci d'une voix traînante en baissant le volume de la musique qui sortait d'une enceinte portative posée à même le sol.

— Je veux voir Casper.

Henrik avança d'un pas dans la pièce.

— On s'en fout de lui, reprit Samir, dis-moi juste ce que tu veux.

— Comment ça ?

Samir écarta les mains.

— Eh bien, tu veux te faire sucer, tu veux sauter une fille, deux filles…

— C'est à Casper que j'ai affaire d'habitude, rétorqua Henrik en ravalant sa nausée. Mais je n'arrive pas à le joindre.

— Je sais, il est devenu accro à ses putains de médocs, il est complètement barge…

Samir se tut quand la tenture se fendit et que la jeune fille qui avait ouvert entra dans la pièce. D'un pas chancelant, elle s'avança vers Henrik.

Une angoisse glacée s'empara de lui quand elle pressa son corps contre le sien. Ses cheveux sentaient fort la vanille. Elle lui sourit.

— Ça, c'est Lovisa, dit Samir en la désignant d'un index mou. Elle peut être à toi… si tu veux.

— La prochaine fois.

— Pourquoi pas aujourd'hui ? ricana-t-il.

— Parce qu'il faut que je parle à Casper. Tu sais où il est ? demanda Henrik, tout en s'efforçant d'éviter le contact de Lovisa.

— Je l'ai viré, répondit Samir en tendant la main vers sa canette de Coca. T'imagines pas. Avec la merde qu'il s'enfile, il peut devenir très pénible dans une pièce meublée.

— Comment ça ?

— Le truc habituel, quoi, il en prend trop, et c'est le bad trip. Mais maintenant, c'est le problème de son hôtel, plus le mien.

Soudain, les doigts de Lovisa se posèrent sur le holster d'Henrik. Il tenta d'esquiver, mais pas assez vite. Elle retira sa main comme si elle s'était brûlée.

Henrik comprit qu'il était démasqué. Il la repoussa sans douceur et sortit sa carte. Samir fit aussitôt mine de se lever.

— Assis, lui ordonna Henrik.

Samir se laissa retomber sur le canapé.

— Maintenant je pige ce que tu fous là, sale flic.

— Joue pas au con, dit Henrik. Je ne veux pas faire de vagues.

Il rangea sa carte et se tourna vers Lovisa.

— Ça va ?

Elle avait l'air effrayée, mais hocha la tête en serrant ses bras autour d'elle.

— Il faut que je trouve Casper, répéta Henrik.

— Bonne chance, cracha Samir.

— Tu as parlé d'un hôtel. Lequel ?

Samir le dévisagea avec mépris.

— Tu crois que je vais te le dire ? Va chier, je dirai plus rien…

— Il loue une suite au Grand, se dépêcha de dire la jeune femme.

— Lovisa, ferme ta gueule !

Samir se leva vivement.

— Assis, répéta Henrik en portant la main à son arme.

Lovisa, inquiète, s'était plaquée contre le mur.

— Au Grand ? lui demanda Henrik. Tu veux dire l'Elite Grand ?

Elle hocha la tête, le regard au sol.

Henrik garda une main sur son holster, sortit son portable de l'autre et appela la patrouille qui attendait dehors. Ils répondirent aussitôt :

— Fini ?

— Fini. Vous pouvez entrer.

Quelques poids lourds dépassèrent avec fracas Danilo sous le viaduc du chemin de fer. Il rentrait à l'auberge de jeunesse, après avoir fait un long détour pour mettre de l'ordre dans ses idées concernant Jana et Per.

L'adrénaline lui mettait des œillères, il entendait à peine le bruit de la circulation dense. Il fallait qu'il sorte Per de la vie de Jana. Il n'aurait rien aimé de mieux que d'aller trouver cet idiot de blond pour le réduire en miettes. Mais alors, elle le haïrait à jamais.

Danilo longea la pente herbeuse qui menait à la gare de triage et continua son chemin vers la zone industrielle. Comme d'habitude, il coupa par le parking pour rejoindre l'auberge.

Il saisit le code à quatre chiffres de l'entrée, passa devant les fauteuils défoncés du coin salon et gagna sa chambre.

Danilo allait glisser la clé dans la serrure quand il vit que la porte était entrouverte.

Il s'immobilisa. Deux voix étouffées provenaient de l'intérieur.

— On devrait se casser.

— Laisse-moi d'abord regarder la commode, il pourrait y avoir des trucs planqués dedans.

Danilo comprit aussitôt de quoi il s'agissait. Il n'avait rien de valeur à voler dans sa chambre, mais son corps débordait de frustration contenue à cause de Per et Jana.

Il jeta un coup d'œil de part et d'autre pour s'assurer que le couloir était toujours désert. Puis il ouvrit la porte d'un coup de pied et entra.

Devant la commode se tenaient deux hommes, l'un chauve en manteau gris, l'autre aux cheveux longs vêtu d'un blouson de cuir. Tous deux puaient l'urine et avaient quelque chose de désespéré dans le regard.

Sans hésiter, Danilo marcha sur le chevelu, lui pressa son avant-bras sous le menton et le plaqua contre le mur, de sorte que ses pieds s'agitaient en l'air.

— Lâche-moi, bordel, lâche-moi ! couina-t-il.

— T'entends ce qu'il dit, fit le chauve en sortant un tuyau de fer de sous son manteau. Lâche-le.

Danilo ricana.

— Je crois que quelque chose t'a échappé. C'est moi qui décide, ici.

— Et t'es qui, putain ?

— Je m'appelle Danilo, et j'en ai ma claque des types qui ne savent pas distinguer ce qui est à moi de ce qui est à eux.

Il jeta le chevelu vers la porte ouverte. Puis il avança d'un pas, arracha le tuyau au chauve et lui expédia un violent coup de coude dans la joue.

— Dégage, dit-il en le balançant dehors à son tour.

Il envoya le tuyau valdinguer derrière eux, referma la porte et resta absolument silencieux tandis que l'ivresse de l'adrénaline refluait lentement.

Mia enfila son gilet de police siglé avant d'entrer en compagnie d'Henrik et de deux collègues en uniforme dans l'Elite Grand Hotel, un bâtiment imposant situé entre la rivière et le somptueux hôtel de ville.

Un homme d'un certain âge vêtu d'un costume bien trop ample parlait au téléphone, adossé à un pilier. Il les regarda d'un air interloqué traverser le foyer jusqu'à l'immense comptoir orné de laiton. Mia montra sa carte de police à la femme aux cheveux courts qui se tenait derrière.

— On cherche un certain Casper Rågsved, dit-elle. Il loge bien ici ?

La question parut presque amuser la réceptionniste.

— On se le demande aussi. La pancarte « Ne pas déranger » est pendue à sa porte depuis trois jours.

— Quelle chambre ?

— 731, répondit-elle en leur tendant une clé.

Une minute plus tard, ils étaient dans l'ascenseur, qui s'ébranla lentement vers les étages.

Sans un mot, ils avancèrent sur la moquette moelleuse du septième étage jusqu'à la chambre en question, située au milieu du couloir.

Mia posa l'oreille contre la porte, écouta et devina une voix.

— On dirait que quelqu'un parle, là-dedans. Vous entendez ? demanda-t-elle aux collègues près d'elle.

Ils secouèrent la tête.

Henrik avança, frappa, mais personne ne vint ouvrir.

— On entre, dit Mia en introduisant la clé.

La pancarte bleu pigeon « Ne pas déranger » se balança quand elle enfonça la poignée.

Henrik sortit son arme tandis qu'elle ouvrait la porte.

— Casper ? lança-t-il. C'est la police.

Mia jeta un coup d'œil rapide à Henrik, puis sortit son arme et entra après ses collègues en uniforme. Très vite, ils sécurisèrent l'étroit vestibule.

Mia braqua son pistolet vers la droite, où une porte ouverte donnait sur une chambre. Elle eut le temps d'apercevoir un lit défait quand la voix se fit à nouveau entendre. Elle fit aussitôt volte-face et pointa son pistolet dans l'autre direction, vers l'entrée de ce qui était un séjour. Elle aperçut alors une lueur intermittente et comprit que la voix venait d'un téléviseur.

Casper Rågsved était-il de ce côté ? Seul ? Pourquoi ne répondait-il pas ?

Les collègues firent signe qu'ils se divisaient. L'un précéda Henrik dans la chambre, tandis que l'autre ouvrait la voie à Mia vers le séjour. Mia se colla à lui, longeant la cloison. Ils passèrent devant un miroir, enjambèrent ce qui ressemblait à du vomi séché et entrèrent dans la grande pièce.

Elle embrassa rapidement le chaos du regard. Le téléviseur avait été balancé par terre, si bien que la lumière tremblante de l'écran éclairait le plafond. Le canapé était de travers, les coussins lacérés et la table ronde en verre brisée.

Elle dirigea son arme vers le canapé, essaya de voir s'il y avait quelqu'un derrière, mais c'était impossible.

— Chambre sécurisée, entendit-elle Henrik crier. Salle de bains aussi.

Sans répondre, Mia contourna lentement le canapé. Les poils de ses bras se hérissèrent. Devant elle était étendu un homme émacié en slip et chaussettes.

Casper.

Ses yeux étaient exorbités, sa bouche écumait de bave et son visage semblait étrangement blanc.

— Henrik !

Mia rangea son arme et tomba à genoux.

— Qu'est-ce qu'il y a ? lança-t-il.

— Appelle une ambulance ! Appelle une ambulance, bordel !

25

Le vent froid s'empara des cheveux de Jana. Elle tenta en vain de les arranger tandis qu'elle approchait de l'Elite Grand Hotel. Devant l'entrée, des clients choqués parlaient de l'homme sans connaissance qui venait d'être évacué en ambulance. Henrik et Mia l'attendaient un peu plus loin, près d'une des hampes à drapeaux.

— Qu'est-ce qu'on sait de Casper Rågsved ? leur demanda Jana.

— Il a fait une overdose, on l'a retrouvé sans connaissance dans une suite, dit Henrik.

— Vous n'avez pas pu l'interroger au sujet de Serkar ?

— Non, il a filé directement à l'hôpital pour un lavage d'estomac. On l'interrogera dès qu'il sera d'attaque.

Jana trouva qu'Henrik la regardait bizarrement. Peut-être était-il juste déçu de n'être pas plus avancé sur la localisation de Serkar ?

Un taxi s'arrêta devant l'hôtel, et il en descendit une femme en robe étroite. Un chauffeur pâle apparut aussitôt pour sortir sa valise du coffre avec des gestes las.

— On a établi une surveillance à l'hôpital ? demanda Jana tout en observant les nouveaux venus.

— Encore une fois, il est complètement dans les vapes, dit Mia. Je ne pense pas que ce soit nécessaire.

— Peut-être pas, mais s'il s'avère qu'il a effectivement un lien avec Serkar, il faut veiller à ce qu'il ne le prévienne de rien. Il y a également le risque qu'il s'enfuie, comme Andreï Vasilev : il serait très regrettable que l'histoire se répète.

La femme à la robe étroite franchit les portes du lobby en traînant sa valise bringuebalante.

— Je vais parler avec Gunnar, dit Henrik. En attendant, espérons que Casper se remettra au plus vite. Elena Budescu a donné des nouvelles ?

Jana secoua la tête en regardant le taxi s'éloigner.

— Mais Samir Hansson, qui a été arrêté au bordel, ne pouvait rien nous dire au sujet de Serkar ?

— Il marine en cellule, soupira Mia. Il refuse de prononcer le moindre mot. Pour info, je n'ai pas l'intention de m'éterniser ici. Il faut que je rentre me changer, je pue le vomi.

— Et moi, j'ai encore promis de raccompagner Filippa aujourd'hui. Alors, sauf si Casper reprend ses esprits dès ce soir, on se rappelle demain.

Jana répondit d'un hochement de tête et retourna vers sa voiture. En chemin, elle sortit son téléphone et vit qu'elle avait manqué un appel de Per. Souriante, elle le rappela.

— Tu es chez toi ? demanda-t-il en décrochant après une sonnerie.

— J'allais rentrer, pourquoi ?

— Il faut que je te parle de quelque chose.

— Vas-y.

— Pas au téléphone, dit Per d'un ton grave. Tu peux passer ?

Le sourire de Jana disparut.

— Maintenant ?

— Oui, ou plutôt dans une heure, que j'aie le temps de préparer quelque chose à manger. Ou encore plus tard dans la soirée, si tu…

— Non, le coupa-t-elle. Bien sûr, je viens. Je serai chez toi dans une heure.

Elle raccrocha en fronçant les sourcils, et pressa le téléphone contre sa poitrine avec le désagréable pressentiment qu'un malheur était en train d'arriver.

À moitié étendue sur la banquette arrière de la Volvo d'Henrik, Filippa sentait la moindre secousse de la voiture. Il avait les deux mains sur le volant, le regard attentif. Elle entendit un gros bruit de moteur et comprit qu'une autre voiture venait de les doubler.

— Vous êtes bien silencieux, dit-elle.

Henrik leva les yeux vers elle dans le rétroviseur.

— Pardon, juste fatigué.

— Je comprends, mais vous savez ce qu'on dit du silence ?

— Non ?

— On sait qu'on a rencontré une personne spéciale quand on peut le partager.

Henrik eut un bref sourire.

— Je n'en reviens toujours pas que Jana vous ait cassé le bras. Vous avez dit que c'était sans raison, mais…

— Mais quoi ? le coupa Filippa en passant inconsciemment la main sur son bras.

— Pardon, je n'aurais pas dû remettre ça sur le tapis. Je vois que vous êtes fatiguée, vous aussi.

— Je suis juste lassée que ça n'en finisse pas.

Elle tourna le regard vers la vitre de sa portière. Les réverbères défilaient contre le ciel gris sombre.

— On va trouver Serkar, assura Henrik. On approche du but.

Filippa soupira lourdement.

— Je sais, mais je ne me suis jamais sentie aussi superflue dans une enquête.

— Vous nous avez été d'une grande aide, protesta-t-il.

— Mais j'aimerais être plus active sur le terrain.

— Cela ne ferait que compliquer les choses.

Filippa secoua la tête.

— Vous oubliez que j'ai été dans la police, moi aussi.

— C'est plutôt vous qui oubliez que vous êtes en danger, dit Henrik en croisant son regard avant de mettre le clignotant à droite.

Elle se redressa sur la banquette et aperçut le panneau indiquant la sortie Smedby.

— Où allons-nous ? demanda-t-elle quand il quitta la voie rapide.

— Je m'arrête juste prendre un sac de vêtements.

Henrik passa devant une épicerie et entra dans une zone pavillonnaire. Soudain, il pila devant deux enfants qui avaient déboulé sur la route avant de disparaître dans un jardin.

Filippa pensa qu'il allait repartir, mais il resta absolument immobile à regarder fixement par le pare-brise.

Elle jeta un coup d'œil dehors, vers la villa juste devant eux, et vit devant la porte d'entrée un homme de grande taille portant des lunettes à monture argentée, en compagnie d'une femme brune. Il lui dit quelque chose qui la fit rire, lui donna une longue accolade et un baiser sur la joue.

Impossible de ne pas voir la tristesse qui envahit le visage d'Henrik.

— Qui est-ce ? demanda Filippa.

— C'était avec elle que je pouvais rester silencieux.

— Votre femme ?

Henrik hocha la tête et passa la marche arrière.

— Vous ne deviez pas prendre un sac ? demanda Filippa tandis qu'il s'engageait dans la première allée venue pour faire demi-tour.

— Je viens de changer d'avis, répondit-il avant de rejoindre la grand-route.

— Il y a quelqu'un ?

En claquant la porte d'entrée derrière elle, Mia entendit la voix de Patrik. Elle lança un « Salut ! » et se débarrassa de ses chaussures, puis gagna la salle de bains. Elle devina la silhouette de Patrik derrière le rideau de douche translucide. Malgré les stries de crasse, elle distinguait sa grande barbe et son ventre rebondi.

Elle passa devant le miroir embué, rabattit d'un coup le couvercle des toilettes et s'assit dessus.

Patrik écarta le rideau et l'interrogea du regard.

— Qu'est-ce qu'il y a ?

— Quoi ? répondit-elle.

— Tu as l'air complètement dépitée.

Mia gémit de découragement. En voyant le Viking avec ses cheveux mouillés, elle venait de comprendre qu'elle ne pourrait jamais lui faire sa demande dans une suite d'hôtel, comme elle l'avait imaginé. Tout ce qu'elle verrait en s'agenouillant devant lui serait le vomi séché, les meubles démolis et le toxico baveux qu'elle venait d'envoyer à l'hôpital.

— Si tu devais choisir un endroit romantique en extérieur, ce serait quoi ? demanda-t-elle.

— Il y en a beaucoup, dit-il d'un air pensif.

— Mais tu ne peux en choisir qu'un.

— Alors une falaise, évidemment, avec vue sur l'eau scintillante, répondit-il. Pourquoi ?

— Pour rien, fit-elle en se mordant la lèvre.

— Comment va l'enquête ?

Patrik prit un flacon de shampoing nacré sur l'étagère d'angle rouillée.

— On a un suspect, dit Mia en enlevant ses chaussettes. Mais c'est un pro du cache-cache. Apparemment, il est de mèche avec un type qu'on vient d'expédier à l'hôpital à cause d'une overdose. On pense qu'ils s'apprêtaient à ouvrir un club de strip-tease, avec des hôtesses roumaines.

Patrik fit mousser son shampoing en silence.

— Qu'est-ce que tu en penses ? demanda-t-elle.

— Je pense qu'un club nécessite un local.

— Oui, et l'homme qui est à l'hosto avait parlé à un témoin d'un lieu appelé l'Usine. (Mia ôta son pull et dégrafa son soutien-gorge.) Mais il ne possède pas de local, juste un bureau et un bordel dans un appartement qu'on a déjà visité.

— Il pourrait être intéressant de vérifier s'il n'a pas fait d'importantes transactions ces derniers temps. Comment il s'appelle ?

À présent ce fut au tour de Mia de se taire.

— Ça reste entre nous, tu le sais bien, assura-t-il.

— Casper Rågsved, dit-elle en déboutonnant son pantalon et en faisant glisser sa culotte. Mais il y a urgence, et les banques ne sont jamais vraiment pressées de rendre compte de leurs transactions.

— Quelle chance que tu aies de bons contacts à la brigade financière.

Mia entra sous la douche.

— Patrik, tu n'es pas forcé de m'aider.

— Je sais, mais je peux quand même essayer, dit-il en refermant le rideau derrière elle.

Jana entendit le doux timbre de la sonnette à l'intérieur de l'appartement. Elle s'appliqua à sourire quand la porte s'ouvrit, mais Per lui répondit par un étrange regard. Il portait son tablier de cuir noué à la taille, sa chemise bleue au col ouvert et un torchon à carreaux sur l'épaule.

— Le dîner est bientôt prêt, annonça-t-il en lui faisant signe d'entrer avant de retourner à la cuisine.

Avec un regain d'inquiétude, elle referma la porte, accrocha son manteau dans l'entrée et le rejoignit. Il lui tournait le dos, occupé à remuer ce qui ressemblait à un ragoût au curry rouge.

— Tu voulais me parler de quelque chose ? dit-elle, hésitante.

Per ôta le torchon de son épaule et l'étendit sur le plan de travail.

— Oui, et j'aurais dû le faire depuis longtemps.

Il sortit un paquet de riz et en versa dans une casserole d'eau bouillante.

— C'est drôle, reprit-il tandis que la vapeur lui montait au visage. J'ai réfléchi précisément à ce que j'allais te dire, mais maintenant que tu es enfin là, je ne sais pas bien par quel bout commencer.

Jana prit peur. Elle n'avait aucune idée de ce dont il voulait lui parler, mais à voir sa main trembler autour de son verre de vin, il devait s'agir de quelque chose de grave.

— Vas-y, dis-moi, l'encouragea-t-elle.

Per se retourna et la regarda.

— Avant, je veux que tu me promettes une chose.

— Quoi ?

Il fixa un instant le fond de son verre, comme s'il avait besoin d'une petite pause pour pouvoir continuer.

— De me dire la vérité.

Elle répondit d'un hochement de tête hésitant.

Per inspira à fond et voulut poser son verre sur le plan de travail, mais rata le bord. Jana réagit au quart de tour et le rattrapa de sa main droite avant qu'il ne heurte le sol.

L'expression du visage de Per changea. Les yeux écarquillés, il fixa son bras d'un regard effaré.

Jana crut d'abord que c'était à cause de la rapidité de sa réaction, puis elle se figea. La manche de son chemisier était remontée, dévoilant le bleu de sa bagarre au camping.

— Qu'est-ce qui s'est passé ? Qu'est-ce que tu as fait ?

— Rien, dit-elle en reposant le verre.

— Montre-moi.

— Mais ne t'inquiète pas. Je suis juste tombée.

— Ne me mens pas.

Il tendit la main vers son bras.

— Qu'est-ce qui te prend ? lâcha-t-elle en se dégageant. Je ne mens pas.

Avec des gestes pleins de frustration, Per dénoua son tablier et le jeta sur le dossier d'une chaise.

— Tu as promis de me dire la vérité, rappela-t-il, déçu. Mais tu n'oses pas, hein ?

— Je n'ose pas quoi ?

— M'avouer que c'est Danilo qui t'a frappée.

— Danilo ?

Jana était complètement décontenancée.

— Arrête de faire semblant de ne pas comprendre, dit-il. Je sais qu'il t'a menacée.

— Per, dit-elle. Danilo n'a rien à voir avec ça…

— Que signifie Ker, alors ? demanda-t-il.

Ce nom la frappa avec la violence d'un coup de poing. La peur qu'elle éprouvait jusqu'alors se transforma en choc, et il lui sembla que sa gorge se serrait.

— Je ne comprends pas ce que tu veux dire, répliqua-t-elle en reculant d'un pas.

— Danilo est venu chez moi, tu te souviens ?

— Oui, mais…

— Et il m'a demandé de saluer Ker.

— Non, gémit-elle en secouant désespérément la tête.

— Si, c'est ce qu'il a dit. (Per avait haussé le ton.) J'ai ressassé ça à n'en plus finir pour comprendre ce qu'il entendait par là, et maintenant je me rends compte que j'avais raison depuis le début : non seulement il t'a menacée, mais il t'a fait du mal !

Jana respirait trop vite, prise de panique à l'idée que Danilo ait mentionné devant Per l'incision qu'elle avait sur la nuque.

— Je dois partir.

Elle sortit de la cuisine et se dirigea droit vers l'entrée.

— Jana ? Jana !

Elle ne répondit pas, fit la sourde oreille, mais vit qu'il lui courait après.

— Reste ! hurla-t-il. Il faut qu'on parle !

— Je ne peux pas, c'est impossible ! répliqua-t-elle en saisissant son manteau, le corps glacé d'angoisse.

— Pourquoi ne pas me dire simplement ce qu'il en est ? Je ne comprends pas.

— Tu ne peux pas comprendre !

Jana quitta l'appartement, dévala l'escalier et se précipita dans la rue.

Ça ne rime à rien, pensa Henrik tandis qu'il approchait avec Filippa de la zone industrielle de Kungsängen en périphérie de Norrköping. Il fixait la route d'un œil hagard, le dos trempé d'une sueur froide. Il venait de voir Emma rire et serrer son chef dans ses bras devant leur maison. Il avait voulu se persuader qu'ils ne faisaient que rédiger un rapport ensemble, mais il était évident qu'il y avait quelque chose entre eux. Qu'allait-il se passer, à présent ? Avait-il complètement perdu Emma ?

Une voiture apparut dans le rétroviseur.

C'était une Skoda noire.

— Malédiction, murmura-t-il.

Il ne voyait pas le conducteur, mais savait que c'était Serkar. Depuis combien de temps les suivait-il ?

— Qu'est-ce qu'il y a ?

Sur la banquette arrière, Filippa leva la tête.

— Baissez-vous ! cria-t-il, avant de fixer à nouveau son regard sur la route.

Ils arrivaient au dernier embranchement, au niveau de la zone industrielle. Ensuite, ils quitteraient la ville et il n'y aurait plus que cette petite route.

Henrik saisit fermement le volant, prit à droite et pénétra dans la zone industrielle. La Skoda suivit le mouvement.

Le corps palpitant de stress, il mit le pied au plancher. Ils passèrent à grande vitesse devant un parking clôturé où étaient garés deux poids lourds avec leur remorque. Cinquante mètres plus loin se trouvait un embranchement en T. Droite ou gauche ?

Henrik ralentit, se décida à la dernière seconde pour la droite et écrasa à nouveau l'accélérateur.

Il jeta un coup d'œil dans le rétroviseur, et eut tout juste le temps de voir que la Skoda approchait beaucoup trop vite.

— Attention ! cria-t-il au moment où elle les tamponna de plein fouet.

Henrik fut projeté en avant, retenu par sa ceinture. La voiture secouée se déporta sur le côté.

Il parvint à reprendre le contrôle et se dépêcha de s'éloigner. Dans le rétroviseur, il vit que la Skoda s'était mise en travers de la route, l'avant de la carrosserie sérieusement endommagé.

— Ça va ? lança-t-il à Filippa.

— Bien, répondit-elle d'une voix tremblante.

— Accrochez-vous.

Il mit le pied au plancher. La Skoda se redressa et les suivit. Mais Henrik avait réussi à mettre une distance de cent mètres entre eux. Pas d'autre véhicule dans les environs.

Au croisement suivant, il prit à gauche.

Un grand bâtiment rouge presque en ruines surgit le long de la route. Henrik le contourna, pila et se jeta hors de la voiture.

— Appelez des renforts ! cria-t-il à Filippa.

Il s'accroupit derrière le capot, sortit son pistolet, le pointa vers le coin du bâtiment, et resta immobile jusqu'à ce que retentissent les sirènes.

26

Per tournait fébrilement en rond dans son appartement, son téléphone vissé à l'oreille. Il avait déjà appelé Jana trois fois sans résultat, et elle ne répondait toujours pas.

Il aurait voulu lui courir après, la serrer dans ses bras et lui dire de revenir. Mais elle refusait de lui parler de Danilo, et il lui fallait des réponses.

— Et merde ! cria-t-il en fourrant son portable dans sa poche.

Il se figea en entendant un crépitement à la cuisine : le riz débordait.

Il trouva toutes les plaques à induction inondées d'eau et la sauce curry presque entièrement évaporée.

Furieux, il saisit la casserole de riz et la jeta dans l'évier, puis éteignit sous la cocotte. Il recula ensuite d'un pas pour embrasser du regard le désastre, la saleté et le graillon.

Un grand poids lui écrasait la poitrine.

Il fallait qu'il fasse quelque chose. Il ne pouvait pas laisser sa peur lui coûter Jana, ce n'était plus tenable.

Il devait trouver Danilo.

Gagnant l'entrée à grandes enjambées, il enfila un blouson léger. Son cœur battait à tout rompre, mais il l'ignora, claqua la porte et prit l'ascenseur pour descendre au garage.

— Je ne sais pas comment Serkar a réussi à nous trouver, dit Filippa en croisant le regard grave de Gunnar.

Elle était appuyée à la voiture, devant le bâtiment décrépit de la zone industrielle de Kungsängen. Henrik se tenait à côté d'elle, silencieux. Les lumières bleues des gyrophares de plusieurs véhicules de police balayaient la scène.

— Il a dû reconnaître la voiture, d'une façon ou d'une autre, répondit Gunnar en essayant de refermer son blouson qui battait au vent. Il peut très bien être parti de l'hôtel de police et vous avoir suivis depuis.

— Oui, murmura Filippa en se massant maladroitement la nuque.

— Comment ça va ?

— Bien. (Elle hocha la tête alors que son corps tout entier tremblait, en état de choc.) J'ai juste cru qu'il allait me prendre, et je ne pouvais rien faire d'autre que me cacher sur la banquette arrière.

Repenser à la course-poursuite l'effrayait. Elle se rappela le soir où elle avait elle-même pris en chasse Serkar et Andreï. Elle se trouvait juste derrière eux quand leur véhicule victime d'aquaplaning s'était retourné. Elle avait à présent l'impression d'être revenue sur le lieu de cet accident, exposée au vent froid et entourée de policiers.

— Et toi ? demanda Gunnar en se tournant vers Henrik. Ça va ?

— T'inquiète, dit-il en passant la main sur sa poitrine.

Il devait avoir mal suite à la violente compression de la ceinture de sécurité. Son visage était blême et son regard plein de culpabilité, comme s'il considérait que cette course-poursuite était sa faute.

— On a retrouvé la trace de Serkar ou de la Skoda ?

— Non, fit Gunnar, accablé.

Le menton de Filippa se mit à trembler et les larmes lui montèrent aux yeux. Elle ne savait pas pourquoi la Skoda noire avait disparu, mais ne pouvait que penser à ce qui aurait pu arriver si celle-ci les avait rattrapés.

— Mais les recherches battent leur plein, ajouta Gunnar, et on ne s'arrêtera pas avant d'avoir retrouvé sa trace. En attendant, Filippa, je veux que vous évitiez de rentrer chez vous.

Elle essuya rapidement ses larmes.

— Mais…

— Pas de mais, la coupa-t-il. Si Serkar a réussi à vous identifier dans la voiture, il a peut-être découvert aussi où vous habitez. Il faut qu'on vous mette en lieu sûr, et je vais vous trouver de ce pas une chambre d'hôtel sous protection policière.

— J'entends bien, mais je ne peux pas abandonner les chevaux. Ils se débrouilleront encore une journée tout seuls, pas plus.

— Vous vous cacherez jusqu'à demain, dit Gunnar, et on réfléchira à une solution.

Filippa secoua la tête.

— Je ne veux pas aller à l'hôtel.

Elle entendait son ton pleurnichard, mais n'y pouvait rien.

— Vous pouvez dormir chez moi cette nuit, au chalet, proposa Henrik.

Gunnar le dévisagea.

— Ce n'est pas une bonne idée, dit-il.

— Tu as sans doute raison, répondit Henrik, mais Filippa veut partir d'ici, et là, tout de suite, je ne trouve pas de meilleure solution. Et toi ?

*

Per embrassa du regard la vaste gare de triage qui s'étendait devant lui. Il s'était garé au plus près, tout au fond d'un parking au bord des voies désertes.

Le ciel était assombri par les nuages, et il entendit en descendant de voiture le sifflement de la circulation sur la voie rapide de Ståthögaleden. Lentement, il s'engagea sous les câbles électriques qui pendaient au-dessus des voies. Un rat fila le long d'un rail avant de disparaître dans un trou.

À une centaine de mètres, il aperçut une rangée de wagons de marchandises couverts de tags. Ce devaient être ceux que Clara avait mentionnés.

Une femme maigre, avec un piercing au nez et une casquette, était accroupie devant une vieille locomotive. Elle lui adressa un regard effarouché, se leva et disparut. Il voulut l'arrêter, mais aperçut en même temps deux hommes devant l'un des wagons dont les larges portes étaient ouvertes.

— Excusez-moi.

Per s'approcha d'eux.

— Qu'est-ce que tu veux, putain ? dit l'un des deux types en levant les yeux vers lui.

Il était chauve, avec un manteau gris et des gants aux bouts des doigts coupés.

— Je cherche un homme qui s'appelle Danilo Peña, dit Per. Vous voyez de qui je veux parler ?

— Comment ça ?

— J'aimerais vraiment le trouver. Vous avez une idée d'où il peut être ?

— Peut-être bien, répondit l'autre, qui avait les cheveux longs et un blouson en cuir. Mais ça dépend.

Il frotta ses doigts pour montrer qu'il voulait de l'argent.

Per sortit son portefeuille et lui donna un billet de cinq cents, que l'homme fourra dans sa poche de pantalon avec un sourire en coin.

— Tu le trouveras à l'auberge de jeunesse, là-bas, dit-il en indiquant la zone industrielle voisine par-delà la gare de triage.

— Comment vous le savez ?

Le type renifla.

— On est allés lui faire une petite visite l'autre jour. C'est pas loin, deux minutes à pied.

— Je suis en voiture, alors…

L'homme se passa la main sous le nez.

— Alors il faut faire le tour, c'est plus long, mais prends à droite au croisement après le viaduc. C'est un bâtiment gris d'un seul étage. Tu ne peux pas le rater.

— Merci, répondit Per.

— Sauf que maintenant c'est un peu plus cher, dit le chauve.

— J'ai déjà payé, rétorqua Per en faisant volte-face vers la voiture.

Il ne savait pas d'où lui venait ce cran, peut-être d'avoir enfin appris où était Danilo. Et il n'avait pas l'intention de le laisser lui échapper.

En entendant les hommes crier quelque chose derrière lui, il pressa le pas, jusqu'à presque se mettre à courir. Quand il se rassit au volant, le sang lui palpitait aux oreilles.

Il quitta le parking et reprit la voie rapide de Ståthögaleden pour passer sous le viaduc ferroviaire. Au croisement, il prit à droite, et se retrouva parmi les entrepôts et les usines de la zone industrielle.

Il ralentit et s'approcha d'un bâtiment gris surmonté d'une pancarte « Auberge de jeunesse ». Les stores étaient baissés à toutes les fenêtres et la porte vitrée donnait sur un hall plongé dans le noir.

Son ventre se noua de peur quand il descendit de voiture. Pourtant, il se força à avancer. Il aperçut un digicode et commença à pianoter au hasard avant de comprendre que c'était vain. Il tâta plutôt la poignée, la secoua énergiquement, mais la porte resta fermée. Il ne voyait rien à l'intérieur. Comment diable entrer ?

— Hé, mec ! On veut notre fric.

Per se retourna. Les deux hommes de la gare de triage se tenaient à quelques mètres de lui : ils avaient visiblement pris le raccourci.

— Je n'ai pas de liquide.

— Ah non ? lâcha le chauve. Mais tu as une jolie montre. Et un portable, sûrement.

Per fouilla des yeux les environs. L'endroit était silencieux, calme, sans personne en vue. Quelques voitures passaient sur la route, bien trop loin. Son cœur s'emballa quand il comprit qu'il était seul face à ces deux individus.

— Écoutez, je ne veux pas de problèmes, je vais remonter dans ma voiture et m'en aller. OK ?

Il fit mine de rejoindre sa Tesla, mais les hommes lui barrèrent le chemin.

— Tu vas nulle part, gronda le chauve en sortant un tuyau en fer de sous son manteau. File-nous la montre et le portable, allez !

La chaleur saisit Filippa quand elle entra dans le chalet rouge d'Henrik. Elle aurait aimé se détendre, mais c'était difficile. Elle avait l'impression d'avoir gelé sans répit pendant l'heure de route jusqu'ici.

Henrik referma soigneusement la porte derrière eux et croisa son regard. Il était pâle, mais semblait s'être ressaisi.

— Vous voulez manger quelque chose ?

— Boire, plutôt, répondit-elle en regardant autour d'elle les poutres apparentes, la cheminée et le canapé défoncé contre le mur.

— Je devrais trouver ça.

Henrik la guida jusqu'à la cuisine. Elle le regarda poser sa clé de voiture et son portable sur le plan de travail, puis sortir une bouteille de vin de l'espace de rangement au-dessus du réfrigérateur et remplir deux verres rayés.

— Voilà.

Il lui en tendit un.

Elle le porta avec gratitude à ses lèvres et en but une grande gorgée. Ses mains tremblaient et elle avait toujours mal à la nuque.

— Je comprendrais très bien que vous vouliez aller vous coucher tout de suite, dit Henrik en indiquant une porte peinte en blanc. La chambre est là.

— Je peux dormir sur le canapé, tenta-t-elle.

— Pas question. Je prends le canapé, vous le lit.

Filippa s'appuya au plan de travail et lui sourit prudemment.

— Quoi ? (Il vint se placer près d'elle, sa main libre posée sur le bord du meuble.) À quoi vous pensez ?

— Que vous conduisez bien, dit-elle. Si vous n'aviez pas réussi à semer Serkar, il m'aurait peut-être enlevée.

Filippa frissonna. Elle avait la chair de poule. Était-ce à cause de la peur, du courant d'air froid qui entrait par la fenêtre, ou parce que Henrik se tenait si près d'elle ?

— Oui, mais si je n'avais pas été aussi inattentif, je l'aurais repéré bien plus tôt. (Henrik but une grande gorgée de vin.) Pardon pour ça.

— Vous n'avez aucune raison de vous excuser.

— Si. Je vous ai mise en danger de mort, dit-il d'une voix enrouée avant de se racler la gorge. Ça peut ressembler à une mauvaise excuse, mais j'ai l'impression que ma femme a quelque chose sur le feu avec son chef, et ça m'a tellement perturbé que je ne sais plus quelle direction prendre.

Ils s'observèrent en silence. Face à son visage nu et vulnérable, elle sentit un chatouillement se répandre dans son corps.

— Les peines nous changent, déclara-t-elle au bout d'un moment.

— Sans doute, soupira-t-il en buvant encore un peu de vin. Je suis désolé que vous n'ayez pas pu rentrer chez vous, et je comprends que vous soyez inquiète pour les chevaux.

— Vous savez…, dit-elle lentement en regardant par la fenêtre. En fait, les chevaux, tout ça, ce n'est pas mon truc. C'était le prix à payer pour vivre avec Johan.

— Ce sont ses chevaux ?

Elle hocha la tête et pressa le verre contre sa poitrine en remarquant que ses mains avaient cessé de trembler.

— Il en avait encore plus que ça. Il était cavalier professionnel et, comme vous l'imaginez, il passait beaucoup de temps à l'écurie. Pendant de longues périodes, il était totalement absorbé par toutes les compétitions de saut auxquelles il participait, et il allait souvent visiter des haras et des centres équestres à la recherche de jeunes chevaux. Il rentrait souvent fatigué et usé, et je me fâchais contre lui à cause de ça. Certes, il s'occupait toujours bien de Julia quand il était à la maison, mais d'un coup, il partait. Les chevaux étaient sa vie, je le savais avant de l'épouser, et à sa mort…

Filippa inspira à fond.

— … j'ai décidé d'acheter un nouveau domaine et de m'y installer avec quelques-uns des chevaux.

— C'est un bel endroit, glissa Henrik en vidant son verre avant de le poser sur le plan de travail. Mais je ne sais pas si je supporterais la solitude.

— Qui a dit que j'étais seule ?

Henrik parut interloqué, et elle reprit :

— Mon mari et ma fille sont toujours avec moi… et maintenant, je suis avec vous.

Filippa posa lentement son verre à côté du sien et le regarda dans les yeux. Étirant le cou, elle l'embrassa précautionneusement.

— Filippa… Ce n'est pas une bonne idée. Qu'est-ce qu'on fabrique ?

— Je ne sais pas, répondit-elle.

Elle savait seulement qu'elle voulait échapper à l'angoisse causée par Serkar. Et elle en avait tellement assez de ne faire que réussir à tenir : elle voulait aussi vivre.

Elle passa la main derrière sa nuque et l'attira à elle.

— On ne devrait pas, souffla Henrik tout en laissant ses mains courir le long de son dos.

Elle l'embrassa plus intensément et commença à tâtonner pour déboutonner son pantalon, tandis qu'il l'embrassait dans le cou et remontait son pull.

Quand il toucha sa peau, elle se mit à haleter. Elle avait presque oublié l'effet que pouvait produire une caresse. Le désir déferla en elle, son souffle se fit de plus en plus rapide.

— Je suis désolé… (Henrik se retira, l'air penaud.) Je ne trouve pas ça bien, pardon.

Filippa baissa les yeux et se mordit la lèvre. Sans rien dire, elle gagna lentement la chambre et referma la porte derrière elle.

*

Danilo fronça les sourcils. Des éclats de voix lui parvenaient par la grille d'aération oblongue au-dessus de la fenêtre. Il se leva pour aller regarder entre deux lames du store. Deux hommes miteux – un chauve, un chevelu – bloquaient le chemin à un bellâtre blond. Il les reconnut aussitôt, c'était ceux qui avaient tenté de dévaliser sa chambre, et ils avaient encore leur foutu tuyau en fer.

Juste derrière, il aperçut une Tesla blanche. Le regard de Danilo revint au bellâtre. Avec une décharge d'adrénaline, il vit qui c'était.

Per.

Que faisait-il là ? Comment diable avait-il réussi à arriver jusqu'ici ?

— Grouille, pressa le chevelu. Quelqu'un pourrait venir, et on ne veut pas de témoins, hein ?

— Écoutez-moi, les supplia Per.

— Ta gueule, cria le chauve en faisant des moulinets menaçants avec son tuyau. Tu nous files tes trucs, et tout de suite !

— Là, prenez.

Per leur tendit son portefeuille et son portable. Le chauve les lui prit, puis leva à nouveau son tuyau.

— Attendez…

Per n'eut pas le temps d'achever sa phrase avant que l'homme ne le frappe en pleine tête. Il chancela et mit un genou à terre. Passant les doigts à la racine de ses cheveux, il fixa sa main, soudain couverte de sang.

— Qu'est-ce que tu fous ? fit le chevelu. Prends les trucs, et basta !

— Tu as dit pas de témoins.

L'homme frappa à nouveau. La tête de Per fut projetée de côté. Ses jambes se dérobèrent et il s'effondra sur l'asphalte.

— Putain ! siffla Danilo.

Une colère terrible déferla en lui. Il avait beau refuser de se l'avouer, il se souciait de ce qui était important pour Jana. Et il savait combien Per comptait pour elle.

Il tenta de relever la poignée de la fenêtre, mais elle avait rouillé et ne bougeait pas d'un iota. Il prit son élan. Un coup de pied bien senti la fit céder et il se hissa dehors tandis que le chauve levait à nouveau le tuyau au-dessus de Per.

Danilo se précipita et arrêta son bras. Furieux, il le plaqua en hauteur contre la façade, lui arracha le tuyau et le projeta au sol.

Le chevelu le fixait, stupéfait. Il leva la main devant lui et recula d'un pas, mais Danilo le fit tomber à la renverse d'un coup de pied dans la poitrine. L'homme s'effondra contre le mur, tête pendante.

Danilo jeta un coup d'œil à Per, qui papillonnait des yeux.

Il entendit alors un raclement métallique.

Le chauve avait récupéré son tuyau. Danilo fit aussitôt un pas en avant, l'en débarrassa d'un coup de pied et lui asséna un violent coup de poing en pleine figure. L'homme perdit connaissance et s'effondra.

Danilo s'approcha de Per. Un filet continu de sang noir coulait sur sa tempe.

— Per, tu m'entends ?

Mais ses yeux étaient clos et il ne bougeait plus du tout.

— Allez, quoi !

Danilo fouilla les poches de Per et trouva sa clé de voiture. Rassemblant toutes ses forces, il hissa le corps inerte sur la banquette arrière. Puis il fit le tour d'un véhicule et se mit au volant. Mâchoires crispées, il s'engagea sur la grand-route, ignora le feu rouge et écrasa l'accélérateur.

SAMEDI

27

Henrik se redressa sur le canapé du chalet. Il se gratta le front, regarda par la fenêtre et remarqua qu'il pleuvait. Le sol grinça dans la chambre : Filippa était réveillée.

La mauvaise conscience s'empara de lui. Certes, Filippa était belle, mais comment avait-il pu se laisser séduire jusqu'à l'embrasser et la toucher ? C'était mal, il le savait. En même temps, ce ne serait jamais arrivé si elle n'avait pas été si entreprenante.

Henrik soupira et saisit son portable, qu'il avait mis sur silencieux. Emma et Gunnar avaient appelé.

Il hésita. Qui rappeler en premier ? Il finit par choisir Emma.

— Salut, fit-il quand elle décrocha. Tu m'as téléphoné ?

— Oui, tu étais censé passer prendre ton sac de vêtements hier, dit-elle. J'ai été assez bête pour y croire pour de bon, mais…

— Emma, j'étais presque arrivé à la maison, la coupa-t-il. Mais j'ai fait demi-tour.

— Pourquoi ?

— Parce que je t'ai vue avec Theo. Qu'est-ce qu'il y a entre vous, hein ?

— Rien.

— On ne dirait pas, tu l'as pris dans tes bras, tu…

— Arrête ça, Henrik, s'énerva-t-elle. Il avait besoin d'aide pour son rapport, c'est tout. Qu'est-ce que tu cherches, à la fin ?

La porte de la chambre s'ouvrit et Filippa apparut, les cheveux ébouriffés et les yeux ensommeillés. Il se maudit : qui était-il pour accuser Emma, alors qu'il avait lui-même commis un faux pas ?

— Je veux juste te voir, dit-il.

— Pour pouvoir continuer à m'accuser de choses que je n'ai pas faites ?

— Non. Pour pouvoir te dire que je t'aime et que je crève de peur de te perdre. Comme ça, maintenant, tu es au courant.

Il perdit le fil en entendant deux bips sourds. C'était Gunnar.

— Il faut que je raccroche, Gunnar m'appelle.

Emma lui répondit par un profond soupir.

— Pardon, ajouta-t-il avant de prendre l'autre ligne.

— Ah, te voilà, tant mieux, lança Gunnar, stressé. C'est au sujet de la Skoda noire.

— Oui ?

— Une patrouille l'a retrouvée dans le parking souterrain de Nya Torget.

— Et Serkar, ils l'ont repéré ?

Henrik vit Filippa sursauter.

— Non, mais il a très bien pu abandonner le véhicule. Ou alors il est encore dans les parages. Dans tous les cas, on doit tout de suite surveiller la zone. Le chef des patrouilles de surveillance est au courant.

— J'y vais, déclara Henrik.

— Ta voiture est grillée, tu n'iras nulle part avec avant la fin de l'enquête. Je n'aurais pas dû te laisser partir hier soir, dit Gunnar. Mia est déjà en chemin pour venir te chercher, elle sera là d'une minute à l'autre. Et je viens d'envoyer une patrouille pour surveiller les abords de ton chalet.

— Bien, fit Henrik avant de raccrocher.

— Qu'est-ce qui s'est passé ? demanda aussitôt Filippa.

— La voiture de Serkar est à Nya Torget.

Il ramassa ses vêtements sur le sol.

— Je viens aussi, dit-elle en s'approchant.

— Non, impossible.

Henrik venait d'enfiler la tête dans son pull quand un bruit de moteur retentit dehors. Il jeta un œil par la fenêtre ruisselante de pluie et reconnut la voiture de Mia à côté de sa Volvo.

— Je dois y aller.

— Henrik, vous ne comprenez pas, je dois vous accompagner !

— C'est exactement ce que veut Serkar. C'est vous qu'il veut, il attend juste le bon moment. Donc vous restez ici, dit-il en la regardant sévèrement. Et ne vous inquiétez pas, une patrouille va bientôt arriver.

Filippa ne répondit pas. Il sentait bien qu'il aurait dû lui dire autre chose, mais il ne savait pas quoi. Elle était toujours debout à côté du canapé à le suivre des yeux lorsqu'il quitta le chalet.

Jana était recroquevillée sur son lit parmi les coussins. La main sur l'incision de sa nuque, elle écoutait la pluie crépiter sur le rebord de la fenêtre.

Per l'avait appelée plusieurs fois la veille au soir, mais la colère et la peur l'avaient empêchée de répondre. Depuis, son téléphone restait muet.

C'était une tempête d'émotions.

Danilo lui avait dit de saluer Ker, et elle le haïssait pour cela. Elle le haïssait d'avoir tenté de la démasquer.

Elle aurait voulu frapper et crier, mais se sentait totalement impuissante.

Au fond, elle avait depuis longtemps compris qu'elle serait obligée de parler à Per du nom gravé sur sa nuque. Au lieu de quoi, elle avait fui son appartement dans un pur mouvement de panique. Et elle se retrouvait ici, sans savoir quoi faire.

Danilo n'ignorait pas combien il était important pour elle de garder secret son passé sanglant, surtout à l'égard de Per. Que lui dirait-il, la prochaine fois ? Lui en révélerait-il davantage, les moindres détails de ce qu'elle avait commis autrefois ?

Ses pensées tournoyaient de plus en plus vite. Elle-même, que devait-elle dire à Per ? Comment lui expliquer ce que Danilo avait cherché à faire avec son message ? Et pourquoi Per avait-il attendu si longtemps pour lui en parler ?

Jana fut tirée de ses pensées par la sonnerie de son téléphone sur sa table de nuit. Lentement, elle ôta la main de sa nuque, saisit l'appareil et vit que c'était Henrik. Elle regarda l'écran un long moment, puis refusa l'appel.

La main tremblante, elle chercha le numéro de Per et l'appela. Elle tomba directement sur son répondeur. Le cœur battant, elle réessaya.

Cela ne voulait sans doute rien dire, se répéta-t-elle. Mais au fond d'elle-même, elle savait qu'il ne coupait jamais son téléphone.

Le stress submergeait Filippa, restée dans le chalet d'Henrik. Elle s'efforçait de respirer calmement, mais la seule idée que la police avait retrouvé la Skoda noire lui arrachait des gémissements.

Henrik et Mia venaient de disparaître sur l'étroit chemin de graviers, et la patrouille n'allait sûrement pas tarder à arriver.

Peut-être ferait-elle mieux de se plier à ce qu'on lui disait, de rester ici, de capituler ? Mais c'était tout simplement impossible. Il fallait qu'elle y aille. Qu'elle tente de se sauver elle-même.

Derrière la fenêtre striée de pluie, elle aperçut la Volvo d'Henrik.

Elle se précipita dans la petite cuisine.

Les verres à vin étaient encore sur le plan de travail, l'un vide, l'autre à moitié plein. Et la clé de voiture, là où Henrik l'avait posée la veille.

— Je vais y arriver, chuchota-t-elle en la ramassant.

Elle ouvrit la porte et sortit. La pluie lui fouettait le visage. Elle courut jusqu'à la voiture. Vite, elle attacha sa ceinture et s'éloigna en marche arrière.

Elle jeta un coup d'œil le long de la route, s'assura qu'Henrik et Mia étaient suffisamment loin pour ne pas la repérer, puis s'engagea sur leurs traces.

— Tu n'as pas réussi à joindre Jana ?

Mia interrogea des yeux Henrik tout en maudissant la pluie qui crépitait sur le pare-brise. Ils s'étaient garés au bord de Trädgårdsgatan, face à l'accès au parking. Plus loin s'élevait l'une des entrées piétonnes couleur de rouille.

Des policiers en civil surveillaient le secteur, mais un œil non entraîné ne les aurait pas remarqués.

D'autres collègues étaient postés dans le garage proprement dit, sous la place, pour surveiller la Skoda noire. Ceux-là avaient reçu l'ordre de se tenir en retrait.

— Non, Jana n'a pas répondu, dit Henrik, affaissé sur son siège. Mais il faut qu'elle sache qu'on a retrouvé la voiture de Serkar.

— Envoie-lui un SMS, marmonna Mia sans pouvoir se retenir de soupirer.

— Qu'est-ce qu'il y a ?

— Je me demande si la patrouille est arrivée au chalet.

Il secoua la tête.

— Il y a autre chose qui te tracasse, dis-le-moi.

Mia s'affaissa elle aussi sur son siège.

— J'ai des doutes, c'est tout.

— Tu ne crois pas qu'on va trouver Serkar ici ?

— Probablement pas, mais c'est la pluie qui me fait soupirer. J'avais l'intention d'emmener le Viking sur une falaise au bord de la mer.

— Où ça ?

— Qu'est-ce que j'en sais, moi, n'importe quel rocher aurait fait l'affaire, pourvu qu'il y ait un peu de soleil, déclara-t-elle en suivant des yeux un tramway qui passait en bringuebalant.

— Attends qu'il fasse beau, alors.

— Mais je ne peux pas attendre, j'ai déjà décidé qu'il serait à moi.

— Tu n'es quand même pas en train de dire ce que je pense ?

— Bien sûr que si.

Mia regardait obstinément le tram qui s'éloignait le long des immeubles.

— Alors vous êtes d'accord pour vous fiancer ?

— Il n'est au courant de rien, donc c'est surtout moi qui suis d'accord.

Henrik rit.

— Pigé, bouda Mia. C'est là que tu vas me dire qu'Emma et toi aviez planifié ensemble quand, où et comment…

— Non, je lui ai fait la surprise moi aussi, la coupa-t-il.

— Ah bon ?

Mia le regarda avec étonnement.

— Oui, je l'ai emmenée là où je l'avais vue pour la première fois.

— Tu veux dire le fameux garage à vélos dans la cour de l'école ?

Il hocha tristement la tête et baissa les yeux sur ses genoux.

À cet instant, une Volvo bleue déboucha un peu plus loin dans la rue. Mia fronça les sourcils.

— Attends, ce n'est pas ta voiture, ça ?

Henrik leva les yeux.

— Si, fit-il d'une voix lente quand la Volvo se gara devant la façade de briques du centre communal, deux cents mètres devant eux.

— Mais qu'est-ce qu'elle fiche là ?

— Je ne sais pas, fit-il, stressé. Demande à Filippa.

— Attends, je ne te suis plus, là. Elle n'était pas censée rester au chalet ?

— Visiblement, ce n'est pas ce qu'elle a fait.

— Mais merde, lâcha Mia. Il faut la dégager d'ici !

L'air frustré, Henrik sortit son portable pour l'appeler.

— Elle ne répond pas, dit-il au bout d'un moment.

— Mais elle ne peut pas rester là.

— Je sais ! Mais on ne peut pas non plus rouler jusqu'à elle, ça attirerait trop l'attention. L'un de nous doit y aller.

— J'y vais tout de suite, lança Mia, la main sur la poignée de la portière.

— Non, il vaut mieux que je m'en charge, répliqua Henrik en descendant de voiture.

Henrik jura à haute voix en descendant Trädgårdsgatan vers sa Volvo. Bien sûr que Filippa était venue à Nya Torget pour chercher Serkar. Elle était pourtant consciente que cet homme en avait après elle, alors comment diable pouvait-elle s'exposer à un si grand danger ?

Il balaya des yeux la place sur sa gauche. Deux hommes aux cheveux foncés parlaient dans une langue étrangère devant un tabac. Une femme ouvrit un grand parapluie devant un râtelier à vélos et un jeune homme portant un sac à dos jeta quelque chose dans une poubelle jaune.

Nulle part il ne vit quelqu'un qui ressemblerait à Serkar.

Peu importait, il fallait qu'il fasse quitter les lieux à Filippa au plus vite.

Henrik tenta à nouveau de lui téléphoner en passant devant un abri de tramway. Il devinait sa tête dans l'habitacle sombre, et cette fois elle décrocha :

— Je vous vois dans le rétroviseur, Henrik.

— Alors vous voyez sans doute aussi que je suis furieux contre vous, pesta-t-il en continuant d'avancer. Je vous avais dit de rester au chalet.

— Je sais, et je suis désolée, mais j'étais obligée de venir.

— Vous ne pouvez pas rester. Le risque est bien trop grand, et vous le savez très bien.

Un homme s'approchait rapidement de la Volvo depuis l'autre côté. Ses vêtements étaient noirs et son visage masqué. Henrik sentit l'angoisse déferler à travers son corps.

— Je vois Serkar.

— Hein ? fit Filippa, effrayée.

— Serkar arrive sur vous. Démarrez ! Démarrez !

Mais c'était trop tard. Serkar avait déjà atteint la voiture. Il ouvrit la portière à la volée, asséna un coup à Filippa et la poussa sur le siège passager.

— Police !

Henrik dégaina son pistolet et s'élança.

Son pouls s'emballa quand il vit Serkar s'asseoir au volant.

Il avait retrouvé Filippa. Henrik le savait, et pourtant son cerveau avait du mal à enregistrer que ce qui n'aurait jamais dû arriver venait effectivement de se produire.

— Police ! Stop ! cria-t-il alors que Serkar déboîtait sur la rue.

Henrik brandit son pistolet à deux mains et visa la voiture, mais elle disparut dans une rue traversière. Il la poursuivit en courant et vit Serkar accélérer en descendant vers la rivière.

Sans hésiter, il revint sur ses pas. Mia le rejoignit à mi-chemin.

— Serkar l'a enlevée, lança-t-il.

— Putain, qu'est-ce que tu racontes ?

— Serkar a enlevé Filippa !

Ensemble, ils repassèrent devant l'arrêt de tram. Plusieurs des policiers en planque avaient assisté à ce qui s'était passé et se dirigeaient déjà vers leurs voitures banalisées.

— C'est toi qui conduis, dit Mia en lui lançant la clé de sa voiture.

Aussitôt démarré, il s'engagea dans Generalsgatan et descendit vers la rivière.

Serkar ne pouvait pas être bien loin.

Henrik effectua un virage serré vers la gauche et accéléra. Ils roulaient le long de la rivière et approchaient le carrefour au niveau de Saltängsbron.

— Je les vois ! dit Mia en pointant son doigt en direction du pare-brise. Ils sont sur le pont !

Une camionnette de livraison et deux voitures ralentirent devant eux. Henrik eut beau klaxonner, elles ne s'écartèrent pas. Il les doubla par la gauche, puis braqua à droite pour s'engager sur le pont.

— Attention ! cria Mia.

Un bus arrivait sur le côté. Henrik accéléra et passa de justesse, mais la voiture dérapa et il faillit percuter la rambarde du pont avant de reprendre le contrôle. Vite, il redescendit sur la chaussée, traversa le pont et arriva à un rond-point.

Il tourna la tête de tous les côtés, cherchant désespérément la Volvo.

Mais elle avait disparu.

28

Il était déjà 11 heures du matin quand Jana s'installa à la table de réunion à l'hôtel de police. Henrik était assis, le visage dans ses mains, accablé par l'agression et l'enlèvement de Filippa par Serkar.

Il n'était pas le seul à être inquiet. Gunnar se frottait le menton, Mia se mordillait nerveusement l'ongle d'un pouce, Ola se balançait sur son siège et Anneli triturait son collier d'un air absent.

Jana, elle, essayait de comprendre pourquoi Filippa avait choisi de faire fi de toutes les mises en garde pour se jeter directement dans la gueule du loup. À bien des égards, c'était incompréhensible.

En même temps, elle se débattait avec l'inquiétude causée par Per. Elle ne comprenait pas pourquoi son portable était éteint. En se rendant à la réunion, elle lui avait téléphoné encore deux fois, et avait laissé un message lui demandant de la rappeler. Elle aurait voulu par-dessus tout passer chez lui pour s'assurer que tout allait bien, mais c'était impossible. Pas maintenant.

— Qu'est-ce qu'on fait ? demanda Mia.

— On ne peut pas faire grand-chose, répondit Gunnar. Tous les véhicules de police de la zone sont affectés aux recherches, et des barrages ont été établis.

— Mais personne ne l'a vu, alors où est-il passé ? dit Ola.

— Il l'a sans doute emmenée dans un endroit désert, lança Mia, où il pourra la tuer lentement et abandonner le corps pour que personne ne…

— Mia, ça suffit, la coupa Gunnar. Il faut partir de l'hypothèse qu'elle est encore en vie.

— Bien sûr, mais on n'a pas réussi à le repérer jusqu'ici, alors comment on va faire, là, putain ? Il pourrait se planquer n'importe où.

Elle soupira de découragement et recommença à se mordiller l'ongle du pouce.

— Au contraire, objecta Jana. Vu la vitesse à laquelle il a su disparaître, il s'est très vraisemblablement rendu dans un lieu qu'il connaît, un endroit où il est en mesure de se cacher.

— On peut localiser le portable de Filippa ? demanda Anneli.

Ola secoua la tête.

— Hélas, il est éteint.

— Et la Volvo d'Henrik ?

Il secoua à nouveau la tête.

— Un avis de recherche a été lancé, on ne peut que croiser les doigts pour que quelqu'un la voie.

— Il nous reste Casper Rågsved, dit Jana. Il est très possible que Serkar se soit rendu à ce club de strip-tease que Nora a mentionné.

— Mais quelles nouvelles de Casper ? demanda Mia. Il s'est remis de son overdose ?

Gunnar les regarda, soucieux.

— J'ai appris tout à l'heure que son état s'était aggravé pendant la nuit. Il a fait un arrêt cardiaque. Malgré de longues tentatives de réanimation, sa vie n'a pas pu être sauvée.

Le silence se fit dans la pièce. On n'entendait plus que la pluie qui fouettait la fenêtre. Henrik ôta les mains de son visage et soupira.

— Il ne nous reste plus qu'une seule autre personne à qui parler, déclara-t-il. Samir Hansson.

Jana le regarda.

— Ce n'est pas une perte de temps, dans la situation actuelle ? Il n'a pas dit un seul mot depuis son arrestation, n'est-ce pas ?

— C'est ça.

Henrik se leva.

— Où tu vas comme ça ? demanda Mia en se redressant.

— Avoir une conversation sérieuse avec lui.

— Mais Jana a raison, objecta-t-elle. Il refuse de nous parler.

— Alors je vais lui mettre la pression jusqu'à ce qu'il se décide.

Filippa gémit en recevant un violent coup dans le dos. Elle ouvrit les yeux et vit qu'on la traînait hors d'un monte-charge. Elle avait la bouche sèche. Combien de temps était-elle restée sans connaissance ?

Son dernier souvenir était Henrik en train de lui crier quelque chose au sujet de Serkar. Elle avait vu quelqu'un approcher de l'avant de la voiture, mais avait à peine eu le temps de réagir avant que la portière ne s'ouvre à la volée. Puis elle avait aperçu un homme masqué et reçu au visage un coup suffisamment violent pour lui faire perdre connaissance.

Les portes de l'ascenseur se refermèrent en grinçant derrière elle.

Sa panique monta en flèche. Mais où était-elle ?

Elle remarqua d'immenses fenêtres en briques de verre le long d'un des murs. Le sol de béton sur lequel on la traînait était nu et le lieu paraissait à l'abandon. De gros câbles électriques pendaient d'un tableau de raccordement, des bouts du plafond s'étaient détachés et de grands trous dans les murs laissaient entrevoir des bureaux voisins.

Filippa ouvrit la bouche pour protester, mais il n'en sortit pas un seul son. Sans forces pour résister, elle ne pouvait que se laisser traîner sur le sol devant un long alignement de placards à archives jusqu'à une fenêtre cassée obturée à la va-vite à l'aide d'une sorte de panneau de bois.

L'homme masqué la lâcha. Il la fit rouler sur le flanc, ramena de force ses mains dans son dos et la menotta.

— Je suis bien content de t'avoir enfin trouvée, Filippa Falk.

À gestes lents, il quitta la pièce, et revint avec une longue et robuste lanière de cuir. La terreur la submergea quand il la plaça comme un nœud coulant autour de son cou.

— Non, haleta-t-elle.

Mais il la remit debout, passa la lanière autour d'un tuyau au-dessus de sa tête et la tendit au point de la forcer à se mettre sur la pointe des pieds.

Le nœud coulant lui entaillait profondément la peau.

— Tu as du mal à respirer ?

Filippa ne pouvait plus respirer. Elle suffoqua en tentant désespérément de libérer ses mains entravées.

— Je ne veux pas que tu meures tout de suite, poursuivit-il en relâchant un peu la lanière avant de la fixer à un crochet dans le mur. Avant, on a plein de choses à éclaircir, n'est-ce pas ?

— Parle-nous de Serkar.

Henrik interpella le sombre maquereau qui lui faisait face dans la salle d'interrogatoire. Samir Hansson se contenta de secouer la tête. La lumière froide des néons se reflétait dans ses lunettes d'aviateur, et il nageait dans les vêtements trop amples fournis par l'administration pénitentiaire.

— Allez, quoi, le pressa Mia à côté d'Henrik. On sait que tu le connais.

— Non, c'est faux.

Henrik posa le portrait-robot de Serkar sur la table.

— Regarde ça.

Samir haussa les épaules.

— Je ne sais pas qui c'est.

— Ton collègue Casper Rågsved devait ouvrir un club de strip-tease avec cet homme. C'est évident que tu sais qui c'est.

— Écoutez, lâcha Samir en écartant l'image. Je ne sais rien de lui. Casper et moi, ça fait longtemps qu'on a rompu, et je ne veux pas être mêlé à ses conneries.

— Intéressant que tu dises ça, rétorqua Mia. C'est à ces conneries-là que tu pensais ?

Elle sortit une photo du corps déchiqueté d'Erik Johansson. Sous l'éclairage cru, le ventre lacéré apparaissait clairement.

— Arrêtez ça, fit Samir avec une grimace de dégoût. Ce truc, c'est... c'est complètement dingue.

— Cet homme s'appelait Erik Johansson. Il était policier à la retraite et a été retrouvé mort dans sa maison de Kolmården il y a une semaine. On sait que c'est Serkar qui l'a tué. On sait aussi qu'il s'est servi d'un permis de conduire volé pour pouvoir louer une voiture et se rendre sur le lieu du crime. Et ce permis a été volé avant le meurtre dans l'appartement-bordel que tu gères avec Casper. Alors maintenant, dis-nous : où est Serkar ?

Samir secoua à nouveau la tête.

— Je ne sais pas.

— Mauvaise réponse, tonna Henrik en avançant sa chaise dans un mouvement d'impatience. Tu ne comprends peut-être pas la gravité de la situation, mais une autre personne risque d'être assassinée, là. Alors je te le demande encore : *où est Serkar ?*

— Mais je ne sais pas, je vous dis !

— On n'a pas de temps à perdre avec ça !

Henrik se leva et alla regarder droit dans le miroir sans tain, conscient que, de l'autre côté, Jana le voyait. L'idée qu'à neuf ans elle avait cassé le bras de Filippa lui traversa l'esprit, mais ce n'était pas le moment d'y réfléchir. Il fallait qu'ils fassent parler Samir.

— Allez, accouche, lança Mia dans son dos comme si elle avait lu dans ses pensées.

— Il n'y a rien à dire. J'ai entendu Casper parler d'ouvrir un club avec un Roumain, mais c'est tout.

Henrik se tourna à nouveau vers la table. Il envisagea de l'informer que Casper était mort, mais s'en abstint.

— Où se trouve ce club ? demanda-t-il plutôt.

— Je ne sais pas.

— Arrête de le protéger, dit Henrik en haussant la voix. On sait que c'est toi qui as fourni le permis de conduire à Serkar.

— Non !

— Qui, alors ?

Samir inspira à fond et baissa les yeux vers la table. Henrik vit qu'il luttait avec lui-même.

— Une seule personne a pu le faire, finit-il par lâcher.

— N'essaie pas de faire porter le chapeau à Casper, ricana Mia. Tu viens de dire que tu avais coupé les ponts depuis longtemps.

— Oui, mais quand il est shooté, ce barge se pointe de temps en temps à l'appart, rien que pour montrer ses muscles.

Une fois, il m'a parlé de ce club qu'il allait ouvrir. Dès qu'il a pris contact avec ce foutu Roumain, je ne comptais plus que pour de la merde.

Samir s'affaissa sur sa chaise.

— Casper n'aurait jamais tué personne, je le sais, mais il était peut-être mêlé à ça d'une façon ou d'une autre.

Samir montra de la tête la photo du corps d'Erik Johansson.

— Pourquoi tu dis ça ? demanda Mia.

— Parce qu'il y a un client qui s'est vanté devant lui d'avoir fourgué un pistolet à un voisin il y a quelques semaines.

— Un pistolet ?

Henrik vint se rasseoir.

— Oui, et le voisin était apparemment un ex-flic mort de trouille qui s'appelait Johansson.

Mia remarqua des plaques rouges de stress sur le cou d'Henrik quand ils sortirent de la salle d'interrogatoire. Elle comprenait pourquoi. Ils n'avaient toujours rien qui puisse les guider vers Serkar et Filippa, et leurs chances de les retrouver diminuaient de minute en minute.

Jana les attendait dans le couloir.

— C'est donc Mårten Malmberg qui a révélé à Casper qu'il avait vendu un pistolet à Erik, résuma-t-elle.

— On dirait bien, répondit Mia. La question est de savoir comment Serkar l'a appris.

— Pas très difficile à deviner, rétorqua Henrik. Casper était lié à Serkar. Il était au courant que Serkar recherchait Erik. Et quand Mårten lui a parlé du voisin terrorisé dans la forêt, il a dû comprendre de qui il s'agissait.

— Et c'est comme ça que Serkar a fini par localiser Erik, conclut Jana.

Le téléphone de Mia se mit à vibrer et elle le sortit de sa poche. C'était Patrik.

— Il faut que je réponde, dit-elle en s'éloignant de quelques mètres. Salut, je suis un peu occupée, là, c'est important ?

— J'ai examiné les transactions de Casper Rågsved, déclara Patrik. Il semble qu'il ait fait un gros achat immobilier il y a deux semaines, au 14, Tullgatan. Apparemment, il y avait une chocolaterie à cet endroit.

Mia sursauta.

— L'Usine, murmura-t-elle.

— Qu'est-ce que tu as dit ? demanda Patrik.

— Casper appelait son futur club de strip-tease l'Usine. Et pardon, je veux dire merci, je t'aime et tout ça, mais il faut que je te laisse.

Mia raccrocha et chercha l'adresse sur Google Maps. Son stress augmenta en regardant les photos du grand bâtiment dans la zone industrielle Sylten.

Était-ce possible que ce soit ça ?

Il fallait que ce soit ça, pensa-t-elle en se tournant vers Jana et Henrik.

— Je sais où Serkar a emmené Filippa.

Jana se précipita vers sa BMW dans le garage de l'hôtel de police. Avant même qu'elle ait le temps de sauter à bord, Henrik et Mia roulaient déjà vers la rue.

Son ventre était noué.

Mia avait sans doute raison. Serkar avait dû emmener Filippa dans l'ancienne chocolaterie. Mais presque une heure s'était écoulée à présent. Était-elle toujours en vie ? Arriveraient-ils à temps pour la sauver ?

Comme Jana s'asseyait au volant, son téléphone se mit à sonner. Un numéro qu'elle ne reconnaissait pas. Elle hésita, mais quelque chose la fit décrocher, malgré l'urgence.

— Oui ? Jana à l'appareil.

— C'est Clara.

Elle semblait effondrée, et on entendait Hugo crier derrière elle.

— Qu'est-ce qu'il y a ? s'inquiéta Jana.

— C'est Per, il est blessé, il…

Jana se redressa sur son siège. Son sang se glaça.

— Comment ça, blessé ? Qu'est-ce qui s'est passé ?

— Je ne sais pas, gémit Clara. Mon Dieu, je ne sais pas.

— Mais comment sais-tu qu'il est blessé ? Tu lui as parlé ?

— Non, mais l'hôpital m'a appelée pour me dire qu'il était en soins intensifs. Il est hospitalisé depuis hier soir, mais ils viennent seulement de trouver mon numéro. Apparemment il est dans un sale état et il faut que j'y aille, alors…

Jana n'entendit pas la fin de la phrase de Clara. Elle comprenait ce qui s'était passé. Cette intuition fit s'estomper tout ce qui l'entourait, Serkar et Filippa.

Les mains tremblantes, elle coupa court à sa conversation avec Clara et appela son père. Dès qu'il décrocha, sa peur et sa colère débordèrent.

— Tu n'as vraiment pas pu t'empêcher d'approcher Danilo, hein ?

Un court silence s'ensuivit.

— Je ne comprends pas de quoi tu parles, déclara Karl.

— Danilo a démoli Per !

— Danilo… ?

— Ne joue pas les innocents ! l'interrompit-elle, furieuse. Je sais que c'est ta faute. Tu crèves de peur depuis que je t'ai dit que Danilo était allé le voir. Je n'aurais jamais dû t'en parler, je ne devrais jamais te parler de rien !

— Jana, ressaisis-toi, hurla Karl à l'autre bout du fil. Je n'ai rien fait.

Jana serra les mâchoires et secoua la tête.

— Tu n'aimes pas laisser les choses inachevées, ce n'est pas ce que tu répètes toujours ? Eh bien, tu sais quoi, père ? cracha-t-elle. Toi et moi, c'est un chapitre achevé, à partir d'aujourd'hui.

— Jana…

— Non, dit-elle. Je ne veux plus jamais entendre parler de toi.

Jana jeta le téléphone, démarra et sortit du garage en faisant hurler ses pneus.

29

Les essuie-glaces balayaient le pare-brise sous la pluie battante quand Henrik et Mia s'engouffrèrent dans la zone industrielle Sylten. Ils longèrent à toute allure l'ancienne centrale thermique Bråvalla, des pylônes à haute tension et un site clôturé où s'alignaient des containers de recyclage. Puis ils filèrent devant un parking et un panneau publicitaire pour un restaurant thaï.

La voiture fut secouée au passage sur une grille d'égout. Henrik tourna à droite, déboucha sur une route longeant une voie de chemin de fer désaffectée et écrasa l'accélérateur.

— Là, l'usine !

Mia indiqua un vieux bâtiment de brique au toit plat avec de grandes fenêtres en pavés de verre, à cent mètres devant eux.

Henrik pila sur le bord de la rue. L'unité d'intervention était en route, mais ils ne pouvaient pas perdre de temps à les attendre. Il sortit de voiture en laissant la portière ouverte, dégaina son arme et entendit Mia le suivre vers l'entrée.

Au-dessus des portes, des lettres marron clair formaient le nom de la société *AB SVEA CHOKLAD*.

Henrik secoua la poignée, mais les portes étaient verrouillées.

— Il doit y avoir une autre entrée, dit Mia.

Il la suivit autour du bâtiment. Ses poils se hérissèrent en apercevant sa Volvo devant un quai de chargement. Il vérifia qu'il n'y avait personne à bord avant de se tourner à nouveau vers le quai. Une fente s'ouvrait sous la porte métallique cabossée.

Il s'y précipita en faisant signe à Mia de le suivre. Il se coucha sur le sol mouillé, remonta un peu la porte et se glissa à l'intérieur.

C'était donc ça, la cachette de Serkar, se dit-il en balayant des yeux le local industriel à l'abandon. Le sol de béton était couvert de taches et les anciennes machines disparaissaient presque sous la poussière. L'endroit sentait l'humidité, l'huile et la crasse. Deux pigeons roucoulaient quelque part. Mais aucune trace de Filippa ni de Serkar.

Mia se faufila sous la porte à la suite d'Henrik et se remit vite debout.

Ils avancèrent, l'échine courbée.

À l'extrémité du local se trouvait un monte-charge. L'écran noir à côté de la porte affichait en rouge le chiffre quatre.

Quatrième étage, se dit Henrik, c'était là qu'ils devaient être.

Il croisa le regard de Mia, puis repéra une issue de secours. Elle hocha la tête et ils s'y précipitèrent. Sans un mot, ils s'engagèrent dans la cage d'escalier et s'élancèrent vers les étages.

Filippa tenta de poser les talons par terre, mais le nœud coulant lui entaillait si fort le cou qu'elle était obligée de rester sur la pointe des pieds. Elle n'avait aucun point d'appui, aucun outil pour se libérer.

— Tu sais ce que je veux, Filippa. Et je vais te montrer ce que je vais faire de toi quand j'en aurai fini.

Elle geignit de peur en entendant le ton glacé de sa voix. L'homme masqué se tenait à distance. Il la regarda un long moment, puis sortit de la pièce en la laissant à nouveau seule.

Filippa toussa et sentit aussitôt la douleur brûlante du nœud coulant. L'effort faisait trembler ses chevilles. Elle ne savait pas combien de temps il resterait absent, juste qu'il lui fallait tout faire pour se libérer au plus vite.

Prise de panique, elle se mit à tirer sur ses menottes. Son espoir s'accrut quand elle remarqua que le lien autour de son poignet gauche était un peu plus lâche que l'autre. Cela lui faisait terriblement mal. Elle gémit de douleur en tentant de délivrer sa main.

Elle tira de toutes ses forces, mais sans succès.

Ses yeux s'emplirent de larmes en songeant à Johan et Julia. Ils avaient lutté pour sortir du puits, tout comme elle luttait à présent pour arracher ses menottes.

Elle persista, alors même qu'elle avait de plus en plus de mal à respirer. Son champ visuel se rétrécissait et elle était sur le point de perdre connaissance quand elle parvint enfin à extraire sa main gauche de la menotte. À cet instant, l'homme revint.

Une terrible angoisse la submergea à la vue du sac-poubelle noir qu'il tenait.

— Tu te souviens de ce qu'on faisait aux putes, j'espère, dit-il en étalant le sac par terre devant elle. Parce que c'est exactement ce que je vais faire de toi.

Il saisit la lanière et la tendit si fort autour du crochet qu'elle ne sentait plus le sol sous ses pieds. Filippa agita frénétiquement les jambes en l'air quelques secondes, jusqu'à ce que la pointe de ses orteils effleure à nouveau le béton. Elle saisit alors à deux mains le nœud coulant, dans une tentative désespérée de s'en débarrasser, consciente qu'elle n'avait aucune chance.

Jana courut sur l'asphalte mouillé et entra dans l'hôpital de Vrinnevi. Son téléphone sonna, mais elle se hâta vers le service des soins intensifs sans songer à répondre.

Quand les portes s'ouvrirent, elle faillit entrer en collision avec une infirmière au visage couvert de taches de rousseur qui tirait un support à perfusion.

— Je cherche Per Åström, haleta Jana. Où est-il ?

— Je suis désolée, mais Per est endormi et vous ne pouvez pas…

— Il faut que je le voie ! cria-t-elle.

L'infirmière la regarda sévèrement, fit rouler la perfusion contre le mur et lui adressa un petit signe de tête.

— Suivez-moi.

Jana la suivit dans le couloir jusqu'à ce qu'elle s'arrête devant une chambre sur sa gauche.

Dès qu'elle eut franchi la porte, il lui sembla plonger dans un trou noir.

Per était étendu sur un lit, les yeux clos. Son visage était enflé, son crâne bandé et ses lèvres pâles. Son thorax se soulevait lentement sous la couverture. On n'entendait que le cliquetis des machines qui l'environnaient.

Jana aurait voulu s'approcher, le prendre dans ses bras, mais l'affreuse colère qu'elle éprouvait à l'encontre de Danilo la fit rester là où elle était.

— Per a subi de violents coups à la tête, expliqua l'infirmière. On l'a plongé dans un coma artificiel pour diminuer la pression sur son cerveau, et il est difficile de dire quand il se réveillera.

— Que s'est-il passé ? demanda Jana sans quitter Per des yeux.

— D'après ce que j'ai compris, il a été agressé, détroussé et battu avec un tuyau en fer.

Jana serra les mâchoires.

— Mais il a eu de la chance, ajouta l'infirmière. Un homme a mis fin à l'agression et l'a conduit aux urgences. Sans ça, il n'aurait peut-être pas survécu.

— Où ça ? demanda Jana en serrant les dents. C'est important.

— Je suis désolée, je l'ignore.

— Mais la personne qui l'a aidé doit bien le savoir !

L'infirmière lui adressa un regard compatissant.

— Je comprends votre émotion, mais on ne connaît pas ses coordonnées. Je sais juste que c'est un certain Danilo.

— Hein ? (Jana la dévisagea, décontenancée.) Non, c'est impossible.

— C'est le nom qu'il a donné au personnel des urgences, en tout cas, en disant que Per avait été attaqué par deux personnes.

Jana secoua la tête, elle n'arrivait pas à faire concorder ces informations.

— Vous mentez, vous…

— Pourquoi je mentirais ? la coupa l'infirmière avec douceur.

— Parce que c'est impossible, ça ne peut pas être Danilo qui…

Jana se tut et recula de quelques pas. Sa colère s'était changée en glace.

L'infirmière dit quelque chose, mais elle ne l'entendit pas et se contenta de jeter un dernier regard à Per avant de regagner le couloir. Elle remarqua à peine Clara qui arrivait précipitamment, Hugo dans les bras.

— Jana ! Qu'est-ce qu'il y a ? Où vas-tu ?

Jana la dépassa sans répondre, franchit les portes du service et les entendit se refermer lentement derrière elle.

Mia sentit la sueur lui couler dans le dos. Henrik et elle avaient couru jusqu'au quatrième étage de la chocolaterie. Tenant fermement son arme, elle poussa la porte de la cage d'escalier.

S'efforçant de respirer tranquillement, elle jeta un coup d'œil en arrière. Dans la lumière des immenses fenêtres en briques de verre, elle aperçut un grand local au plafond abîmé et au sol crasseux.

Henrik lui fit signe de continuer. Sans bruit, ils s'avancèrent, guettant le moindre mouvement.

Ils se figèrent tous les deux en entendant un gémissement. Celui-ci venait de l'autre bout du local. Ils continuèrent à se faufiler devant un long alignement de placards à archives.

Arrivés au dernier, ils se figèrent.

Mia inspira à fond, se prépara, puis contourna le coin, son arme brandie devant elle. Elle avait beau craindre que le pire ait déjà eu lieu, elle n'était pas préparée à la scène qu'elle avait sous les yeux.

Filippa était sur la pointe des pieds, menottée, un nœud coulant autour du cou, le visage rouge, les yeux écarquillés. Juste devant elle se tenait Serkar. Mia ne voyait que son dos et le masque qui lui couvrait la tête. Un sac-poubelle noir était étalé par terre. Derrière Filippa, une fenêtre cassée avait été obturée à l'aide d'un panneau de bois.

Henrik s'avança de quelques pas à côté de Mia, braqua son arme à deux mains et visa Serkar.

— Police !

Serkar fit aussitôt volte-face. Henrik suivit son mouvement, pressa la détente et le toucha au genou.

Serkar trébucha sur Filippa et s'effondra.

Henrik s'avança jusqu'à lui.

— Mi… ia…, haleta Filippa.

Violemment poussée par Serkar, elle se balançait en l'air et semblait sur le point de perdre connaissance.

Mia rangea son pistolet et se précipita vers elle. Avec des gestes rapides, elle détacha la lanière du crochet qui la retenait.

Filippa tomba à terre, secouée par une quinte de toux. Mia s'accroupit à côté d'elle et lui ôta le nœud coulant.

— Ça va ?

Filippa hocha la tête.

— Ne bougez pas ! Les mains dans le dos ! ordonna Henrik.

Il avait rejoint Serkar, étendu sur le ventre devant la fenêtre condamnée. Sans l'écouter, Serkar gémit en tentant de se relever.

— Les mains dans le dos !

Filippa regarda Serkar se lever, puis le pistolet de Mia dans son holster. Elle se pencha, saisit l'arme en un clin d'œil et la pointa sur Serkar.

— Filippa, non ! cria Mia.

Mais elle tira.

Serkar fut touché à l'épaule. Du sang éclaboussa le sol et le panneau de bois derrière lui.

Henrik s'écarta d'un bond. En même temps, Mia attrapa le bras de Filippa pour tenter de l'arrêter, mais elle se dégagea et visa à nouveau Serkar.

— Tout est de ta faute !

— Filippa, stop ! cria Henrik.

Avec un hurlement de fureur, elle tira à nouveau, touchant la poitrine et le cou.

Serkar tituba à la renverse contre le panneau de bois.

À cet instant, celui-ci céda.

Serkar agita les mains, cherchant instinctivement à se retenir pour ne pas tomber, mais Filippa tira encore et le toucha en plein visage. Il disparut par la fenêtre cassée.

Le souffle court, Filippa chancela jusqu'à l'ouverture béante. Mia la suivit et regarda vers le sol.

Serkar gisait en contrebas. Une grande flaque de sang se répandait autour de lui sur l'asphalte mouillé.

— Filippa ? fit Henrik qui les avait rejointes. Il est mort, maintenant.

Filippa hocha la tête, lâcha le pistolet et se laissa lentement tomber à genoux, le visage dans les mains.

30

Henrik rejoignit Mia sous la pluie battante devant l'ancienne chocolaterie. Immobile, elle regardait le corps recouvert d'un drap en train d'être chargé dans le corbillard. Ses cheveux ébouriffés étaient trempés, son pull lui collait dans le dos. Les gyrophares bleus des patrouilles palpitaient dans la zone industrielle et, près des barrages, deux badauds accompagnés d'un labrador noir observaient la scène.

— Tu avais raison, dit-il.

Mia se retourna et croisa son regard.

— À quel sujet ?

— C'était ici que se cachait Serkar.

— Qu'est-ce que tu veux ? fit-elle en haussant les épaules. J'ai de super bons contacts à la brigade financière.

Henrik lui sourit en suivant des yeux le corbillard qui prenait la direction de l'institut médico-légal. Une énorme fatigue le submergea.

— Comment ça va ? demanda Mia.

— Bien. Et toi ?

Mia répondit d'un hochement de tête.

— Et Filippa ?

Henrik se tourna vers la voiture de police un peu plus loin, où Filippa se trouvait avec Gunnar. On lui avait enlevé ses menottes, elle avait une couverture autour des épaules et, par la portière ouverte, Henrik l'entendait rendre compte des événements.

— Il y aura une enquête, dit-il.

— J'espère bien, grommela Mia. Elle devra répondre de cette fusillade. Ce qu'elle a fait, c'est n'importe quoi. Et avec mon pistolet, en plus.

— Il est sous scellés, énonça Henrik.

— Exact, alors je risque de ne plus jamais le revoir. Qu'a dit Gunnar de son comportement ?

— Il est surtout remonté contre nous d'y être allés sans couverture. Et contre Filippa qui refuse un examen médical. Elle demande juste à pouvoir rentrer chez elle auprès de ses chevaux et, vu ce qu'elle a traversé, on va évidemment la laisser partir. Je dois la ramener au domaine, mais…

— Mais quoi ?

— Il faut que je t'emprunte ta voiture.

Mia sortit la clé de sa poche.

— Au fait, lança-t-elle. Qu'est-ce que tu fais, demain soir ?

— C'est dimanche.

— Je sais, mais maintenant que l'enquête est terminée, tout ça, je me disais que l'équipe pourrait se retrouver à l'hôtel de police pour… pour faire une petite fête. Vers 19 heures ?

— Ça marche, répliqua-t-il en prenant la clé. Mais il faut que j'y aille.

— Tu as vraiment le courage de ramener Filippa ?

Henrik hocha lourdement la tête.

— Il faut juste prévenir Jana que Filippa est désormais en sécurité et que Serkar est mort, lui aussi.

— Je vais lui envoyer un message.

— Merci, dit-il en gagnant la voiture.

Karl Berzelius prit son téléphone pour la deuxième fois. Il voulait laisser à Jana une dernière chance de répondre. Au bout de trois sonneries, elle refusa l'appel.

Il saisit sa canne, appuyée à son accoudoir, et se leva du fauteuil de la bibliothèque. Péniblement, il traversa plusieurs pièces jusqu'au bar, tout au fond de la salle à manger. La lueur tamisée du lustre éclairait le papier peint à médaillons, le tapis oriental et le grand vase de pivoines.

Essoufflé par ce court trajet, il choisit l'un de ses whiskies les plus chers, s'en servit un demi-verre et but une grande gorgée pour calmer la fureur qui le submergeait. L'intensité de cette émotion l'avait presque surpris, et il dut faire un effort pour saisir ce qui s'était passé. Danilo avait brutalisé Per, jusque-là, aucun doute, mais Karl n'avait aucune idée de ce qui avait déclenché cela. Diable ! Il avait pourtant gardé ses distances, comme le voulait Jana.

Karl but encore une gorgée. L'alcool fort lui brûla la gorge. C'était pathétique d'avoir cru avoir encore la situation sous contrôle. Et voilà que Danilo avait révélé son passé commun avec Jana à Per, avant de l'agresser. Mais ce qui provoquait la fureur de Karl était que Jana lui mette tout sur le dos. Au point même de couper les ponts avec lui !

Karl lança son verre contre le mur. Un poids douloureux pesa sur sa poitrine tandis qu'il regardait le liquide ambré couler au sol. Il se crut sur le point de faire un nouvel infarctus, mais comprit rapidement qu'il s'agissait d'autre chose.

Il savait ce qu'il devait faire, ce qu'il voulait faire depuis qu'il avait échoué à supprimer Danilo. La main pressée contre son torse, il se dit que c'était peut-être bien, ce que Danilo avait infligé à Per, que c'était peut-être nécessaire pour faire comprendre à Jana pourquoi il voulait résoudre une bonne fois pour toutes le problème Danilo. Mais il devait se rendre compte de l'ampleur de l'œuvre de Danilo avant de prendre une décision définitive.

— Karl ?

La voix d'Elin lui parvint depuis la cuisine, suivie de ses pas. Il ne répondit pas, mais resta là, une main sur la poitrine, jusqu'à ce que son auxiliaire de vie apparaisse sur le seuil de la salle à manger.

— Qu'est-ce qui s'est passé ? demanda-t-elle en regardant les éclats de verre par terre. Tout va bien ?

— J'ai besoin d'aller rendre visite à un certain Per Åström à l'hôpital, dit-il.

— Pourquoi ? s'inquiéta-t-elle. Ça concerne l'infarctus ?

— Non, répondit Karl en serrant sa canne. Il s'agit de tout autre chose.

Filippa déplia le pare-soleil de la voiture et en ouvrit le miroir. Elle s'examina tandis qu'Henrik roulait vers Kättinge. Précautionneusement, elle se tâta sous le menton. Le nœud coulant lui avait laissé une marque rouge sombre. Ses jambes tremblaient encore d'être restées si longtemps sur la pointe des pieds et ses oreilles sifflaient de l'écho des détonations.

Elle se repassait encore et encore les événements de l'usine. Elle n'osait pas penser à ce qui se serait produit si Henrik et Mia n'étaient pas arrivés à temps. Et elle n'osait pas croire que tout était fini, pas encore. Mais plus ils approchaient du domaine, plus elle se détendait.

Henrik se gara devant la grille. Les policiers chargés de la surveillance du domaine n'étaient plus là. Il n'y avait qu'eux deux et la pluie battante. Henrik demeurait pourtant silencieux, comme si quelque chose lui pesait.

— Vous trouvez que j'ai mal agi, n'est-ce pas ? commença Filippa.

Henrik inspira à fond.

— Je ne sais pas trop que penser, dit-il. Serkar a laissé votre famille mourir au fond d'un puits, il a assassiné Erik au couteau et a essayé de vous pendre.

— Ce n'est pas une réponse.

— Non, mais cela explique pourquoi vous avez agi comme vous l'avez fait.

— Vous trouvez donc que j'ai eu tort de le tuer.

Il croisa son regard.

— Vous l'avez exécuté, Filippa.

— Je sais, dit-elle en déglutissant péniblement, mais je n'avais pas le choix. J'étais forcée de l'éliminer.

— Et maintenant, c'est fait.

Filippa hocha lentement la tête.

— Oui, c'est fait.

Elle ouvrit sa portière. La pluie formait comme une brume grise sur les champs alentour, et on n'entendait que les hennissements inquiets des chevaux dans la prairie.

— Je vous accompagne ? demanda Henrik.

— Ce n'est pas nécessaire, répondit-elle en descendant de voiture, certaine d'y arriver seule.

Mais ses jambes tremblantes se dérobèrent sous elle, et elle s'effondra dans l'herbe mouillée.

— Attendez, je vais vous aider.

Henrik la rejoignit de l'autre côté de la voiture et la releva. Filippa passa un bras autour de ses épaules et se laissa aider à franchir le portail. Ils traversèrent la cour jusqu'à la maison.

Les chevaux poussaient des hennissements sourds en allant et venant le long de la clôture.

— Vous voulez aller les voir ? demanda-t-il.

— Non, mais je dois leur changer leur foin.

Elle ôta le bras de ses épaules, sentant ses forces lui revenir lentement.

— Où est le foin ? demanda-t-il.

— Dans le fenil, au-dessus de l'écurie. Mais vous pouvez partir si vous voulez, je vais me débrouiller.

— J'en suis sûr, mais je vous aide bien volontiers.

Filippa se mordit la lèvre. Même si elle avait retrouvé quelques forces, elle n'arriverait jamais à grimper l'échelle raide du fenil, et les chevaux devaient être nourris sans tarder.

— Alors venez. Je vais vous montrer.

Jana regardait fixement un réverbère à travers le pare-brise mouillé. Elle savait qu'il lui fallait quitter le parking de l'hôpital, mais voulait rester encore un moment. Une étrange impression lui emplissait la poitrine. Une impression d'irréalité, comme si tout son univers se trouvait retourné. Pendant plus d'une heure, elle avait tenté de s'en défaire.

Elle avait lu plusieurs fois le message de Mia, et avait dû se répéter que Filippa avait été retrouvée, et que Serkar était mort. L'enquête était achevée, et elle faisait de son mieux pour éprouver quelque chose – peu importait quoi –, mais elle n'arrivait pas à détacher ses pensées de Danilo.

Il était absolument inconcevable qu'il ait sauvé la vie de Per. Combien de fois avait-il menacé de détruire leur relation ? Et combien de fois avait-elle redouté qu'il ne lui fasse du mal ? Comment avait-il pu aider Per, alors qu'il voulait le tuer ?

Son portable se mit à sonner. Un numéro masqué.

— Oui ? Jana à l'appareil, répondit-elle, hésitante.

— Bonjour, dit faiblement une femme, je ne sais pas si c'est le bon numéro, mais je m'appelle Elena Budescu.

— Oui, tout à fait. Je suis procureure, et je suis passée pour vous voir l'autre jour au camping de Mårängen.

— Je sais, et je suis désolée de ne pas vous avoir rappelée plus tôt. Je voulais le faire, mais je viens seulement de quitter la caravane et j'avais promis à Erik de faire profil bas.

— Vous parlez d'Erik Johansson ? demanda Jana.

— Oui, et je n'aurais jamais cru que... Je veux dire, je suis juste tellement triste qu'il soit mort.

— Je comprends tout à fait. Sachez qu'on a tout mis en œuvre pour résoudre cette affaire.

— Il était très gentil et il...

Elena hésita, comme si elle n'osait pas vraiment continuer.

— Oui ? tenta Jana.

— Il m'a sauvé la vie, une fois. Un homme avait essayé de me tuer.

— Il vous a sauvée de Serkar, n'est-ce pas ?

— Oui, répondit Elena d'une voix tremblante. Mais Erik avait peur que Serkar ne me retrouve. Il a décidé de prendre sa retraite, et a fait en sorte de me cacher chez ses parents. Puis j'ai rencontré Robert, et je ne sais pas pourquoi je suis restée si longtemps avec lui. Erik me disait de le quitter, mais ce n'était pas si facile.

— Quand avez-vous parlé avec Erik pour la dernière fois ? Dimanche soir ?

— Oui, en Facetime.

Jana hocha lentement la tête à cette confirmation que c'était bien avec Elena qu'Erik avait parlé juste avant d'être assassiné.

— Mais c'est affreux, poursuivit celle-ci, car quelqu'un est entré dans la maison à ce moment-là.

— Pendant votre conversation ? s'exclama Jana.

— Oui, pendant que je parlais avec Erik, j'ai vu quelqu'un derrière lui, puis il a laissé tomber son téléphone et je n'ai rien pu faire. Parce que je lui avais promis que, s'il lui arrivait quelque chose, je devrais faire profil bas. Je ne devais ni contacter la police, ni répondre au téléphone, ni même parler avec quelqu'un que je ne connaisse pas déjà.

— Je comprends, mais vous n'avez plus à avoir peur. Serkar est mort à présent, et nous savons que c'est lui qui a tué Erik.

— Vous en êtes vraiment sûrs ? demanda Elena.

Jana fronça les sourcils.

— Oui, pourquoi ?

— Eh bien, je trouve ça un peu bizarre. Erik a fait tomber son téléphone, mais j'étais toujours en ligne, et je… J'ai tout entendu.

— Vous avez entendu Serkar le tuer ?

— Non, j'ai entendu l'homme demander où il était.

Jana secoua la tête.

— Là, je ne comprends plus.

— L'homme qui a fait irruption chez Erik lui a demandé où était Serkar. Et si c'était Serkar qui l'avait tué, pourquoi aurait-il demandé ça ?

Mia venait d'être déposée devant chez elle par un collègue en uniforme quand son portable sonna. Elle le pêcha dans la poche de son pantalon trempé et protégea l'écran de la pluie avec sa main. C'était Jana.

La procureure ne l'appelait jamais, mais Mia supposa qu'elle voulait des détails sur ce qui s'était passé à la chocolaterie.

— Allô ?

— Mia ! attaqua Jana. J'ai essayé de joindre Henrik, il est dans les parages ?

Mia entra dans son immeuble et commença à monter l'escalier.

— Non, il devait ramener Filippa chez elle, pourquoi ?

— Il ne répond pas au téléphone.

— La couverture réseau est mauvaise là-bas, il rappellera sûrement quand…

— Écoute-moi, la coupa Jana. Je viens d'avoir un appel d'Elena Budescu. Tu sais, celle qui a démasqué Serkar.

— Oui, je sais.

— Elle pense que ce n'est pas Serkar qui a tué Erik, elle pense que c'est quelqu'un d'autre.

Mia s'arrêta net.

— Mais de quoi tu parles ? On sait que c'est Serkar qui l'a assassiné, l'affaire est résolue, et Serkar est mort.

— Comment sais-tu qu'il est mort ?

— Parce que j'étais là, Jana. J'ai vu Filippa lui tirer dessus et je l'ai vu tomber par la fenêtre.

— Oui ! Mais comment sais-tu que c'est bien Serkar qui est mort ?

Mia se passa violemment la main sur le visage. Elle était bien trop fatiguée pour suivre ce raisonnement.

— Je ne comprends pas. Il est toujours vivant ?

— Ce n'est pas ce que je veux dire, nuança Jana.

— Très bien, sinon ça aurait été trop bizarre. Serkar est éliminé, OK ?

— Il nous faut la confirmation du légiste.

— Mais…

— Demande au légiste, je te dis !

Mia resta un instant le téléphone à la main quand elles eurent raccroché. Elle aurait voulu continuer à monter l'escalier, mais songea à la gravité de la voix de Jana. À contrecœur, elle ralluma son téléphone et appela le légiste.

— Ici Björn Ahlmann, répondit celui-ci après deux sonneries.

— Bonjour. Mia Bolander, police de Norrköping. C'est pour l'homme abattu par balles et tombé de la fenêtre de la chocolaterie.

— Je sais que vous êtes toujours impatients de connaître mes conclusions, mais là c'est sans doute un record, dit-il en se raclant la gorge.

— Donc tu n'as pas encore commencé l'autopsie ?

— J'ai le corps sous les yeux, mais il est très abîmé, de grosses perforations dues aux balles, enfoncement du crâne, du visage et…

— Il nous faut son identité. Que peux-tu dire de ses oreilles ?

— Ses oreilles ? répéta Björn, étonné.

— Notre meurtrier n'a qu'une oreille, déclara-t-elle.

— L'une d'elles est indéniablement amochée, mais il n'y a aucun doute que cet homme en a deux.

La tête de Mia se mit à tourner.

— Et s'agissant de son identité, elle est déjà établie, poursuivit Björn. Ses empreintes digitales correspondent à celles d'un Roumain recherché depuis longtemps.

— Comment s'appelle-t-il ? demanda Mia en retenant son souffle.

— Andreï Vasilev.

— Merde…

Mia raccrocha au nez du légiste, rappela Jana, et sentit son pouls s'emballer quand celle-ci décrocha.

— Elena avait raison, lança-t-elle. Ce n'est pas Serkar qui est mort, c'est son complice, Andreï.

— Alors il y a urgence, dit Jana. Il faut immédiatement qu'on joigne Henrik.

— Il est avec Filippa au domaine.

— Oui, et c'est elle qui nous a fait croire que le mort était Serkar.

— Mais pourquoi ? répliqua Mia, désarçonnée.

— Je ne sais pas, mais il faut que je l'appelle tout de suite.

— Combien faut-il de bottes de foin ? demanda Henrik tandis qu'il grimpait l'échelle raide du fenil au-dessus de l'écurie.

— Deux, répondit Filippa. Je reste en bas pour les réceptionner.

Henrik se glissa par la trappe et embrassa du regard la montagne de bottes rectangulaires.

Une faible lumière pénétrait entre les planches disjointes et la pluie crépitait sur le toit. Il frissonna dans l'air froid et humide avant de saisir une première botte.

— Attention, voilà la première, prévint-il.

La botte atterrit devant Filippa avec un bruit sourd et poussiéreux, mais l'une des ficelles se rompit et le foin se répandit sur le sol de l'écurie.

— Pas grave, je vais tout ramasser à la fourche dans la brouette. Vous pouvez envoyer l'autre en attendant.

Henrik saisit une deuxième botte et la largua par la trappe. Il s'apprêtait à redescendre par l'échelle quand son téléphone se mit à sonner. C'était Jana.

— Henrik, où es-tu ?

Il s'immobilisa en entendant combien elle semblait stressée.

— J'aide juste un peu Filippa à l'écurie.

Sa voix disparut.

— Jana ? Tu es toujours là ?

— Je suis là, fit-elle après quelques secondes. Je te demandais : Filippa est près de toi ?

— Jana, la réception est mauvaise, dis-moi juste ce qu'il y a.

— Je n'ai pas le temps de t'expliquer, mais…

La voix disparut à nouveau mais il lui sembla distinguer les mots « menti » et « enquête ».

— Quoi, menti ? répéta-t-il en continuant à descendre. Qui a menti ?

— Elle nous a fait croire que le meurtrier est… mais c'est Vasilev.

— Attends, lança Henrik, qui n'était pas sûr d'avoir bien entendu. Vasilev ? Tu veux dire Andreï Vasilev ?

Il posa le pied sur le sol de l'écurie et la voix de Jana se fit enfin distincte.

— Oui, c'est lui qui l'a enlevée à la chocolaterie et c'est lui qui est mort. Pas Serkar !

Henrik entendit des pas derrière lui. Il fit volte-face au moment précis où Filippa levait sa fourche. Elle le frappa très violemment à la tête.

Henrik lâcha son portable en tombant. Il voulut se protéger, mais la dernière chose qu'il perçut avant que tout devienne noir fut la voix de Jana dans son téléphone :

— Allô ? Henrik ? Tu m'entends ?

Jana poussa un juron en comprenant que sa conversation avec Henrik avait été coupée. Elle tenta de le rappeler, mais il ne répondit pas. Dans le fracas de la pluie battante, elle démarra sa voiture et, tout en prenant la route de Kättinge, elle essaya d'y voir plus clair.

Au cours de l'enquête, Filippa avait assuré que c'était Serkar qui avait tué Erik, et qu'il en avait désormais après elle. Mais en fait, c'était Andreï qui était à la manœuvre. C'était lui qu'Elena avait aperçu en arrière-plan lors de sa conversation avec Erik. Et c'était lui qui avait demandé où était Serkar.

Andreï était donc à sa recherche. Mais pourquoi avait-il pris de tels risques pour parvenir jusqu'à Filippa ? La pensait-il liée à la disparition de Serkar ?

C'était impossible.

Filippa leur avait raconté que Serkar l'avait menacée de mort après l'accident de voiture. Elle n'avait pas osé le poursuivre, et n'avait pu que le regarder s'enfuir, impuissante. Jana eut la chair de poule.

Filippa avait menti à tout le monde. Comment savoir si elle avait dit la vérité au sujet de l'accident ?

Les mains de Jana devinrent moites sur le volant tandis qu'elle se remémorait les paroles de Filippa : « Je suis absolument certaine de le reconnaître. Je le revois tous les jours depuis cette époque. » Et : « Je n'ai jamais voulu le voir en prison. J'ai toujours voulu qu'il souffre autant que Johan et Julia. »

Jana reprit son souffle et appela Ola depuis le kit mains libres de sa voiture.

— Yes ? répondit-il.

— Ola, il faut que tu m'aides, dit-elle. J'ai besoin de savoir s'il y a un puits sur le domaine de Filippa.

— Un puits ?

— Oui, et c'est urgent.

— Compris, compris, je regarde tout de suite sur Google Maps.

Jana l'entendit pianoter sur son clavier tandis qu'elle continuait à rouler à grande vitesse.

— Voilà, j'ai le domaine, annonça Ola. Je le vois d'en haut, et il ne semble pas qu'il y ait de puits à l'avant de la maison d'habitation. Il n'y a qu'une grande cour devant la façade.

— Et à l'arrière ?

— Une pelouse, et puis rien.

— Continue à chercher, dit-elle sans quitter des yeux la route.

Un oiseau décolla en battant des ailes et disparut sous la pluie. Jana sortit d'un virage et accéléra de plus belle dans une longue ligne droite longeant un champ.

— J'ai zoomé sur l'écurie et la prairie. Il y a un abreuvoir blanc près de la clôture, mais c'est tout.

— Continue.

— Je cherche autour de l'écurie. On dirait qu'il y a un tas de fumier à l'arrière, et quelques bouleaux, mais je ne vois rien qui ressemble à un puits, ou alors… attends.

— Qu'est-ce que tu vois ? demanda Jana.

— Un bloc de béton rond, répondit-il. Presque caché par les bouleaux.

— Ça pourrait être le couvercle d'un puits ?

— Oui.

Un frisson lui parcourut le corps.

— Appelle Mia, et envoie une ambulance et la police au domaine le plus vite possible, dit Jana en écrasant l'accélérateur.

31

Filippa regardait Henrik, sans connaissance à ses pieds. Elle ne savait pas depuis combien de temps elle se tenait là, ni ce qu'elle allait faire de lui. La peur grondait dans sa tête, l'empêchant d'aligner deux idées. Elle l'avait entendu parler au téléphone avec Jana. Elle n'avait pas tout compris, mais quand Henrik avait mentionné le nom d'Andreï, elle avait paniqué.

Il avait le visage pâle, avec sur le front une marque rouge laissée par le coup de fourche. L'air frais du dehors entrait par la porte ouverte de l'écurie. Les chevaux piaffaient en piétinant sous la pluie.

Désespérée, elle regarda autour d'elle. Elle ne pouvait pas rester là, il fallait qu'elle cache Henrik et parte d'ici. Le temps pressait.

Elle le saisit par les jambes et commença à le traîner sur le foin éparpillé à terre. Il était lourd et elle se sentait encore très faible. Hors d'haleine, elle parvint à le faire entrer dans un des box.

Soudain, il gémit.

Elle le lâcha aussitôt et sortit son pistolet de son holster. Elle le pointa sur lui, mais il demeura immobile.

Le stress tambourinant dans sa poitrine, elle se répéta qu'il fallait qu'elle quitte les lieux.

Elle ferma le box, se précipita dans l'allée de l'écurie et arrivait à la porte quand elle entendit un bruit de moteur. Elle s'arrêta et regarda vers la route.

Le véhicule approchait.

Filippa poussa un gémissement. Elle devait fuir, mais comprit qu'elle n'en aurait pas le temps.

Jana était arrivée au domaine de Filippa. Elle pila devant la haute palissade, descendit de voiture et ouvrit le portail. Son regard balaya la maison d'habitation jaune, l'écurie et la prairie. Pas trace d'Henrik ni de Filippa.

Elle traversa rapidement la cour, passa devant les chevaux et continua jusqu'à l'écurie. L'odeur du fumier lui piqua le nez quand elle fit le tour du bâtiment rouge.

Elle essuya la pluie de son visage et observa les bouleaux un peu plus loin. Sans doute ceux qu'Ola avait repérés, se dit-elle en suivant le sentier piétiné qui conduisait dans leur direction.

Là, Jana découvrit au sol un cercle de béton. C'était en effet un couvercle de puits. Sans hésiter, elle le saisit à deux mains et le poussa.

Elle se pencha au bord pour regarder et gémit.

— Mon Dieu…

Un homme était prostré au fond du puits asséché. Son visage était sale, son corps maigre, et il lui manquait une oreille. Il la fixa, le regard plein de terreur. Elle vit qu'il essayait de dire quelque chose, mais il ne put émettre qu'une faible plainte.

Jana perçut un mouvement du coin de l'œil, tourna la tête et se retrouva face à Filippa.

— Comment tu as su ?

Filippa se tenait près du tas de fumier, un pistolet à la main. Elle paraissait éprouvée, et son cou était marqué d'une bande rouge. Toujours pas d'Henrik en vue.

— Réponds ! cria Filippa.

Jana évalua rapidement la situation. Elle aurait voulu maîtriser Filippa, mais celle-ci se trouvait à une dizaine de mètres et aurait sans problème le temps de tirer deux, trois coups avant qu'elle l'ait rejointe.

— Tu voulais que Serkar souffre autant que ton mari et ta fille, dit-elle. On sait que tu nous as trompés pendant toute l'enquête. Tu nous as fait croire que l'auteur du meurtre d'Erik était Serkar et que c'était lui qui voulait te tuer.

Filippa ricana.

— Vous en étiez déjà convaincus.

— Mais tu savais depuis le début que c'était Andreï, n'est-ce pas ?

— Je ne pensais pas qu'il reviendrait, déclara Filippa en avançant vers elle sur le sentier.

— Il cherchait Serkar, non ? Il se doutait que tu étais à l'origine de sa disparition, et tu as été obligée de le tuer avant qu'il ne te démasque.

Filippa inclina la tête sur le côté.

— On dirait que tu as tout compris.

— Pas tout, rétorqua Jana. Tu devais quand même te douter qu'on finirait par identifier Andreï ?

— Oui, mais quelle importance ? Quand vous l'auriez découvert, j'aurais été loin.

— Alors qui est Serkar ?

Filippa approcha encore.

— Il ne s'appelle pas Serkar, c'est juste un surnom. Il s'appelle Vlad Seicarescu.

— Comment l'as-tu appris ? demanda Jana en fixant le pistolet, dans l'espoir que Filippa se laisserait déconcentrer ne serait-ce qu'un instant.

— Il s'est toujours occupé de drogue et de prostitution, mais un de ses hommes l'a dénoncé en Roumanie, où il a purgé une courte peine de prison il y a une quinzaine d'années. Après ça, il s'est installé en Suède, dans la clandestinité, en se faisant appeler Serkar. Mais quand je lui ai mis la main dessus après l'accident de voiture, il a été assez facile de faire le rapprochement.

— Comment tu t'es débrouillée pour l'amener ici ?

— Il était choqué et blessé, alors je lui ai pris son arme et l'ai enfermé dans le coffre de ma voiture.

Filippa ralentit le pas et la dévisagea.

— Tu as le même regard que le jour où tu m'as cassé le bras dans la cour de l'école. Tu aimerais bien me faire du mal, hein ?

Jana ne répondit pas. Elle sentait la pluie glacée traverser ses vêtements.

— J'ai pensé à toi toutes ces années, à chaque fois que je voyais la cicatrice sur mon bras.

— Tu aurais dû me laisser tranquille, dit Jana entre ses dents.

Filippa esquissa un sourire.

— Je n'ai rien fait.

— Tu racontais à tout le monde que j'étais dérangée…

— Jana, tu m'as cassé le bras.

Filippa la regarda avec mépris tout en continuant sa lente progression. Elle n'était plus qu'à environ trois mètres.

— Vous vous étiez mis à cinq pour me plaquer à terre, me frapper et me cracher dessus… Je t'ai juste renversée, mais tu es mal tombée et tu t'es cassé le bras. Pourtant, tu as directement raconté que c'était moi.

— Quelle importance, ce que j'ai dit ? répondit Filippa en haussant les épaules. Aucune gamine de neuf ans normale n'est capable de riposter comme ça. Le maître a même dû te maîtriser de force. Pourquoi aurait-on douté de moi ?

Jana sentit sa colère déborder.

— J'ai été obligée de déménager à cause de toi.

— Et alors ? Tu faisais tache. Tu te comportais comme une cinglée, et je suppose que c'était trop dur à supporter pour ton père.

Jana serra les poings.

— Écarte-toi de Serkar, maintenant, ordonna Filippa.

Jana ne bougea pas. À nouveau, elle entendit l'homme pousser un faible gémissement.

— Écarte-toi ! répéta Filippa en ôtant la sécurité du pistolet.

Comprenant qu'elle n'avait pas le choix, Jana entama un large arc de cercle vers l'écurie.

Henrik cligna des yeux et roula sur le flanc. Sa joue reposait dans la sciure : il était dans un box de l'écurie. Il avait terriblement mal à la tête. Il se tâta le front tout en essayant de comprendre ce qui s'était passé.

Jana l'avait appelé, et juste après, Filippa l'avait frappé.

Instinctivement, il porta la main à son arme de service, mais son holster était vide.

Il se força péniblement à se mettre à quatre pattes. Prenant appui à la fois sur un seau à purin cabossé et sur la cloison, il parvint enfin à se relever. Il regarda à travers les barreaux du box, mais ne vit Filippa nulle part. L'écurie était vide. La fourche gisait au pied de l'échelle et des traces dans le foin répandu à terre témoignaient qu'elle l'avait traîné jusqu'ici.

Henrik glissa la main entre les barreaux, manœuvra le loquet extérieur, poussa la porte et s'avança en titubant dans l'allée.

La douleur pulsait sous son crâne, mais Filippa pouvait toujours être là. Elle avait son pistolet, et se sentait peut-être assez aux abois pour en faire usage.

Il baissa les yeux vers la fourche, par terre. Si elle décidait de l'abattre, il n'avait aucune chance. Mais c'était mieux que rien.

Alors qu'il allait la ramasser, il lui sembla entendre sa voix.

Henrik tendit l'oreille, concentré. Il lui fallut quelques secondes pour localiser le bruit à l'extérieur de l'écurie. En même temps, il entendit une autre voix. Parlait-elle avec quelqu'un ?

Il tituba jusqu'à la porte, écouta à nouveau et comprit que les voix provenaient de l'arrière du vieux bâtiment.

— Avance !

Filippa gardait le pistolet braqué sur Jana. Il lui semblait lourd et froid dans sa main. Elle approchait du puits, de plus en plus lentement. Tout aussi lentement, Jana s'éloignait vers l'écurie et suivait des yeux le moindre de ses mouvements.

La pluie coulait sur le visage de Filippa. Elle entendait les gouttes crépiter sur les feuilles des bouleaux et, par-delà le champ, au loin, elle aperçut le clignotement de voitures de police en approche. L'angoisse la submergea quand elle songea à l'après-midi où les urnes de Johan et Julia avaient été mises en terre. Il pleuvait aussi ce jour-là. Elle se souvenait de l'eau qui ruisselait sur les pierres tombales et sur les rubans mouillés de leurs couronnes.

— C'est fini, dit Jana qui s'était arrêtée devant le tas de fumier. Pose ce pistolet.

Filippa aperçut Henrik au coin de l'écurie. Il se tenait immobile, un peu derrière Jana.

— Ce n'est pas fini, répliqua-t-elle. Pas encore.

Filippa regarda Serkar au fond du puits. Elle fixa le visage qu'elle avait vu pour la première fois ce soir-là, quand il avait fait irruption chez elle et détruit sa vie à jamais.

Les sirènes approchaient. Elle savait ce qu'il lui restait à faire.

— Tu m'as pris tout ce que j'avais, dit-elle.

Serkar se recroquevilla pour tenter de se protéger.

— Ne faites pas ça ! cria Henrik à travers la pluie.

Filippa secoua la tête, désespérée.

— Je dois le faire, déclara-t-elle, avant de presser la détente.

Jana cria quelque chose et se précipita, mais sa voix fut noyée par la détonation.

La balle entra dans le bras de Serkar, dont le sang éclaboussa autour de lui les pierres humides de la paroi. Il s'effondra lourdement sur le flanc en se tenant le bras. Filippa visa à nouveau et lui tira rapidement deux balles dans la poitrine. Puis elle dirigea le pistolet vers Jana.

— Reste où tu es !

Sa main tremblait. Elle n'avait jamais été aussi fatiguée de sa vie. Elle n'avait rien qui la retienne, rien vers quoi continuer à avancer, rien vers quoi revenir, et les sirènes de police approchaient de plus en plus.

Sa vue se brouilla. Elle ne savait plus si c'était la pluie ou des larmes qui lui coulaient sur les joues.

Un instant, il lui sembla voir deux silhouettes parmi les bouleaux. Elle cligna des yeux plusieurs fois et sentit les battements de son cœur s'accélérer.

Johan et Julia avançaient vers elle sur l'herbe humide. Ils se tenaient par la main et la regardaient d'un œil calme.

Filippa leur adressa un signe de tête et plaça le canon du pistolet sous son menton.

— Filippa, je vous en prie, non ! supplia Henrik.

Mais elle ferma simplement les yeux.

Un immense soulagement l'envahit.

Et elle pressa la détente.

DIMANCHE

32

Il allait être 6 heures du soir. Henrik enfila sa chemise bleu clair. Il se regarda dans le miroir du chalet de vacances et poussa un gémissement. Une vieille tache séchée était visible sur la poitrine. Il ne savait pas d'où elle venait, juste qu'il n'avait pas d'autre chemise.

Il alla mouiller un chiffon dans l'évier de la cuisine et s'apprêtait à frotter quand il aperçut les verres qui traînaient encore sur le plan de travail. Il restait du vin dans l'un d'eux : celui dans lequel Filippa Falk avait bu.

L'accablement le saisit.

Il peinait à admettre que c'était elle qui était à l'origine de la disparition de Vlad « Serkar » Seicarescu, et n'aurait jamais pu imaginer jusqu'où elle était prête à aller pour venger le meurtre de sa famille.

Filippa avait fait croire à tous que Serkar avait disparu sans laisser de traces après son accident avec Andreï, alors que c'était elle-même qui l'avait enlevé. Mais Andreï demeurait une menace. C'était pour cette raison qu'elle avait veillé à obtenir une identité protégée. Depuis, elle avait dû vivre constamment dans la peur qu'il ne les retrouve, Serkar et elle. Seul le hasard l'en avait empêché jusqu'alors. Car, si on cherche assez longtemps, on finit toujours d'une façon ou d'une autre par retrouver les personnes qui se cachent.

Dans le cas d'Andreï, la recette du succès avait été d'une brutalité peu commune. En laissant cet ours en peluche dans le ventre d'Erik, il avait évidemment dans l'idée que la police rechercherait Filippa pour lui poser des questions. Il avait sans doute dû espérer qu'ils la débusquent de façon à lui offrir la chance qu'il attendait depuis si longtemps : savoir ce qu'elle avait fait de Serkar.

Henrik était si absorbé par ses pensées qu'il faillit ne pas entendre frapper à la porte. Il posa le torchon et alla ouvrir.

Dehors se tenait Emma, en pantalon blanc et imperméable vert foncé. Sa voiture avait beau n'être garée qu'à quelques mètres de là, de petites gouttes de pluie constellaient déjà ses épaules.

— Salut, dit-elle en ramenant ses cheveux derrière son oreille.

— Salut, répondit-il sans cacher son étonnement.

— Qu'est-ce que tu t'es fait ?

Elle esquissa un mouvement de tête inquiet en direction de son front.

— Rien de grave, dit-il en passant la main sur la bosse que lui avait faite la fourche de Filippa.

— Tu es occupé ? J'ai vu la voiture de Mia devant le chalet et je me suis dit…

— Non, je l'ai juste empruntée. (Henrik n'avait pas envie d'expliquer pourquoi, alors il se contenta de demander :) Mais toi, qu'est-ce que tu fais là ?

— Tu n'es jamais venu chercher le sac de vêtements que je t'ai préparé.

— Je sais, pardon. Mais ce n'était pas la peine de venir jusqu'ici me l'apporter.

— Je ne l'ai pas fait.

— Ah non ?

Elle secoua la tête.

— Il est toujours à la maison et je me disais que tu voudrais peut-être… venir avec moi, pour le défaire ?

Henrik sentit un grand sourire gagner son visage, mais il reprit son sérieux.

— Je suis désolé, Emma, je n'ai pas le temps. Je dois aller au commissariat.

— Sans rire, Henrik…

— Attends, ajouta-t-il en toute hâte. Laisse-moi t'expliquer.

— Pas besoin, s'irrita-t-elle. Je sais déjà. Le boulot passe avant tout, comme d'habitude.

— Non, non, l'enquête est close, et c'est Mia qui veut rassembler l'équipe à 19 heures pour faire la fête.

Emma le regarda avec scepticisme.

— C'est bien la pire excuse que…

— Je sais, mais pour te le prouver… est-ce que tu voudrais bien m'accompagner ?

Karl entra avec Elin dans le service des soins intensifs de l'hôpital de Vrinnevi. Il était fatigué et essoufflé, mais s'arracha au bras de son auxiliaire de vie.

— Attends ici, lui ordonna-t-il avant de se diriger vers les portes automatiques.

Une infirmière était penchée sur un chariot un peu plus loin. Elle ne le remarqua pas, occupée qu'elle était à ranger des boîtes de tubes de prélèvement et d'aiguilles.

Serrant sa canne, il gagna la première chambre et y jeta un œil. Un homme d'une vingtaine d'années était alité, plâtré de la taille jusqu'aux pieds.

Karl suivit les rayures et les traces de roues qui marquaient le sol, à la recherche de la chambre de Per Åström.

Une porte sur la gauche était ouverte. Karl s'arrêta en entendant une voix féminine parler d'aller chercher un médecin. La seconde suivante, une infirmière à la mine grave sortit de la pièce. Elle lui jeta un coup d'œil au passage, referma derrière elle et fila.

Karl tendit sa canne pour bloquer la porte.

Par l'embrasure, il aperçut Per sur le lit. Le blond avait au bras un cathéter relié à une poche à perfusion. L'un de ses yeux disparaissait sous l'enflure d'une ecchymose et la peau de son front avait pris une teinte violacée.

Les jambes de Karl commençaient à trembler de fatigue. Il ôta sa canne de la porte pour s'appuyer à nouveau dessus. Juste avant que le battant ne se referme, Per tourna la tête et le regarda.

Immobile dans le couloir, Karl remarqua un bruit rythmique qui lui emplissait la tête. Il crut d'abord que c'était son cœur sous le coup de l'émotion, mais comprit bientôt qu'il s'agissait de pas qui s'approchaient.

— Pardon, dit l'infirmière, accompagnée cette fois d'un médecin. Je peux vous aider ?

— Merci, répondit-il sans croiser son regard. Mais j'en ai assez vu.

Le ventre noué par le trac, Mia sortit de l'ascenseur de l'hôtel de police en compagnie de Patrik. Elle s'était fait boucler légèrement les cheveux et son sac à main lui battait contre la hanche. Sa robe noire mettait en valeur sa silhouette, elle le savait, mais ces maudites bretelles avaient tendance à glisser au moindre mouvement. Elle s'efforça de les remonter tandis qu'ils traversaient le couloir désert.

— On ne devait pas retrouver l'équipe ? demanda le Viking, qui portait une chemise rouille et un pantalon gris foncé.

— Si, on a rendez-vous au réfectoire à 19 heures.

— Alors il ne reste que quelques minutes, protesta-t-il.

— Je sais, mais il y a quelque chose que je veux te montrer d'abord.

Patrik la suivit dans le service, mais se gratta pensivement la barbe quand ils dépassèrent le bureau éteint de Mia.

— Où va-t-on ?

— Suis-moi, dit-elle en continuant vers le bureau de Gunnar tout au bout du couloir.

Son cœur se mit à battre la chamade lorsqu'elle alluma le néon cru du plafond. Elle entraîna le Viking dans la pièce et le plaça à un mètre du bureau en désordre.

— Patrik..., commença-t-elle en se mettant face à lui. Je ne sais pas si tu t'en souviens, mais c'est dans cette pièce qu'on s'est rencontrés pour la première fois.

— Évidemment que je m'en souviens.

— Très bien, car j'ai choisi cet endroit avec beaucoup de soin.

Sa bretelle glissa à nouveau, mais elle ne s'en préoccupa pas.

— Je ne te suis pas.

Il la regardait, interloqué.

— Je comprends, répliqua-t-elle. Je t'ai déjà dit que tu étais un PMP ?

— Qu'est-ce que ça veut dire ?

— C'est un terme que je viens d'inventer, ça veut dire « Putain de Mec Parfait ».

Les mains tremblantes, elle ouvrit son sac à main et sortit les anneaux.

— Mia, qu'est-ce que tu fais ?

Elle se mit à genoux.

— Je te demande si tu voudrais partager ta vie avec moi.

Patrik éclata de rire.

— Tu es sérieuse ?

— Oui, répondit-elle en rougissant. Alors, qu'est-ce que tu en dis ?

Après deux jours froids et humides, la pluie avait enfin diminué. Il ne tombait plus des nuages sombres que quelques gouttes légères.

Jana regarda par la fenêtre de son appartement. La rue était déserte. Elle eut tout juste le temps de se dire que la ville avait quelque chose de paisible quand son téléphone bipa. Son cœur s'emballa en lisant le message de Clara.

Je viens d'apprendre que Per s'est réveillé. Il a quitté les soins intensifs pour une chambre normale. Il est fatigué, mais le médecin a dit que ça allait bien se passer.

Jana répondit aussitôt :

J'y vais tout de suite.

Elle gagna l'entrée, enfila ses chaussures et dévala l'escalier.

Ses pas se répercutaient dans le parking souterrain. Elle se hâtait vers sa voiture garée un peu plus loin, impatiente à l'idée de revoir Per, quand de nulle part surgit l'impression familière d'être observée.

Jana s'arrêta devant un pilier en béton et regarda autour d'elle.

Elle eut une décharge d'adrénaline en le découvrant, adossé à un mur du parking. Ses cheveux sombres lui tombaient sur le front, son regard était baissé, ses bras athlétiques croisés sur sa poitrine.

— Qu'est-ce que tu fais là ? lâcha-t-elle.

Danilo ricana.

— Je t'attendais.

Il s'avança vers elle.

— N'approche pas, dit-elle en balayant le garage du regard pour s'assurer qu'il n'y avait personne.

— Du calme, Jana. Je voulais juste te rendre ça.

Il brandit une clé de voiture en indiquant d'un petit mouvement de tête un véhicule garé derrière lui. La Tesla blanche de Per.

— Au fait, comment va-t-il ?

Des sentiments contradictoires la tiraillèrent lorsqu'il s'approcha encore.

— Il va s'en sortir, répondit-elle en serrant les dents. Mais je veux savoir ce qui s'est passé.

— Il ne t'a pas raconté ?

— Dis-moi !

— Il n'y a pas grand-chose à dire, répondit Danilo avec un haussement d'épaules. Je l'ai vu se faire tabasser par deux SDF devant une auberge de jeunesse à Butängen.

Jana sentit son cœur s'emballer.

— Qu'est-ce qu'il fabriquait là-bas ?

— Comment je le saurais ? J'ai juste fait en sorte qu'il survive. Pas de problème, tu peux me le dire.

— Te dire quoi ? demanda-t-elle avec aigreur.

— Merci.

Il sourit, sûr de lui. Il se trouvait près d'elle à présent, beaucoup trop près.

Jana recula d'un pas et son dos heurta un pilier. La bouffée d'adrénaline s'estompait, mais son cœur battait de plus en plus vite.

— Je ne pourrai jamais te dire merci, lui répliqua-t-elle sans conviction.

— Pourquoi pas ? J'ai quand même sauvé la vie de Per.

— Mais tu le hais, tu as même menacé de le tuer.

— Oui, je le hais, et j'ai souvent voulu le démolir. Mais j'ai décidé de le sauver… pour toi.

Jana le regarda, étonnée.

— Qu'est-ce que tu veux dire ?

— Mon Dieu, Jana, gémit-il. Tu dois quand même l'avoir deviné depuis le temps. On a grandi ensemble, merde.

— On a juste partagé ce séjour sur l'île, répondit-elle.

Mais elle était bien consciente du ton hésitant de sa voix. Danilo la saisit par la nuque, la força à le regarder dans les yeux et baissa la voix :

— Et pourtant, depuis cette époque, tu me rends fou. Par tous les moyens.

Elle le dévisagea sans savoir quoi dire. Sa poigne sur l'incision de sa nuque était douce, et non brutale.

— Je ne veux rien entendre de plus.

— Va-t'en, alors.

— J'y vais, dit-elle sans bouger.

Danilo ricana à nouveau et son regard descendit jusqu'à ses lèvres. Lentement, il ôta sa main de sa nuque, lui donna les clés de voiture et tourna les talons.

Il ne vit pas qu'elle le regardait s'éloigner. Qu'elle le suivait des yeux jusqu'à la sortie. Ni qu'elle demeura debout contre le pilier, longtemps après qu'il ait quitté le parking.

33

Henrik hésitait. Oserait-il serrer Emma contre lui, ou devait-il la laisser tranquille ? Il tergiversait tout en écoutant Gunnar, Anneli et Ola bavarder dans le réfectoire de l'hôtel de police. Sur la table attendaient une bouteille de Taittinger et un gros carton blanc.

— Où est Mia ? demanda Anneli en remontant la manche de son pull au-dessus de sa montre. Il est bientôt 19 h 10.

— Elle est en chemin, j'espère, dit Gunnar en ouvrant le couvercle du carton.

Ola, qui pour une fois avait repoussé son bonnet derrière ses oreilles, siffla.

— Pain surprise et champagne ? Pas mal.

Gunnar s'excusa d'un sourire.

— C'est Mia qui m'a demandé d'acheter ça, elle voulait marquer le coup.

— Félicitations, alors, lança Emma. J'ai entendu dire que vous aviez clos l'enquête.

Henrik lui sourit avec gratitude.

— Au prix de gros efforts de la part de chacun, répondit Gunnar. Mais on a malheureusement perdu deux membres du corps de la police, Erik Johansson et Filippa Falk. Alors je ne vois finalement pas grand-chose à fêter.

— Nous, si !

Tous levèrent les yeux en entendant la voix de Mia. Patrik et elle entrèrent dans la pièce, main dans la main. Elle montra fièrement l'anneau d'or à son doigt.

— Vous vous êtes fiancés ? s'exclama Emma.

— Oui, pouffa Mia. Allez, débouchez la bouteille.

Henrik la regarda. Elle débordait de bonheur. Il s'approcha d'eux, étreignit Mia et serra la main de Patrik. Puis il retourna auprès d'Emma et l'attira contre lui.

Gunnar saisit la bouteille de champagne et envoya le bouchon heurter le plafond.

— Depuis quand ? demanda-t-il quand tout le monde fut servi.

— À l'instant, répondit Mia.

— Elle m'a pris par surprise.

Patrik affichait un grand sourire.

— Et tu lui as dit oui ? lança Gunnar, provoquant l'hilarité générale.

— Bien sûr, déclara-t-il en passant son bras autour de Mia. Mais à une seule condition.

— Laquelle ?

— Pour notre mariage, c'est moi qui choisirai le lieu.

Jana frappa doucement à la porte de la chambre d'hôpital et entra. Per était couché dans son lit, les mains le long du corps, ses cheveux blonds emmêlés, et l'un de ses yeux rouge et gonflé. Elle referma la porte derrière elle et s'approcha.

— Salut, comment ça va ?

— Bien, répondit-il. Juste un peu courbaturé…

— Je comprends.

Il y eut un bref silence.

— Ils disent que tu as été frappé et rackетté, dit Jana en lui touchant précautionneusement la main. Mais pourquoi… Je veux dire, que s'est-il passé, en fait ?

Per retira sa main.

— Je me demande la même chose. J'ai essayé de te parler de Danilo vendredi dernier, mais tu m'as laissé en plan. Et j'étais furieux, Jana. Franchement, j'étais furieux que tu files comme ça.

Jana baissa les yeux. Elle aurait voulu lui demander pardon, mais resta silencieuse.

— C'est à ce moment-là que j'ai décidé d'aller le voir.

— Tu es allé voir Danilo ? demanda-t-elle en le regardant à nouveau.

— Qu'est-ce que je pouvais faire d'autre ? C'était la seule façon d'essayer de tirer au clair ce qui se passe entre vous deux.

Jana demeura absolument immobile.

Elle avait honte de ce qu'elle avait fait à Per, mais pas seulement. Elle avait rendu son père responsable de cette agression, alors qu'il n'y était absolument pour rien.

— Comment l'as-tu retrouvé ?

Per inspira à fond.

— On m'a indiqué qu'il se trouvait dans une auberge de jeunesse de Butängen. Mais ceux qui m'avaient donné ce renseignement m'ont attaqué et volé. Je n'avais aucun moyen de leur résister, et je préfère ne pas penser à ce qui serait arrivé si Danilo n'avait pas surgi. Il les a envoyés au tapis, et après, je ne me souviens plus de rien.

— Il t'a sauvé la vie, murmura Jana pour elle-même.

— Mais je n'ai pas pu le mettre au pied du mur. C'est pour ça que, maintenant, je veux que tu me dises la vérité.

Elle déglutit péniblement.

— Qu'est-ce que tu veux savoir ?

— Pourquoi il te menace, pourquoi il t'a frappée…

— Il ne m'a pas menacée, coupa-t-elle en sentant son cœur se mettre à tambouriner dans sa poitrine.

— Il m'a dit de « saluer Ker ».

— Je sais, mais ce n'est pas une menace.

— Qu'est-ce que c'est, alors ?

Comme elle ne répondait rien, Per détourna le visage. Malgré ses contusions, elle voyait son irritation. Ses lèvres étaient tendues et sa poitrine se soulevait violemment sous la chemise fournie par l'hôpital.

— Jana, je suis désolé, mais ce n'est pas possible.

— Qu'est-ce qui n'est pas possible ?

— Je t'aime et je tiens terriblement à toi, mais je ne peux pas vivre avec quelqu'un qui me cache sans arrêt des choses.

Jana déglutit à nouveau. Elle tenta de se ressaisir, mais une sueur froide lui coulait dans le dos et un vertige s'emparait d'elle.

— Per, fit-elle. Tu es tout pour moi, vraiment tout…

— Que voulait dire Danilo avec ce message, alors ? lança-t-il en la regardant avec détermination. Tu dois bien le savoir.

Jana le considéra un long moment, puis hocha la tête à contrecœur.

— C'est… un nom.

— Un nom ? Le nom de qui ? Le tien ?

Son cœur battait si fort qu'elle avait peur que cela se voie.

— C'est difficile à expliquer…

Per secoua la tête avec déception quand elle se tut à nouveau.

— Attends, le supplia-t-elle. J'essaie.

— Mais ça ne suffit pas, dit-il. Je te le demande donc encore une fois : qui est Ker, Jana ?

La peur la submergea, plus violente qu'elle ne l'avait jamais éprouvée. Elle banda ses muscles, prête à le fuir encore une fois. Mais quelque chose dans son regard la fit rester.

Jana leva la main, écarta ses cheveux et dénuda sa nuque.

— C'est moi, répondit-elle d'une voix tremblante. Ker, c'est moi.

Karl regarda avec impatience son auxiliaire de vie débarrasser la table de la salle à manger des restes de selle de chevreuil aux raves braisées. Il attendit qu'elle ait disparu à la cuisine pour se lever. Il aurait préféré qu'elle ne soit pas à la maison, bien sûr, mais la cuisine se trouvait à l'écart, et le risque qu'elle entende quelque chose pendant qu'elle vaquait à ses occupations était minime.

Karl quitta la salle à manger, passa devant les peintures à l'huile du couloir, et entreprit de monter à l'étage. D'une main, il s'appuyait sur sa canne et, de l'autre, il se tenait solidement à la rampe. À mi-chemin, il dut s'arrêter pour reprendre son souffle. Il attendit quelques secondes, raffermit sa prise sur sa canne et continua son ascension.

Lentement, il gagna son bureau. Il referma soigneusement la porte derrière lui et alla s'asseoir à son immense table de travail. Prenant son carnet noir dans le tiroir du haut, il le feuilleta jusqu'au numéro de portable noté sur la dernière page. Devant, il y avait juste la lettre « N ».

Il se racla la gorge, composa le numéro et écouta les sonneries.

— Oui ? répondit une voix sourde.

— Ce téléphone est sûr ?

— Il est sûr, Karl. Dis-moi ce qui t'amène.

Karl se cala au fond de son fauteuil.

— Je suppose que tu connais Danilo Peña.

— Tu l'as toujours considéré comme l'un des meilleurs.

— Oui, et c'est justement pour ça que je t'appelle. Il faut qu'il disparaisse.

Le silence se fit quelques secondes.

— Tu ne sais pas ce que tu demandes.

— Je sais exactement ce que je demande, dit Karl en agrippant les accoudoirs.

— Danilo t'a servi pendant des années.

— J'en suis conscient, mais il est devenu trop indépendant et représente un gros problème.

— C'est vraiment nécessaire d'en arriver là ? interrogea son interlocuteur.

Karl se tourna vers la fenêtre. Quelques corneilles s'envolèrent d'un arbre et disparurent sous la pluie.

— J'ai déjà tenté de régler le problème moi-même, et je n'ai pas l'intention de refaire la même erreur.

Un long soupir retentit à l'autre bout du fil.

— Je suis disposé à faire comme tu le demandes, et j'ai un candidat en tête, mais c'est une décision irrévocable. Je dois moi aussi tenir compte de mes priorités, et s'il venait à se savoir que ce candidat a été entraîné sur l'île…

— Ce serait dévastateur, je sais, dit Karl.

— Pas seulement pour toi, mais aussi pour Jana, continua l'homme. Là où je veux en venir, c'est que certaines choses devraient rester secrètes.

— C'est ta responsabilité de veiller à ce que rien d'imprévu ne se produise.

— Non, Karl, la responsabilité t'incombe entièrement. Il ne doit jamais être établi aucun lien entre le candidat et toi. Notre implication ne peut pas être rendue publique, ni l'identité du candidat dévoilée. Si, contre toute attente, quelque chose devait se produire, on ne pourrait pas t'aider.

— Je comprends, mais je prends le risque.

— Tu prends le risque de réveiller l'ours qui dort ?

Karl referma son carnet en poussant un profond soupir.

— Oui, répondit-il. Je sais exactement ce que je fais.

Remerciements

Voilà bien des années, je m'apprêtais à faire des brioches pour tenter d'impressionner mes enfants bonus. Avec de grands yeux, elles m'ont regardée faire fondre le beurre, chauffer le lait et y dissoudre la levure. Elles m'ont aidée à incorporer la farine, le sel et la cardamome. Et elles se sont penchées avec curiosité au-dessus de la table pendant que je pétrissais la pâte.

Je me sentais la meilleure pâtissière du monde en enfournant ma plaque. Au bout de dix minutes seulement, les brioches étaient prêtes.

Je les ai solennellement disposées sur un plat avant de les servir aux filles. Elles ont mangé en silence. Puis, souriantes, elles ont dit que mon pain était très bon. C'est alors que j'ai réalisé que j'avais oublié le sucre.

C'est la même chose avec un manuscrit. On oublie facilement un ingrédient, ou on ajoute trop d'un autre. C'est pourquoi je suis si reconnaissante envers tous ceux qui m'ont aidée à trouver la recette de ce livre.

Je veux commencer par remercier mes très chers amis Sofie Mikaelsson et Joel Gerdin. Merci pour votre aide au sujet du travail policier, pour toutes ces discussions et tous ces rires. Vous comptez beaucoup pour moi.

Un grand merci au personnel de la prison centrale de Skänninge. En particulier à son directeur Johan Molinder et à l'inspecteur pénitentiaire Jan Lindén, qui m'ont donné un aperçu unique du fonctionnement de leur établissement. Et à l'avocate Ulrika Wangle, toujours prête à répondre à mes questions juridiques.

Vous êtes les experts, et les éventuelles erreurs me reviennent. Beaucoup d'éléments du livre sont conformes à la réalité, mais j'ai bien sûr ajouté beaucoup de détails fictifs pour les besoins du récit. Je tiens aussi à souligner que l'histoire est inventée, et que toute ressemblance entre des personnages du livre et des personnes réelles serait fortuite.

Un merci chaleureux à Petra König-Kämpe pour son aide dans le développement du manuscrit. J'apprécie ton expression : « Pétris un peu plus ce passage », et je suis très fière de travailler avec toi. Merci de même à mon éditrice Erika Degard, et surtout à ma correctrice incroyablement engagée et professionnelle, Emelie Olsson. Tu as remarquablement amélioré le texte, et je t'en suis très reconnaissante.

J'en profite pour remercier toute l'équipe de Norstedt, Håkan Bravinger en tête, et bien sûr mon agence Nordin Agency, qui œuvre à donner à Jana Berzelius de nouveaux lecteurs dans le monde entier…

Et merci à Carina « Kinna » Johansson et à sa famille pour nous avoir autorisés à photographier son domaine de Skälvsätter pour la couverture.

Par-dessus tout, je tiens à remercier ma famille. Vous êtes le bonheur de ma vie, et sans vous, il n'y aurait pas de livres du tout.

Ma maman, mon papa et ma petite sœur qui toujours me soutiennent et m'encouragent.

Mon mari Henrik qui demeure infatigablement à mes côtés. Qui lit, écoute et examine les moindres détails du récit. Je t'aime infiniment.

Mes enfants et mes enfants bonus. Je suis si fière de vous ! Ida et Hanna, merci d'être là, et d'avoir mangé ces brioches sans sucre le sourire aux lèvres.

Et pour finir : merci à mes merveilleux lecteurs qui me suivent fidèlement. Merci pour tous vos commentaires, votre inspiration et vos encouragements.

Cela compte plus que tout.

Composé et édité par HarperCollins France.

Achevé d'imprimer en avril 2023.

FIRMIN-DIDOT

à Mesnil-sur-l'Estrée (Eure)

Dépôt légal : mai 2023.

Pour limiter l'empreinte environnementale de ses livres, HarperCollins France s'engage à n'utiliser que du papier fabriqué à partir de bois provenant de forêts gérées durablement et de manière responsable.

Imprimé en France